혼돈의 캄보디아,
불멸의 앙코르와트

혼돈의 캄보디아, 불멸의 앙코르와트

1판 1쇄 2007년 11월 17일
1판 10쇄 2019년 11월 30일

글·사진 이지상
일러스트 이은경
펴낸이 김정순
책임편집 이주엽 정진숙
마케팅 김보미 임정진

펴낸곳 ㈜북하우스 퍼블리셔스
출판 등록 1997년 9월 23일 제406-2003-055호
주소 04043 서울시 마포구 양화로 12길 16-9 (서교동 북앤빌딩)
전자우편 editor@bookhouse.co.kr
홈페이지 www.bookhouse.co.kr
전화번호 02-3144-3123
팩스 02-3144-3121

ISBN 978-89-5605-162-8 03810

이 도서의 국립중앙도서관 출판예정도서목록(CIP)은 서지정보유통지원시스템 홈페이지(http://seoji.nl.go.kr)와
국가자료공동목록시스템(http://www.nl.go.kr/kolisnet)에서 이용하실 수 있습니다.
(CIP제어번호: CIP2007000131)

혼돈의 캄보디아,
불멸의 앙코르와트
이지상 캄보디아 여행기
북하우스

일러두기

본서에 나오는 타이어와 베트남어, 말레이-인도네시아어 일반명사와 고유명사는 국립국어원에서 발표한 '동남아 3개국어 표준표기법(2004.12.)'에 따라 표기합니다. 그외의 고유명사(캄보디아, 라오스)는 현지 발음을 기준으로 합니다.

크메르어 표기는 경음(ㄲ, ㄸ, ㅃ)은 인정하되 치음(ㅆ, ㅉ) 중에서는 'ㅉ'만 인정합니다. 또한 현지 발음을 기준으로 하되 이미 널리 정착된 고유명사는 관행을 따릅니다(괄호 안이 현지 발음에 가장 가까운 형태).

ex) 앙코르와트(앙꼬르왓), 앙코르톰(아꼬르톰), 프놈펜(프눔뻰), 폴 포트(뽈뽓)

캄보디아 역사에 등장하는 산스크리트어 고유명사는 캄보디아 현지 발음이 아닌 산스크리트어 표기법을 따릅니다. 또한 산스크리트어의 라틴자모 표기는 IAST(International Alphabet of Sanskrit Transliteration)을 따르고(단 장자음과 단자음은 구별하지 않음), IAST의 우리말 표기는 실제 발음과 국립국어원의 로마자 외래어 표기 원칙을 다음과 같이 절충합니다.

① v는 일괄 'ㅂ'으로 옮기고 된소리(ㄲ, ㄸ, ㅃ)는 인정하지 않는다.

② ś와 ṣ는 모두 a와 결합할 때는 '샤', u나 자음 앞에 올 때는 '슈', i 앞에서는 '쉬'로 표기한다.

③ ya는 앞의 자음에 '이' 음가를 더해주고 나서 '야'가 덧붙는 형태로 표기한다.

ex) Vichitravirya 비치트라비랴(×) 비치트라비리아(×) 비치트라비리야(○)

ex) Surya 수랴(×) 수리아(×) 수리야(○)

④ ṛ 다음에 자음이 올 경우 '리'로 표기한다.

ex) ṛṣi 리쉬

머리말

자라나는 것, 그것이 희망이다

캄보디아의 역사에는 이상향을 건설하기 위한 시도가 두 차례 있었다.

우선 9세기 초에서 15세기 중엽까지 약 600년에 걸친 앙코르 왕국의 시대에는 그 이상향이 종교적 상징으로 실현되었다. 앙코르와트를 비롯한 수많은 사원은 우주의 중심을 의미했으며, 우주의 법칙과 시간의 순환이 정교한 수치를 통해 힌두교 혹은 불교 사원이라는 공간에 실현되어 있었다.

나는 이곳에서 수많은 의미와 상징의 숲을 헤쳐나가고, 또 앙코르와트를 비롯한 수많은 사원이 한국의 불교 사찰과 같은 상징을 갖고 있다는 것을 발견하면서 지적 희열을 맛보았다. 한국의 불교 사찰이 자연적인 산을 이용하며 수미산을 형상화하고 많은 상징을 배열해놓았다면, 앙코르의 사원들은 평면에 돌로 메루 산(수미산)을 쌓고 그 상징들을 실현했던 것이다. 그런 종교적 상징으로 이상향을 이룩한 그들의 노력은 전 세계의 관광객을 불러모으고 있다.

두번째 시도는 1970년대 중반 폴 포트의 크메르루주 정권하에서 이루어졌다. 그들은 공산주의라는 이데올로기를 현실 속에서 실현하려 했다. 그러나 그것은 학살 현장인 킬링필드를 남기고 처참하게 몰락했다.

과연 인간의 이상향은 무엇이며, 인간이란 어떤 존재인가? 정글 속에 우뚝 솟은 앙코르와트의 탑에 앉거나, 해골로 뒤덮인 죽음의 들판 킬링필드에 서면 여러 가지 생각들로 머리가 복잡해지곤 한다. 극락의 이미지와 지옥의 현실을 모두 맛본 캄보디아 땅…… 하나는 종교적인 이미지를 통해 인간과 우주의 합일을 이룸으로써 해탈의 세계를 추구했고, 또 하나는 현실 속에서 평등의 세계를 실현하려 했다. 이미지는 왕국의 몰락과 함께 정글에 묻혔지만 흐르는 세월 속에서 더욱 빛을 발했고, 현실의 몸부림은 동포의 살육으로 비참하게 끝나고 말았다.

나에게 캄보디아는 물가가 싸다는 이유로, 먹고 마시고 노는 분위기의 땅이 아니었다. 도처에 깔린 빈곤과 상이군인, 크메르루주에게 살해당한 사람들의 아픔, 그리고 위대한 앙코르 문명의 이미지가 혼합되어 현기증을 느끼게 하는 땅이었다. 그 땅에서 나를 위로한 것은 위대한 인류의 유산인 앙코르 문명과 함께, 끝없이 펼쳐진 바다 같은 호수와 낮고 푸근한 하늘, 그리고 그곳 사람들의 순박한 미소였다. 이상보다, 구원보다, 해탈보다, 차라리 덧없이 사라지는 것들에 대한 촉촉한 애정이 가슴에 절절히 다가왔다. 그리고 이상향이란 그저 하늘의 무지개처럼 저 멀리 있을 때에만 아름다울지도 모른다는 생각을 했다.

나는 1997년 8월부터 2005년까지 다섯 차례 캄보디아를 여행했고, 특히 앙코르 유적지는 네 번 방문했다. 그리고 첫 여행을 시작한 지 8년 만에 책을 썼다.

그 세월 동안 많은 것이 변했다. 그리고 캄보디아인의 삶은 물론, 내 여행과 삶도 자라났다. 조금씩, 한 걸음씩 도처에서 자라나는 것들. 그것이 나에겐 희망이었다. 이 캄보디아 여행기에는 그런 얘기들이 담겨 있다.

캄보디아 전도

앙코르 유적과 주변지역

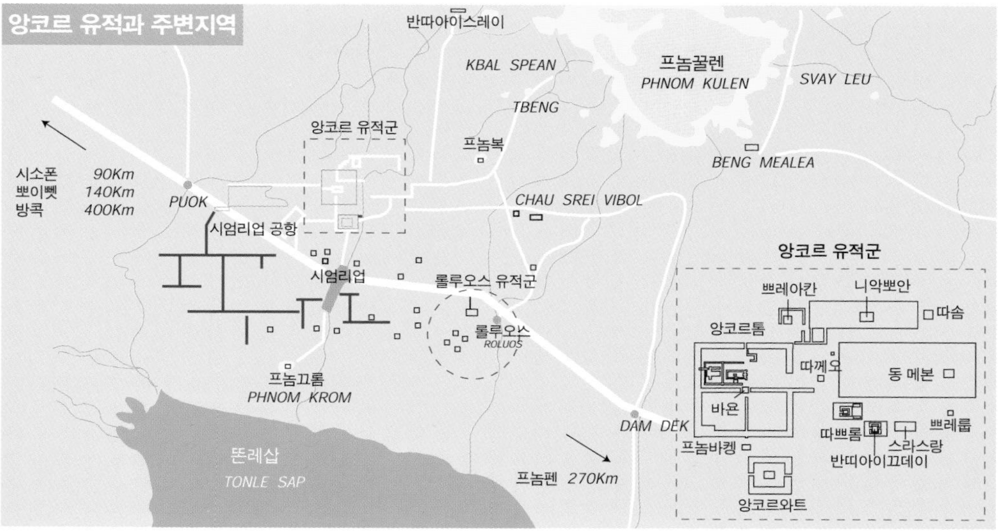

차례

2부 앙코르 너머의 캄보디아

시엄리업과 주변지역

꼼뽕짬과 끄라쩨

프놈펜

비운의 캄보디아 현대사 스케치

1부 앙코르, 그 문명과 유적

이곳에 사는 사람들은 정글에 대한 미신적인 두려움 때문에 자연에는 손을 대지 않았다. 그로 인해 자연의 생명이 이처럼 번식하고 있는 곳은 세계 어디에도 없을 것이다. 또한 이 지방에는 다음과 같은 전설이 있다. 원래 일곱 개의 머리를 가진 나가(Nagar, 뱀의 왕)의 나라였던 똔레삽 호수 부근의 넓은 숲에는 수백만의 유령이 있으며 마법에 걸린 돌로 된 도시가 늘어서 있다.

앙코르 가는 길

수백만의 유령이 사는 폐허의 도시?

앙코르 문명을 유럽에 널리 알린 프랑스의 동식물학자 앙리 무오(Henri Mouhot)는 1861년에 낸 그의 기행문에서 앙코르 유적지를 이렇게 묘사했다.

이곳에 사는 사람들은 정글에 대한 미신적인 두려움 때문에 자연에는 손을 대지 않았다. 그로 인해 자연의 생명이 이처럼 번식하고 있는 곳은 세계 어디에도 없을 것이다. 또한 이 지방에는 다음과 같은 전설이 있다. 원래 일곱 개의 머리를 가진 나가(Nagar, 뱀의 왕)의 나라였던 똔레삽 호수 부근의 넓은 숲에는 수백만의 유령이 있으며 마법에 걸린 돌로 된 도시가 늘어서 있다.

지금도 앙코르 유적지는 폐허다. 그곳에는 호텔도 없고 여관도 없으며 민가도 없다. 낮에는 관광객들로 넘쳐나지만 그들이 근처의 시엄리업이라는 도시로 돌아가고 나면, 이곳은 텅 빈 정글 속의 폐허가 된다. 이 폐허에서 사는 수백만의 유령은 사람들로 시끄러운 낮에는 숲속 어딘가 숨어 있다가 밤에만 나오는 걸까?

이 앙코르 유적지를 초기에 탐사한 이들 중에는 횡사한 사람이 많다. 튀데, 코마유, 모리스롱, 노스클리프라는 사람들이 앙코르의 사원에 들어갈 때, 사원지기가 앞으로 4년 안에 그들 모두 죽을 것이라고 저주했다고 한다. 과연 사원지기의 말대로 그들은 모두 4년 안에 죽어버렸고, 앙리 무오조차 앙코르 유적을 방문한 지 1년 뒤 열병으로 라오스의 밀림 어딘가에서 죽었다.

이런 류의 얘기는 이집트의 룩소르에 있는 투탄카멘 왕의 무덤에서도 나타난다. 그 무덤 발굴에 참여했던 이는 모두 병으로, 또는 사고로 천수를 누리지 못하고 죽었다.

그러나 저주는 이제 끝난 것 같다. 앙코르 유적들을 보기 위해 너무나 많은 관광객이 몰려드는 탓에 보호를 해야 한다는 말이 나올 정도인데도 사람이 죽었다는 얘기를 들어보지 못했고, 여러 번 갔다온 나도 아직 건재하다.

지금은 사람 때문에 유령들이 죽어가고 있을지도 모른다.

7년의 세월, 네 번의 만남

현재 앙코르 유적지를 구경하려면 그곳에서 6킬로미터 떨어진 시엄리업이라는 도시로 가야 한다.

예전에 크메르루주군과 정부군의 충돌로 내전이 한창이던 시기(1979~1991년)에는 앙코르 유적지 부근이 교전 지역이어서 함부로 여행할 수 없었다. 그러나 일부 용감한 여행자들은 이미 1990년대 초반에 위험을 무릅쓰고 다녀오기도 했다.

내가 처음 그곳에 갔던 것은 1997년 8월이었다. 한 달 전에 훈 센 총리가 일으킨 군부 쿠데타로 정국이 매우 혼란스러웠던 때였다. 라오스의 위앙짠에서 프놈펜을 경유해 말레이시아로 가는 비행기의 여승무원은 프놈펜에서 내리는 나를 꽤 걱정스러운 눈초리로 쳐다보았다.

그러나 프놈펜은 평화스러웠고 보트를 타고 똔레삽 호수를 가로지르는 다섯 시간 동안도 매우 평화스러웠다. 우기 때라 호숫물이 불어 있어서 드넓은 바다 같았다. 그런 여정 끝에 도착한 앙코르 유적지와 근교의 시엄리업 역시 한적했다.

1998년 8월, 두번째 앙코르 유적지 방문은 태국의 방콕에서 출발했다. 태국의 국경도시 아란야쁘라텟(Aranya Prathet)에서 하룻밤을 묵고 아침에 국경을 통과했다. 국경을 통과하자마자 포이펫(Poipet)이라는 마을이 나왔고 '픽업트럭'을 탔다. 픽업트럭은 미니 트럭을 개조해 만든 것으로 그 안에는 포대 자루와 사람들이 짐짝처럼 뒤섞여 있었다. 그 틈바구니에 엉덩이를 들이밀고는 이를 악물었

다. 길이 험해 공중으로 튈 때마다 입술을 깨물지 않기 위해서였다.

8월은 우기였지만 한낮의 햇볕은 살을 익힐 만큼 따가웠다. 그것을 일상처럼 꾹 참고 사는 캄보디아인들이 경이롭게 보였지만 나는 미칠 것만 같았다. 중간에 시소폰(Sisophone)이란 마을에서 차를 갈아탄 후 다시 황량한 길을 달리는 동안 차는 경기 들린 듯이 튀었다. 가끔 다리 밑으로 굴러떨어진 차도 보였다.

그런 고통이 다섯 시간쯤 지났을까?

갑자기 먹구름이 몰려오고 비가 왔다. 한 시간 동안 폭우 속을 달려 물에 빠진 생쥐 꼴이 된 후에야 간신히 시엄리업의 숙소에 도착할 수 있었다.

세번째 여행 때는 2001년 2월에 프놈펜에서 비행기를 탔다. 드넓은 호수를 내

려다보며 한 시간도 안 걸려서 도착했다. 편했지만 싱거웠다.

2004년 3월, 네번째 여행을 떠나 다시 태국 국경을 통과했다.

태국의 국경도시 아란야쁘라텟은 7년 전의 모습이 아니었다. 새로운 버스터미널이 생겼고 예전에 묵었던 낡은 호텔은 찾을 수가 없었다. 새벽부터 엄청난 비가 퍼부었는데 이상하게도 캄보디아에 오면 늘 비가 나를 따라다녔다. 시엄리업, 프놈펜 그리고 그밖의 도시에서, 그것도 건기, 우기 할 것 없이.

다음날 아침에도 비는 여전히 부슬부슬 내렸다. 국경을 통과할 때 우리나라 단체 관광객들도 많이 보였고 아프리카인들도 종종 보였다. 예전에는 볼 수 없던 풍경이었다.

국경을 통과하자 비가 더 왔다. 억수같이 쏟아지는 비를 맞으며 여행자들이 주로 타는 미니버스를 찾았는데 보이지 않아 잠시 고민했다. 1000바트(약 3만 원)를 주고 택시를 탈까, 아니면 다시 픽업트럭을 탈까? 10초쯤 고민하다 다시 픽업트럭을 타기로 했다. 택시는 빠르고 편하지만 왠지 재미가 없을 것 같았다.

짐이 잔뜩 실린 픽업트럭은 예전과 다름이 없었다. 과일 장수 아낙네는 사람들이 자기 짐에 앉을까봐 신경을 잔뜩 곤두세웠지만, 꾸역꾸역 밀려드는 사람들 탓에 곧 뒤죽박죽이 되어버렸다. 일찍 온 사람은 난간에라도 걸터앉았지만, 늦게 온 사람들은 예전에 내가 그랬던 것처럼 짐 사이에 간신히 엉덩이를 걸치고 앉았다가 쑥 빠져버리곤 했다.

여행자는 체코 여인 둘과 나를 합쳐 세 명이었다. 태국, 라오스, 캄보디아를 여행중인 오십대 초반의 그녀들은 어디서 주웠는지 비닐로 온몸을 두른 채 즐겁게 웃었다. 차가 출발하자 비는 더 심해졌는데 지붕도 없는 차에 물을 쏟아붓는 형국이어서 눈을 뜰 수조차 없었다. 그래도 우리는 모두 유쾌하게 웃으며 그 거친 길을 달렸다.

문제는 그 다음부터였다. 잠시 후 비가 그쳤다. 바람은 시원했으나 이번에는 이글거리는 태양 아래서 살이 구워지기 시작했다. 날씨가 미친 것 같았다. 그렇게 1시간 30분을 달려 시소폰에 닿았다. 여기서 다시 차를 갈아탔는데, 이 차에 손님을 더 태우느라 1시간 30분을 기다려야 했다.

다시 차는 힘차게 출발했지만 한 시간 정도 달리다 갑자기 멈춰 섰다. 운전석에서 왁자지껄 떠들기만 하고 영 출발할 기미가 보이지 않았다. 마침 서툴지만 영어를 할 줄 아는 사내가 있어서 물어보니 어이없게도 운전대가 부러졌단다.

울퉁불퉁한 비포장 도로를 달리던 차들의 승객들이 우리를 보고 히죽히죽 웃어댔다. 하지만 누구 하나 급한 표정을 짓지 않았다. 다행히 휴대폰을 가지고 있던 운전사가 어디론가 연락을 하더니 30분 후면 새 차가 시소폰에서 올 것이라 했다.

황량한 벌판에서 불어오는 시원한 바람을 맞으며 나는 잠시 체코에서 온 여인들과 얘기를 나누었다. 그들은 자매였는데 한 명은 체육 교사이고 다른 한 명은 건축기사라 했다. 체코를 여행한 적이 있는 나로서는 반가웠다. 프라하는 세상에서 가장 아름다운 도시라고 얘기하자, 그들은 꿈꾸는 듯한 표정으로 그들의 고향을 잠시 회상했다. 나는 그들의 현실을 안다. 체코는 빈곤했고 오십대 초반이라면 인생의 대부분을 이데올로기와 빈곤에 찌들어 살았던 사람들이다. 그런데 그들은 행복한 표정을 지었다. 하루에 2,3달러짜리 방에 머물며 여행을 하는 그들의 얼굴에는 공산주의 시절의 억압과 가난을 박차고 세상을 떠돌며 만끽하는 '삶의 환희'가 서려 있었다. 그들의 열정과 해방감이 나에게도 전염되어 신바람이 나기 시작했는데, 30분 정도 지나자 캄보디아인들이 또 와글거리기 시작했다. 물어보니 오던 차가 이번에는 다리에서 굴러떨어졌다는 것이다. 우리가 굴러떨어지지 않은 것이 천만다행이라고 생각하며 가슴을 쓸어내렸다.

이렇게 해서 다시 30분을 더 기다려야 했다. 사실, 예전에도 차 전복 사건은 종종 일어났는데 운전대가 부러졌다는 얘기는 금시초문이었다. 어쨌든 차는 다시 왔고 마침내 오후 4시, 일곱 시간이나 걸린 끝에 시엄리업에 도착할 수 있었다.

마리화나를 주는 게스트 하우스

시엄리업에는 숙소들이 많다. 하룻밤에 400~500달러인 최고급 호텔부터 도미토리 침대 하나에 2, 3달러인 게스트 하우스까지. 그리고 지금은 한국인들이 운영하는 배낭여행자 숙소도 생겨났다.

하지만 처음 왔을 때는 일본인들의 흔적이 많이 보였다. 내가 묵는 게스트 하우스도 그랬다. 내가 선택한 것이 아니라 프놈펜의 캐피톨 게스트 하우스에서 시엄리업행 배표를 샀는데, 그들이 이곳에 예약을 해주었기 때문이다. 똔레삽 호수를 가로질러 부두에 도착하니 이미 숙소 측에서 마중나온 사람이 있었다. 차를 타고 야자나무 그득한 숲길을 따라 한동안 달려 어느 게스트 하우스에 도착했다. 좁고 허름한 이곳의 숙박비는 3달러로 쌌다.

배낭을 풀고 밖으로 나오자 웬 여인이 숙박계를 들고 나타났다.

"이곳에 온 것을 환영합니다. 이것 좀 적어주시겠습니까?"

여인은 정확한 영어로 나에게 말했다. 숙박계를 적고 나자 여인이 다시 물었다.

"오늘 저녁은 무엇으로 하시겠습니까?"

"글쎄요…… 아직 모르겠는데요."

"당신의 저녁은 무료입니다."

"예?"

"일본 사람이기 때문입니다."

"……."

"여기 오래 묵었던 일본 사람의 부탁 때문입니다. 그가 우리 게스트 하우스를 여러 일본 사람에게 소개해주는 대가로 일본 사람에게는 저녁을 무료로 주기로 했습니다."

"하지만 난, 일본 사람이 아니라 한국 사람입니다."

"알고 있습니다. 하지만 괜찮습니다. 한국 사람이나 일본 사람이나 생긴 건 다 똑같지 않습니까?"

"……."

"괜찮으시다면 우리가 먹는 것으로 같이 준비하겠습니다."

"그러시지요."

그 당시 이곳의 게스트 하우스들은 음식 값을 비싸게 받기보다는 편안한 분위기를 조성해서 장기 투숙을 유도하고, 앙코르 유적지를 돌아보는 모터바이크 값 등의 수수료에 더 관심이 있는 것 같았다.

이 숙소는 이상하게도 숙소측에서 풀(마리화나)을 무료로 제공하고 있었다. 숙소 2층으로 가보니 일본애들이 아무 말없이 마리화나를 피우고 있었는데, 웅크리고 앉아 사람이 와도 본체만체 자기들끼리 모의를 꾸미는 듯했다. 담배도 안 피우는 나로서는 상관없는 일이었지만, 마리화나를 피우는 사람들의 폐쇄적인 풍경이 답답해서 다음날 숙소를 바꿨다.

시엄리업 풍경

시엄리업은 크메르어로 '시암족을 물리쳤다'는 뜻이다. 시엄리업과 앙코르 유적지는 역사적으로 캄보디아의 것이지만, 시암족의 후예 태국인들은 지금도 종종 한때 그들이 소유했던 과거를 들먹이며 소유권을 주장하고 있다. 얼마 전 태국의 여배우가 이것을 공개적으로 얘기했다가 캄보디아에서 한바탕 난리가 난 적이 있다.

그러나 시엄리업에서 태국의 체취를 맡을 수는 없다. 시엄리업은 글자 그대로 '시암족을 물리친' 캄보디아의 땅이고 그들의 역사가 서린 땅이기 때문이다.

처음 이곳에 왔을 때 나는 유적지도 좋지만 우선 사람 사는 풍경을 보고 싶어서 숙소에서 자전거를 빌려 타고 근처를 돌아보았다.

가장 먼저 들른 곳은 시장. 뜨거운 뙤약볕 아래 한낮의 무료함이 감돌고 있었지만 식당에는 점심 때라 손님들이 많았다. 큰 양푼에 야채와 밥, 고기 등을 넣고 손님이 원하는 대로 담아주는 광경이 보였다. 별로 깨끗한 곳은 아니었지만 편안함이 있었다. 그곳에서 생선 한 마리에 야채와 함께 밥을 먹었다. 값은 몇백 원 정도로 쌌다.

똔레삽 호수에서 물고기가 많이 잡혀서인지 이곳 시엄리업에는 생선요리가 흔하다. 나중에 보니 좋은 음식점에서는 갖가지 생선요리를 맛볼 수 있었지만 이런 시장에서는 그냥 조린 것, 구운 것 정도로 요리 종류가 많지 않았다.

그래도 나는 맛있게 먹었고 그곳에서 먹는 사람들의 표정이 밝아서 더 기분이 좋았다. 대낮인데도 맥주를 마시는 사내들이 있는가 하면 음식을 나르는 여자아이는 나를 보며 생긋 웃었다. 중학생으로 보이는 남자아이가 돈을 받고 있었는데 방학이라 부모를 돕고 있는 것 같았다. 간단한 영어를 말하면서 수줍어하는 눈빛이 매우 맑고 깨끗했다.

몇 사람만 겪어보면 한 도시의 분위기와 사람들의 성향을 어느 정도 파악할 수 있다. 그런 점에서 볼 때 내가 겪은 이곳 사람들은 참 순박하고 온순했다.

밥을 먹고 나서 호젓한 야자나무 숲길을 달렸다. 2층 목조 집들이 눈에 띄었

는데 마치 나무 위에 있는 것처럼 보였다. 밑에서 창문 안을 들여다보니 시아누크 국왕과 부인의 사진이 걸려 있고 방 안에서는 노인이 끌로 나무에 무엇인가를 새기고 있었다. 나무 그늘 아래에 궤짝을 놓고 바나나, 사탕, 음료수 등을 파는 사람도 보였다. 땅에 무언가를 그리며 놀던 아이들이 지나가는 나를 보고 "헬로"라 소리치기도 했다.

어느 집 앞을 지나치는데 염불 외는 소리가 들려왔다. 자전거를 세우고 마당 안으로 들어가보니 여인들이 두 손을 합장한 채 기도를 하고 있었고, 목조 가옥의 어두컴컴한 방 안에서도 남자들이 기도를 하고 있었다. 우두커니 서서 그곳을 바라보고 있는 나에게 젊은 사내가 다가와 물어보았다.

"무슨 일이십니까 ?"

영어를 곧잘 하는 청년이었다.

"그냥 지나가다 들렀는데 무슨 행사가 있나요?"

"장례식입니다. 할머님이 어제 저녁에 돌아가셨습니다."

청년이 슬픈 표정으로 말했다.

"안됐군요."

나는 공손히 인사한 후 곧 뒤돌아 나왔다. 남의 집 슬픈 일에 기웃거리는 것이 예의가 아닌 듯싶었다. 그런 나에게 청년도 공손히 인사했다.

"안녕히 가십시오."

그 집에서 나온 지 얼마 안 되어 다리를 만났다. 다리 밑에 턱이 있었고 물길을 터놓은 한쪽 구석으로 냇물이 급하게 흘러서 마치 조그만 폭포 같았다. 벌거벗은 아이들이 물속으로 뛰어드는가 하면 잠수했던 아이들은 개구리처럼 허우적거리며 물살을 헤치고 나왔다.

강변을 따라 달리자 물살이 약하게 흐르는 호수 같은 곳이 나왔다. 야자나무 그늘은 시원했고 어디선가 바람결을 따라 음악이 들려왔다. 강 건너 수상가옥 앞의 냇물에서는 아이들이 목만 내밀고 수영을 하고 그 옆집에서는 한 여인이 가슴 밑으로 천을 두른 채 목욕을 하고 있었다.

13세기 중국인 주달관(周達觀)의 『진랍풍토기(眞臘風土記)』에 보면 캄보디아 사람들은 남녀 구별 없이 모여서 옷을 다 벗고 목욕한다는 기록이 나온다. 여인들도 손바닥으로 중요한 부분만 가리고 부끄럼 없이 목욕을 하는데, 귀부인들도 서민들과 어울려 그렇게 목욕했다고 한다. 많은 중국인이 그 광경을 구경하기 위해 캄보디아를 찾았는데 가끔 서로 구경하기 좋은 자리를 차지하려고 다툼도 일어났다고 한다. 그러나 그건 옛날의 풍습이고 지금은 옷을 입고 목욕을 하고 있었다.

조금 더 가니 좁고 낡은 나무 다리 중간에, 소년 둘이 앉아서 낚싯줄을 당기고 있었다. 자전거를 강변에 세워두고 그들에게 다가갔다. 키가 큰 소년은 내가 오는 것도 모른 채 코카콜라 캔에 얇은 낚싯줄을 감고 있었다. 말없이 옆에 털썩 앉자 키 큰 소년이 돌아보며 씨익 웃었다.

"많이 잡았어?"

"두 마리밖에 못 잡았어요."

소년은 영어를 곧잘 했는데 그가 보여주는 양철통 안에서 조그만 물고기 두 마리가 퍼덕거리고 있었다.

"팔려고 잡니?"

"아니요, 집에서 먹으려고요. 보통 때는 낚시할 시간이 없고 일요일이니까 하는 거예요."

고등학교 3학년이라는 키 큰 소년은 프놈펜에 있는 대학에 가고 싶다고 했다. 옆에 있던 키 작은 소년이 갑자기 낚싯줄을 손으로 잡아당기자 손바닥만 한 물고기가 퍼덕거리며 매달려 올라왔다.

"어느 나라에서 왔습니까 ?"

"한국…… 영어를 꽤 잘하는군."

"저뿐만 아니라 대부분의 아이가 요즘 영어 배우느라 정신없어요. 한창 외국인이 많을 때는 늘 앙코르와트 근처에서 살다시피 해요."

"왜?"

"그곳에서 아무 외국인이나 붙잡고 영어 회화를 공부하려고요."

맑은 눈망울을 가진 소년과 이런저런 얘기를 나누었다. 크메르루주, 쿠데타, 내전, 미래…… 소년은 분명한 생각을 가지고 있었다. 그는 크메르루주는 싫지만 거기에는 불쌍한 아이들도 많다고 했다. 부모도 없고 돌봐주는 이도 없는 아이들이 배고프고 외로우니까 자기들끼리 뭉쳐서 싸웠다는 것을 명확히 인식하고 있었다. 그럼에도 불구하고 폴 포트는 미치광이라며 머리를 내저었다. 그리고 소년은 캄보디아가 앞으로 더 잘살게 될 것이라는 믿음을 갖고 있었는데 그의 모습이 마치 비온 뒤에 쑥쑥 솟아나는 대나무 순처럼 희망차 보였다.

시내를 빠져나와 강을 거슬러 북쪽으로 올라가다 보니 오른쪽에 불교 사원이 보였다. 내친 김에 무작정 들어가보았다. 노란색 승복을 반쯤 걸치고 까만 어깨를 드러낸 젊은 승려들이 호기심 어린 눈초리로 나를 쳐다보았다. 나는 자전거에서 내려 가볍게 목례를 하고 물었다.

"이 절 이름이 무엇입니까?"

"내 이름은 오빠 산도입니다."

"예?"

동문서답하는 그의 대답도 황당했지만 이름은 더욱 그랬다.

오빠 산도……? 터져나오는 웃음을 꾹 참고 있는데 바로 오른쪽 건축 공사장에서 일하던 승려들이 우리의 대화를 듣고 한바탕 떠들며 웃음을 터뜨리기 시작했다.

마침내 2층 창틀에 걸터앉아 망치질을 하던, 머리에 누런 수건을 동여맨 승려가 내려왔다. 생김새는 우락부락했지만 대답만은 정중했다.

"이 절 이름은 인코사익 파고다입니다."

그 승려가 '오빠 산도'에게 뭐라 핀잔을 주자 주변에 몰려든 승려들이 또 웃음을 터뜨렸다. 그들은 외국인인 나에게 흥미를 갖고 이것저것 물어보았다. 내 직업과 수입에 대해서 물었고 한국의 정치 상황에도 관심이 많았다. 나도 그들과 헤어지기 전에 한번 물어보았다.

"당신들은 훈 센 총리를 좋아합니까?"

그 당시 훈 센 제2총리는 쿠데타를 일으켜 시아누크 국왕의 아들이자 제1총리인 라나리드를 쫓아냈었다.

"몰라요."

"그러면 훈 센에게 쫓겨난 라나리드 총리는요?"

"모릅니다."

"시아누크 국왕은요?"

"좋아해요!"

모두 이구동성으로 말했다. 당연히 그랬을 것이다. 시아누크의 고향이 바로 이 시엄리업 아닌가.

그들과 헤어진 후 다시 달리다 보니 구멍가게처럼 보이는 목조 건물 위에 '캄보디아 인민당사'라는 간판이 눈에 띄었다. 그곳을 지나자 숲이 더욱 우거지더니 한적한 길 오른쪽에 제법 큰 목조 건물이 보였다. 거기에는 '上智大學'이라는 한자 간판이 걸려 있었다. 일본의 조치(上智) 대학이 이곳까지 진출한 것 같았다.

길모퉁이를 돌자 얼마 안 떨어진 곳에서 집채만 한 코끼리가 길을 건너는 광경이 눈에 들어왔다. 코끼리는 천천히 비탈길을 내려가 강물 속으로 들어가더니 목만 달랑 내어놓은 채 긴 코로 몸에 물을 뿌렸다. 코끼리 머리 위에 탄 사내가 날카로운 낫으로 등을 긁어주자 코끼리가 잠수해버렸고 그 바람에 사내의 허리까지 물이 차올랐다. 사내가 코끼리 등을 낫등으로 내리쳤더니 다시 코끼리가 물 위로 올라왔다. 이 평범하고 지루한 광경을 몇몇의 구경꾼들이 우두커니 서서 하릴없이 바라보고 있었다. 지루할 정도로 고요한 시엄리업의 한낮이었다.

숙소로 돌아온 나는 무더위에 파김치가 되어 곯아떨어졌고 밤이 되어서야 다시 돌아다닐 수 있었다. 이곳에 있는 몇 개의 나이트클럽 중에 시장 부근에 있는 마티니 클럽에 가보았다. 입장료는 따로 없었고 술값만 받았는데, 큰 앙코르 맥주 한 병에 2달러가 채 안 되었다.

어두컴컴한 실내에서는 서양 록 음악과 캄보디아 전통 음악이 번갈아 흘러나왔다. 캄보디아의 흥겨운 전통 음악이 나오자 무대에서 서양 춤을 추던 이들이 모두 캄보디아의 민속춤 '람브엉'을 흥겹게 추기 시작했다. 서로 모르는 사이에도 함께 어울려 둥글게 원을 그리더니 손목과 손가락을 흔들며 춤을 췄다. 맥주 한 잔을 마시며 그 광경을 구경하고 있자니 꽤 흥겨웠다. 그 와중에 무릎 밑까지 내려오는 검은 스커트에 하얀 와이셔츠를 단정하게 차려입은 여종업원이 손님 자리를 돌아다니면서 맥주 잔에 얼음을 넣어주었다.

'아니, 위스키도 아닌데…… 하긴, 베트남에서도 맥주에 얼음을 넣어 마셨지.'

한두 번은 좋았다. 시원한 맛에 마셨다. 그러나 얼음이 조금만 녹아도 계속 넣어주니 나중에는 맥주 맛이 밍밍해졌다. 하지만 부지런한 그녀의 배려가 고마워 주는 대로 마셨다.

여종업원을 찬찬히 들여다보니 꽤 지적이고 착한 인상의 여인이었다. 이런 데서 일하는 여느 여인들과 달리 웃지도 않고 묵묵하게 자기 할 일만 하고 있었다.

'아르바이트 하는 여학생일까?'

어떤 사연이 있는 듯싶어 공연히 안쓰러운 마음이 들었지만 굳이 질문을 던지지는 않았다.

밖으로 나오니 가로등 없는 거리는 어둠 천지였다. 엉금엉금 기다시피 걸어서 게스트 하우스 근처까지 온 나는 도로에 있는 포장마차에 들어갔다. 호롱불을 밝힌 그곳에서 국수를 먹으며 살펴보니 모녀가 함께 포장마차를 꾸려가는 것 같았다. 엄마로 보이는 여인은 다른 손님을 받았고 내 국수는 어린 소녀가 말아주었다. 소녀는 국수를 말아준 후 호롱불 밑에서 책을 보기 시작했다.

소녀에게 말을 걸어보니 간단한 영어를 할 줄 알았다. 이런저런 질문에 부끄러워하면서도 곧잘 대답했다. 나이는 열다섯. 학교는 돈이 없어서 못 가고 대신 학원에 가서 오전 11시에는 태국어 공부, 오후 7시에는 영어 공부를 각각 한 시간씩 한다고 했다. 수업료는 시간당 2백 리엘이라 했다. 나는 한참 동안 돈 계산을 해보았다. 그 당시 환율이 1달러에 3천 리엘이고, 1달러에 9백 원 정도였으니 한 시간 수업료가 70원 꼴이었다.

70원…… 그 수업료가 비싸서 많이 공부할 수 없다는 소녀는 계산을 하는 나를 바라보며 생글생글 웃었다. 이런 아이들을 만난 것은 한두 번이 아니었다. 인도에서, 파키스탄에서, 아프리카에서, 그리고 캄보디아의 프놈펜에서…… 수없이 만났다. 선진국이라 일컫는 몇몇 지역을 빼면, 빈곤은 전 세계에 널리 퍼져 있었다. 그런 탓에 새삼스런 만남은 아니었지만 소녀의 처지가 못내 안타까웠다.

국수를 다 먹고 일어서자 소녀는 웃으며 인사했다.

"감사합니다. 다시 봐요."

"그래, 고마워."

떠나며 손을 흔들자 소녀와 그 옆의 어머니, 그리고 함께 앉아 있던 다른 이들도 모두 손을 흔들며 밝게 웃었다. 칠흑처럼 어두운 밤길은 적막했다. 얼마쯤 걸어가다 뒤를 돌아보니 아까 들렀던 포장마차 불빛이 캄캄한 바다의 등대처럼 빛나고 있었다.

나는 우두커니 서서 그곳을 한참 동안 바라보았다. 열심히 살아가는 소박한 사람들, 온 가족이 모여서 국수를 마는 이들. 그러나 찢어지게 가난한 사람들, 공부할 형편이 안 되어 맘껏 공부도 못 하는 소녀…… 그들은 행복할까, 불행할까?

다음날, 우연히 만난 한국인과 함께 다시 포장마차에 들렀는데 그 역시 소녀를 보며 마음 아파했다.

한편, 고대 문명에 대한 대담한 가설로 주목을 끌고 있는 그레이엄 핸콕은 앙코르란 말은 어쩌면 고대 이집트 언어 안크-호르(Ankh-hor)에서 온 것은 아닐까라는 가설을 내놓는다. 안크-호르는 '호루스가 살아 있기를' '호루스에게 생명을'이라는 뜻이다. 호루스는 이집트 신화에서 가장 중요한 신인 오시리스의 아들이다. 하지만 이집트 문명과 앙코르 문명 사이에는 수천 년의 공백이 있다. 그도 이 사실을 잘 알고 있기에 앙코르 문명은 시기적으로나 예술적으로 이집트 문명과 직접적인 연관은 없다고 얘기하면서도, 어쩌면 우리가 알지 못하는 먼 고대 문명과 뭔가 연관이 있을지도 모른다는 암시를 슬그머니 던지고 있다.

앙코르, 세상을 만나다

앙코르의 발견

12~13세기에 한창 번성했던 앙코르 문명은 15세기 중반 급격하게 쇠퇴했고 한때 영광스러웠던 수많은 사원은 그후 정글로 뒤덮여갔다. 이 폐허의 앙코르 유적지가 세상의 주목을 받게 된 것은 프랑스의 탐험가 앙리 무오에 의해서였다.

그러나 앙리 무오가 이 유적지를 '발견'한 것은 아니었다. 그가 처음 앙코르 유적지에 오기 10년 전에 이미 이곳을 방문했던 유럽인이 있었다. 동남아시아에 가톨릭을 전파하러 나섰던 샤를 에밀 부유보라는 프랑스인 신부로, 이틀간 앙코르 유적지를 방문한 후 여행기를 써냈다. 물론 그 이전인 17~18세기에도 서방의 여행가들이 이곳을 방문한 적이 있었다.

유럽인들만 이곳에 왔던 것은 아니다. 17세기 중반 일본 큐슈 출신의 상인인 모리모토 우콘다유도 이곳을 방문했다. 나는 그 애기를 시엄리업에서 만난 일본인 고고학자에게서 들었다. 그의 이름은 풍수선생(風水先生). 여행하다 보면 가끔 독특한 사람을 만난다. 처음에 그가 건네주는 명함을 보고 나는 잠시 어리둥

절했었다. '偉大的考古學者 大發掘俱樂部代表 風水先生.' 해석하면 '위대한 고고학자 대발굴 클럽(구락부) 풍수선생.'

터져나오는 웃음을 간신히 참는데 그도 슬며시 웃으며 본명보다는 풍수선생이라 불러달라 했다. 나이는 내 또래였다.

"그런데, '위대적 고고학자'라는 표현은 중국식 아닙니까?"

"아, 이 명함은 제가 중국 여행 때 사용했던 겁니다."

"무슨 발굴을 하십니까?"

그는 나의 질문에 눈을 껌벅거리다 피식 웃었다.

"앞으로, 미래에 그렇게 된다는 뜻이지요…… 지금은 실업자입니다, 실업자."

"푸하하하하."

그러나 그는 아마추어 고고학자로서 뭔가를 하는 친구였다. 그는 대학에서 고고학을 전공한 후 직장에 조금 다니다가 그만두고 10년 전부터 일정한 직업 없이 떠돌며 고고학에 관련된 글을 쓰고 있었다. 유럽에서 약 3년을 머무는 동안 일하면서 간간이 여행도 즐긴 그는 박물관을 드나들며 독학으로 고고학을 연구한, 말 그대로 아마추어 학자다. 세 번이나 우리나라를 방문했던 그는 한국 레스토랑에서 일한 적도 있었고 한국말도 곧잘 했다. 현재는 미혼. 여자친구는 있지만 깔끔하고 안정된 것을 좋아하는 그녀는 자신이 거지처럼 이렇게 여행하는 것을 싫어한단다. 그 역시 그녀와 결혼을 생각해본 적은 없고 가끔 동거하는 사이로 만족한다고 했다. 그러면서 이렇게 자유롭게 여행을 즐기며 사는 사람이었다.

나는 그에게서 앙코르 유적지에 서린 일본인들의 흔적에 대해 얘기를 들었고 나중에 그와 비슷한 얘기를 또다른 자료를 통해 접할 수 있었다.

17세기 중반 일본 규슈 출신의 상인인 모리모토 우콘다유는 베트남의 호이안에 있는 일본인촌을 방문했다가 똔레삽 호수 근처에 거대한 사원이 있다는 사실을 알게 된다.(베트남 중부의 도시 호이안은 일본인들이 많이 왕래했던 곳으로 지금도 일본교라는 다리가 남아 있다.) 그는 호이안에서부터 여행을 시작해 똔레삽 호수를 가로질러 고생 끝에 이곳에 당도했다. 와보니 똔레삽 호수 근처 빈야르란 곳에도 일본인 마을이 있었고, 그 당시에는 부두가 내륙 쪽으로 더 깊숙이 들어와 있었다고 한다.

이미 폐허가 되었지만 사람들이 불공을 드리는 등 그때까지도 종교의 기능을 하고 있던 앙코르 유적지를 돌아보며 그는 이곳을 현재 네팔 땅에 있는 부처의 탄생지 '룸비니'로 착각했다. 감격에 겨웠던 그는 네 좌의 부처상을 이 사원에 기증한 후, 그의 노모를 위해 기도했다. 그리고 앙코르와트 벽 어딘가에 그의 글을 새겨놓았다는데 풍수선생은 그것을 찾고 싶다고 했다.

그런데 우콘다유의 아버지인 모리모토 기마유는 임진왜란 때 조선을 침략한 장수 가운데 한 사람인 가토 기요마사의 병졸이었다. 일본은 1603년부터 도쿠가와 이에야스가 해외의 무역을 인정했고 이때부터 일본인들은 동남아로 진출하기 시작했다. 그런 정치 · 경제적 분위기 속에서 우콘다유가 1632년 앙코르와트를 방문하게 된 것인데, 부유보 신부나 무오보다 2백 년 이상 전의 얘기다.

이 사실은 무엇을 의미하는가? 이미 앙코르 왕국이 멸망한 후에도 여전히 승려들이 사원에 살고 있었고 종교적인 기능은 남아 있었다는 뜻이다. 게다가 앙코르 유적지에 대한 얘기는 끊임없이 인근 지역으로 전해져 태국과 베트남에서는 상식이었다는 것. 그러니 위에서 언급한 이들 말고도 사실 폐허가 된 앙코르 유적지를 방문한 사람들은 많았을 것이다.

한편, 앙리 무오는 결코 자기가 앙코르 유적지를 '발견'했다고 주장하지 않았다. 다만 매스컴과 세상 사람들의 입방아 때문에 그렇게 알려졌을 뿐. 그럼에도 불구하고 앙리 무오는 다른 이들과 달랐다. 그는 원래 동식물학자로 그의 이름도 '무오티아 글로리오사'라는 멋진 풍뎅이 이름에서 따왔다고 한다. 다른 이들은 단 며칠 만에 휘 둘러보고 간단한 인상기만을 남겼지만 1860년에 앙코르를 방문한 앙리 무오는 오랜 세월을 이곳에 머물며 꼼꼼하게 기록하여 세상 사람들에게 알렸다.

정확하게 표현하면 앙리 무오의 열정이 앙코르 유적지를 '재발견'했다고 할 수 있지 않을까?

앙코르라는 말의 유래

현재 우리는 앙코르 문명, 앙코르 왕국 등 '앙코르'란 말을 쓰고 있지만 정작 그 문명을 일으킨 크메르인들은 그당시 자신들을 그렇게 부르지 않았다.

크메르인들은 그들의 왕국을 캄부자(Kambuja) 왕국이라 불렀다. 거기서 유래되어 현대에 한때 민주 캄푸치아(Democratic Kampuchea, 1975~1979), 캄푸치아 인민공화국(The People's Republic of Kampuchea, 1979~1989) 등의 이름이 쓰이기도 했다. 프랑스인들은 캄푸치아를 캉보주(Cambodge)라 불렀고 이것이 영어식으로 바뀌면서 현재의 캄보디아(Cambodia)가 된 것이다. 즉, 민족과 언어를 나타낼 때는 크메르(Khmer)로, 나라 이름을 말할 때는 캄보디아(Cambodia)로 부른다.

왜 캄부자 왕국은 앙코르 왕국이라 알려졌을까?

학자들은 산스크리트어로 도시라는 뜻을 가진 '나가라(Nagara)'라는 말이 '앙코르'로 변했다고 보는데, 변화 과정에 대해서는 여러 설이 있다.

1860년대에 이곳을 방문했던 앙리 무오는 자신의 일기장에 이런 글을 적어놓았다.

> 이곳을 현지인들은 '앙코르'라고 부른다. 이 말은 산스크리트어의 '수도'라는 뜻의 '나가라(Nagara)'에서 변화한 것으로 보이며, 나가라는 '큰 뱀이 있는 곳—용궁'이라는 뜻도 된다. 용궁이 있는 나라를 '난고르'라고 발음하는 것 같은데, 현지인들의 난고르라는 발음이 변해 앙코르라 불리는 것으로 생각된다.

또, 동남아시아 미술사를 연구하고 앙코르에 대한 소개서를 쓴 돈 루니(Dawn Rooney)는 앙코르란 서양인들이 처음으로 쓴 말로 추정하고 있다. 원래 크메르인들은 자신들이 만든 도시를 산스크리트어의 도시를 뜻하는 나가라란 단어에서 유래한 나콘(Nakhon)이라 불렀는데, 서양인들이 처음에 와서 '나콘'이란 단어를 잘못 듣고 적어 '앙코르(Angkor)'로 알려졌다는 것이고, 나가라(Nagara)가 노코르(Nokor)—옹코르(Ongkor)—앙코르(Angkor)로 변했다는 설도 있다.

한편, 고대 문명에 대한 대담한 가설로 주목을 끌고 있는 그레이엄 핸콕은 앙코르란 말은 어쩌면 고대 이집트 언어 안크-호르(Ankh-hor)에서 온 것은 아닐까라는 가설을 내놓는다.

안크-호르는 '호루스가 살아 있기를' '호루스에게 생명을'이라는 뜻이다. 호루스는 이집트 신화에서 가장 중요한 신인 오시리스의 아들이다. 하지만 이집트 문명과 앙코르 문명 사이에는 수천 년의 공백이 있다. 그도 이 사실을 잘 알고 있기에 앙코르 문명은 시기적으로나 예술적으로 이집트 문명과 직접적인 연관은 없다고 얘기하면서도, 어쩌면 우리가 알지 못하는 먼 고대 문명과 뭔가 연관이 있을지도 모른다는 암시를 슬그머니 던지고 있다.

확실한 것은 알 수 없지만 어쨌든 앙코르 문명이라 일컫는 위대한 문명이 크메르인들에 의해서 건설된 것만은 분명하다.

앙코르 왕국의 번영과 멸망

인류의 문명은 고대든 현대든 물에서 태동한다. 언제나 도시는 강이나 호수를 끼고 발전했는데 캄보디아란 나라의 젖줄은 메콩 강, 똔레삽 강 그리고 똔레삽 호수다. 특히 똔레삽 호수는 제주도의 1.5배 정도 크기로 우기 때는 약 3배로 불어나는, 세계에서 셋째로 큰 호수다. 이곳에는 민물고기가 매우 풍부하여 인근의 사람들을 먹여살렸는데, 이 호수의 북쪽에 시엄리업이란 작은 도시가 있고 여기서 북동쪽으로 약 6킬로미터 떨어진 정글에 앙코르 유적지가 있다.

즉, 한때 영광의 세월을 구가했던 앙코르 왕국의 무대는 똔레삽 호수였다. 하지만 이 유적지가 서방에 처음 알려졌을 때 유럽인들은 과연 현재의 크메르인들이 이 거대한 문명을 일으켰을까에 대해 의문을 던졌다. 현재의 캄보디아에 살고 있는 크메르인들의 모습은 너무나 초라하고 시대에 뒤떨어져서, 그들이 이런 위대한 문명을 창조했을 리 없다는 오만한 편견 때문이었다.

그러나 앙코르 왕국은 분명히 크메르인들의 조상이 일으킨 것으로, 9세기 초부터 15세기 중엽, 우리 역사로 보면 통일신라 시대부터 조선 초기까지 존재했던 왕국이었다. 이 왕국은 12~13세기에는 주변의 태국, 미얀마, 말레이시아, 베트남 등의 왕국으로부터 조공을 받을 정도로 크게 융성했었다.

앙코르 왕국이 나타나기 전에 캄보디아에 있던 왕국은 1세기 말부터 6세기 중엽에 있던 푸난(扶南, 부남) 왕국과 6세기 중엽부터 9세기 초에 존재한 첸라(眞臘, 진랍) 왕국이다.

한문 문헌 기록에 따르면 메콩 강 하류 지역에 있던 크메르족들은 원래 여왕을 모시고 살았는데, 인도 출신의 이방인이 나타나 활로 토착민을 굴복시킨 후, 여왕을 아내로 삼아 인도의 풍속을 전파했다고 한다.

한편, 크메르인의 전설에 의하면 아득한 옛날 일곱 개의 머리를 가진 뱀의 왕 나가(Naga)가 바다에서 똔레삽 호수 부근으로 찾아왔다. 그러고는 아름다운 달의 딸과 결혼하여 바위 구멍에 수정 궁전을 지은 후 물과 진흙을 빨아올려 강과 들, 숲을 만들었다. 그리고 딸 소마(Soma)를 낳았는데, '소마'는 힌두교에서 달의 신을 가리키는데 소마 공주는 어느 날 인도에서 온 카운디냐(Kaundinya) 왕자에게 마음을 빼앗겼다.

인도에 있던 자신의 나라가 황폐해지자 나라를 버리고 이곳까지 온 왕자는 활로 소마 공주의 마음을 사로잡았는데, 그는 이곳에서 볍씨를 발견하고 매우 좋아했으며, 뱀의 왕 나가의 허락을 받아 소마와 결혼하여 새로운 나라를 세웠다. 그 나라가 푸난 왕국으로, 푸난이라는 중국어 발음은 '산의 왕' 또는 '산의 지배자'라는 뜻의 고대 크메르어인 '프남'(현대 크메르어로 프놈=Phnom, 언덕)에서 온 것이다.

이렇게 시작된 푸난 왕국은 인도와 중국 사이에서 해상무역을 하며 5세기 말에 크게 번성했다. 3세기경 오나라 사절단 강태(康泰)와 주응(朱應)의 기록에 의하면 이 나라의 평민의 모습과 생활상을 묘사한 캄보디아의 왕과 귀족, 그리고 평민들 사이에는 위계질서가 분명했다.

힌두교의 문화를 받아들여 왕은 반신(半神)적인 존재였다. 성 안의 우아한 왕궁은 벽돌로 지었는데 겉에는 흰 회칠을 했고 왕은 아침마다 서너 차례에 걸쳐 신하들의 알현을 받았다. 왕과 귀족들은 화려한 생활을 했으며 어디를 가더라도 코끼리 위에 앉았다. 일반 백성들은 아래만 가린 채 벌거벗고 다녔고 검은 피부색에 머리카락이 곱슬곱슬해서 추한 모습이었다. 그리고 그들은 강가에 일렬로 붙여 지은 대나무 집에서 살았다.(지금도 그 풍경은 비슷하다)

평민들은 닭싸움과 소싸움을 즐겼고 도둑질을 용서하지 않았다.(현재도 바욘 사원의 벽에 있는 부조에 이런 모습들이 많이 눈에 띈다.) 주민의 대부분은 농사를 지었고 사탕수수와 면화도 재배하였다. 그리고 죄를 지은 경우 범인을 잡아내는 방법이 미신적이었다. 끓는 물속에 반지나 계란을 넣고 건지게 하여 손을 데이지 않거나, 뜨겁게 달군 쇠사슬을 맨손으로 들고 일곱 발자국을 걷는 동안 데이지 않거나, 또는 물속에 오랫동안 잠수하여 죽지 않으면 결백하다고 믿었다.

그렇게 번성하던 푸난 왕국은 실크로드를 통한 중앙아시아 육로 무역이 활발해지고 해상 무역의 중요성이 줄어들자 쇠퇴하는데, 이때 분열된 소왕국들을 통합하면서 나타난 나라가 첸라 왕국이다.

현재 크메르족의 조상격인 콤(Khom) 족의 첸라 왕국은 푸난 왕국의 북쪽, 즉 현재 남부 라오스와 북부 캄보디아 지역에서 일어난 후, 전 푸난 왕국을 통합하면서 통일 왕국이 되었다.

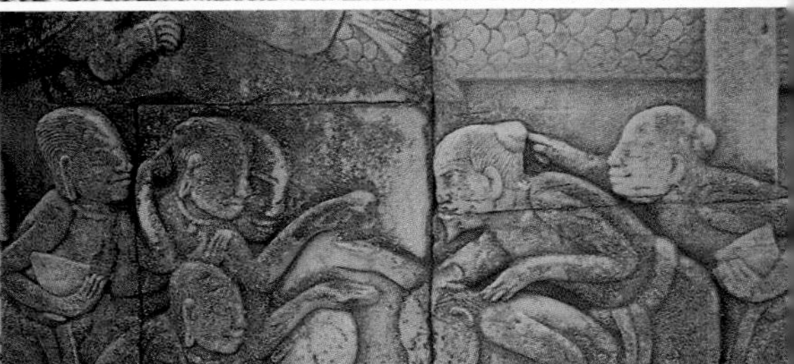

이들은 인도의 선진 문화를 도입하고 중국과 교역하면서 발전했다. 이들은 왕의 이름 뒤에 산스크리트어로 '피보호자' 혹은 '부하'라는 뜻의 '바르만(Varman)'을 붙였다. 이는 크샤트리아(무사) 계급의 이름에 사용되는 경칭인데, 푸난 왕국 때부터 나타났다가 후에 앙코르 왕국에도 전파되었다고 한다. 그래서 앙코르 왕국 왕들의 이름은 '바르만'으로 끝난다.

한문 문헌 기록에 보면 첸라 왕국의 수도 이사나푸라에는 2만 가구가 있었고 왕국에는 30개 이상의 도시가 있었다.

비단옷을 입은 왕은 사흘에 한 번씩 보석과 가죽 또는 상아로 장식한 단상에 앉아 정사를 보았는데, 귀걸이를 하고 비단옷을 입은 관리들은 왕을 알현한 후에는 무릎으로 뒷걸음쳐서 물러났다고 한다. 큰아들이 왕위를 계승하고 왕 즉위일에 다른 형제들은 자신의 귀, 손가락, 코를 잘라 반란하지 않을 것을 새로운 왕에게 맹세하며 왕은 이 형제들에게 왕궁을 하사하는 등 편히 살도록 보살폈다.

백성들은 남녀 모두 머리를 기르고 귀고리를 한 차림이었고 놀기 좋아했다. 또한 그들은 왼손을 더럽다고 믿었으며 작은 나뭇가지를 사용해 이를 닦고 아침마다 목욕을 했다.

첸라 왕국은 처음에는 똔레삽 호수 근처에 근거지를 두었다가 8세기 초부터 호수 근처의 낮은 지대를 중심으로 살아가는 수첸라(水眞臘) 왕국과, 북부의 산지를 중심으로 살아가는 내륙 첸라(陸眞臘) 왕국으로 분열된다.

그후 9세기 초에 이들을 통합하고 앙코르 왕국의 초석을 닦은 이가 자야바르만 2세(802~834)였다. 그는 앙코르 유적지에서 북서쪽으로 약 30킬로미터 떨어진 프놈꿀렌에서 의식을 갖고, 스스로를 데바라자(데바-신, 라자-왕), 즉 우주의 지배자라 일컬으며 제정일치의 시대를 연다. 그리고 현재 앙코르 유적지에서 남동쪽으로 15킬로미터 떨어진 롤루오스(Roluos) 지역인 '하리하랄라야'에 도읍지를 정한 후, 자신의 나라를 '캄부자(Kambuja)' 왕국이라 불렀다.

캄부자(혹은 깜부자)라는 말은 7세기경에 등장한 첸라 왕국의 시조에서 유래했다. 설화에 따르면 첸라의 시조는 '캄부스바얌부바'라는 이름의 왕자와 천녀 '메라' 사이에서 태어났는데 그가 푸난 왕국을 무력으로 흡수하여 합병하였다. 그후 첸라 왕국 때부터 캄부자라는 단어가 이 지역을 가리키는 명칭이 되었다가, 약 2백 년 후 '캄부의 아들들'이란 뜻의 '캄부자'가 왕국의 정식 명칭이 되면서 역사의 전면에 등장하게 된 것이다.

평생 앙코르 문명을 연구한 엘리너 마니카(Eleanor Mannika)는 캄부(Kambu)를 태양족 혈통을 확립한 인물로 보는데 훗날 발견된 비문에 '태양족과 달족을 결합시키고, 모든 경전과 예술에 통달했으며, 스스로 창조된 캄부에게 영광을 돌린다'는 취지의 말이 새겨져 있다고 한다. 캄부의 배우자인 메라(Mera)는 천상의 여인으로 시바 신에 의해서 위대한 성자의 배우자가 될 운명을 타고났다고 한다.

이처럼 이들은 자신들의 혈통을 하늘과 연관시키고 있다. 결국, 푸난 왕국과 첸라 왕국을 거쳐 오는 동안 크메르인들의 신화와 의식 속에서 하늘과 바다, 태양과 달이 결합된다.

즉, 최초의 캄보디아인은 '나가(뱀의 왕, 혹은 용)'를 모시던 해양 민족이었고 여기에 고등 문화를 갖고 있던 인도인들이 들어와 벼농사를 전파했음을 암시한다. 그리고 소마 공주는 달과 연관된 혈통을 의미하는데, 처음에는 이들이 주요 세력이었다가 나중에 태양과 연관된 '캄부의 자식들'과 결합하면서 태양족들이 주도권을 잡은 것으로 보인다.

실제로 푸난 왕국을 흡수한 첸라 왕국의 파바바르만 왕은 용의 피가 섞인 푸난 왕국의 왕족 출신이었으며 그 역시 푸난 왕국의 공주와 결혼했다. 이처럼 푸난 왕국과 첸라 왕국의 지배계급은 혈통이 섞이는 가운데 그 속에 흐르는 신화와 의식도 뒤섞인 것으로 보인다. 그 결과물이 바로 앙코르 왕국이며 그런 까닭에 지금도 앙코르 유적지의 사원들에는 태양과 달, 양력과 음력의 상징들이 절묘하게 결합되어 있다.

본격적인 앙코르 왕국의 건설은 인드라바르만 1세와 그 후계자 야소바르만 1세에 의해 시작되었고 이 시기에 많은 사원이 건설되었다.

인드라바르만 1세(877~889)가 건설한 초기 유적은 롤루오스에 남아 있다. 그곳에는 롤레이 유적, 쁘레아꼬, 바꽁 사원 등이 있는데, 특히 바꽁 사원은 우주의 중심인 메루 산(수미산)을 형상화한 것으로, 이런 건축 기법은 그후 앙코르 왕국 사원의 보편적인 양식이 된다.

앙코르 왕국 시절에는 왕실의 권위가 더욱 높아져 백성들 위에 군림했다. 왕은 신이었고 모든 토지와 생산물, 국민의 소유자였고 주인이었다. 이런 힘을 바탕으로 백성들을 동원해 거대한 사원들을 짓기 시작했다.

인드라바르만 1세의 아들인 야소바르만 1세(889~910)는 그 지역에 있는 산 중에서 가장 낮은 해발 약 60미터의 프놈바켕 정상에 신전을 세운 후, 그곳의 바위를 떼어다가 주변에 거대한 최초의 도성을 세웠다. 그리고 자기의 이름을 따서 '야소다라푸라'라고 불렀다. 그는 서쪽의 타이족을 누르고 지금의 미얀마까지 경계를 확장했고 동쪽은 참파, 남쪽은 바다까지 크게 영토를 넓힌 왕이었다.

이 왕에 얽힌 슬픈 전설이 있다. 그는 스무 살이 못 되어서 왕위에 올랐는데 야심을 갖고 일으킨 대토목 공사 때문에 백성들의 반발이 끊이질 않았다. 두 차례의 반란이 있었으나 어렵사리 진압한 후, 도성으로 들어오다 문둥병자 할머니에게 입맞춤을 당해 문둥병에 걸리게 되었다. 그러자 아무도 그에게 접근하지 않았고 왕은 방에 갇히는 신세가 되었다.

이때 끝까지 옆에서 왕을 보살핀 것은 그의 네 왕비였다. 그들의 헌신적인 보살핌을 받다가 왕위에 오른 지 11년 만에 죽은 야소바르만 1세는 죽어서 '라이왕'이라 불리는 신이 되었다는 전설이 남아 있다.

그후 몇몇 왕들이 각종 사원을 건설했고 열렬한 힌두교도였던 수리야바르만 2세(1113~1150)는 그 유명한 힌두교 사원인 앙코르와트를 건설했으며 자신을 힌두교의 보호-유지의 신인 비슈누와 동일시했다. 그러나 그가 죽고 나서 후계자 다툼으로 혼란에 빠지자 그 틈을 타 참파(Champa) 왕국이 침입한다.

참파 왕국은 역시 인도 문화와 종교의 영향을 받은 나라로, 한때 베트남 중부 지역에서 크게 일어났었다. 중국측에서는 임읍(林邑)이라고 불렀는데 앙코르 왕국과 접전을 벌이는가 하면 훗날 베트남 북부에서 일어난 비엣 족을 위협하기도 했다. 그러다가 근세에 와서 완전히 비엣 족에게 흡수되어 현재 참 족은 베트남의 소수민족으로 전락했다.

참파 왕국은 12세기에 강성하여 1177년에 앙코르 왕국을 침략했다. 참파의 공격을 받은 앙코르 왕국은 수도가 함락되는데, 이때 반격해서 참파군을 격퇴한 왕자가 바로 후일 앙코르 제국의 가장 위대한 통치자인 자야바르만 7세(1181~1219)다.

그는 왕의 아들이 아닌 방계였는데 내륙과 똔레삽 호수로 침공하는 참 족과의 전투에서 승리하며 왕위에 오른다.(그의 전투 장면은 그가 세운 바욘 사원의 부조에 잘 나타나 있다.)

그는 현재 우리가 볼 수 있는 둘레 3킬로미터의 성벽 안에 만든 '앙코르톰(위대한 도성)'을 건설한 후, 이곳으로 도읍지를 옮겼다. 그리고 강성한 국력을 바탕으로 참파국을 물리치고 영토를 확장시켰다. 당시의 영토는 정확히 알려지지 않았지만, 라오스의 일부, 태국의 북동부, 베트남 남부까지 지배하면서 앙코르 왕국의 가장 강대한 시절을 열었던 것으로 추정된다.

그는 수리야바르만 2세가 힌두교를 믿었던 것과는 달리 대승불교에 심취했다. 그가 만든 유명한 바욘 사원의 수많은 사면 얼굴 조각은 관세음보살(아발로키테슈바라)을 의미하며 그 자신을 관세음보살과 동일시했다. 그는 관세음보살답게 백성을 위한 구제 사업을 활발하게 했다.

그는 이 앙코르톰 안에 니악뽀안(Neak Pean), 쁘레아칸(Prea Khan), 따쁘롬(Ta Prohm) 등 수많은 사원들을 만들었는데, 앙코르 유적지를 돌다 보면 어디서나 '자야바르만 7세'라는 이름을 쉽게 들을 수 있을 정도다.

그러나 그가 죽은 후부터 앙코르 왕국은 쇠락의 길을 걸었다. 종교도 대승불교에서 상좌부불교(장로불교)로 바뀌었다. 상좌부불교는 우리에게 소승불교로 알려져 있다. 대승불교도들이 자신들이 좀더 큰 진리, 즉 큰 수레바퀴(法輪)를 굴린다는 의미에서 스스로를 마하야나(大乘)라 부르고, 부처님 당시부터 내려오던 전통 불교도들을 단지 자기 한몸의 성불만을 꾀한다 하여 히나야나(小乘)라고 비하해서 불렀다. 그러나 현재 동남아시아의 남방불교도들은 스스로를 히

나야나라 부르지 않는다. 정확한 용어는 '테라바다 불교'로 이 말을 번역하면 상좌부 불교, 장로불교다.

앙코르 왕국의 국력이 내리막길을 걷던 1296년 8월부터 1297년 7월까지 원나라 사신 주달관이 왕국을 방문한 후, 『진랍풍토기』라는 기록을 남겼다. 진랍(眞臘)이란 첸라로, 그 당시 중국인이 앙코르 왕국을 부르던 이름이었다. 앙코르 왕국의 쇠퇴기였음에도 불구하고 주달관은 도처에 보이는 황금 부처의 얼굴, 황금 탑, 황금 사자, 황금 축대, 황금 창문틀을 언급하며 그들의 부귀는 대단하다고 감탄했다. 그러하니 전성기 때 앙코르 왕국의 위세는 어떠했겠는가?

그러나 앙코르 왕국의 영광은 급속히 기울었다. 13세기에 태국의 북부에서 일어난 수코타이 왕조와 전쟁을 치렀고, 14세기에는 그 뒤를 이은 태국의 아유타야 왕조와의 전쟁에서도 밀렸다. 결국 1431년 앙코르 왕국이 프놈펜 인근으로 수도를 옮기면서 왕국의 흔적은 정글로 뒤덮여갔다.

앙코르 왕국의 쇠퇴 요인으로는 많은 설이 있다. 치수에 실패했기 때문이라거나 말라리아의 극성 때문이라는 설이 있는가 하면 중국의 폭발적인 인구 증가와 이들의 활발한 해상무역으로 점점 내륙 지방에 있던 앙코르 왕국이 쇠퇴할 수밖에 없었다는 설도 있으며, 태국과 참파 왕국 등 이웃 나라의 침략 때문이라고도 한다.

왕국은 폐허가 되었지만 크메르인의 나라가 없어진 것은 아니었다. 똔레삽 호수와 메콩 강이 연결되는 프놈펜 인근 지역으로 내려온 크메르인들은 풍부한 수자원과 해상무역을 통해 명맥을 유지했다.

16세기 후반에 잠시 앙코르로의 천도를 다시 꾀한 적도 있으나 불가능한 꿈이었고, 그들의 경제 중심지는 차차 프놈펜으로 이동하기 시작했다. 프놈펜은 똔

레삽 호수, 똔레삽 강, 메콩 강 줄기가 어우러지는 곳으로 자연스럽게 교역이 활발하게 이루어졌고 도시는 커지기 시작했다.

그러나 크메르인들의 쇠락을 막을 수는 없었다. 16세기 말부터 태국의 아유타야 왕조의 침입을 받으면서 수도를 프놈펜의 북서부에 있는 '우동(Udong)'이란 곳으로 옮겼고, 18세기부터는 태국과 베트남의 틈바구니에서 시달림을 받았다. 게다가 나라 안에서도 친태국파와 친베트남파로 갈려 내분이 일어났다. 이를 보면 중국과 일본 사이에 끼여 시달림을 당한 우리의 처지가 생각난다.

결국 18세기 말에는 앙코르 유적지가 있던 캄보디아의 북서쪽을 태국이 점령한다.(1907년 캄보디아에 반환되었으나 1941~1946년의 5년간 다시 태국이 차지했다. 그 당시 캄보디아를 지배하고 있던 프랑스는 본국이 나치 독일에 점령당한 탓에, 식민 정부도 힘을 쓰지 못하는 형편이었다. 태국은 이 틈을 타 공격한 후 협정을 맺고 그 지역을 차지했던 것이다.)

베트남도 19세기 중엽 베트남파인 왕실을 이용하여 아예 캄보디아를 자국에 병합시키려는 의도로 베트남인들을 캄보디아에 이주시켰다. 그러고는 크메르인들이 미개하므로 개화시켜야 한다는 명분하에 베트남어를 교육시키고, 관습과 식탁 예절도 베트남식으로 바꾸려고 했다. 게다가 캄보디아 왕을 마음대로 조종하고 폐위까지 시키자 크메르인들은 분개했다.

그후 태국과 베트남 사이에서 고민하던 캄보디아의 처지를 이용해 어부지리를 얻은 것이 프랑스였다. 프랑스는 캄보디아를 보호한다는 명분하에 1863년 캄보디아와 보호조약을 맺었고, 1884년에는 더욱 강화된 조약을 맺음으로써 본격적인 식민지를 만들었다.

그후 캄보디아는 잘 아는 바와 같이 외세로부터 독립하는 과정에서 서방 식민

지 세력과 공산주의 세력의 처절한 투쟁을 겪은 후 한때 공산주의 세력인 크메르루주가 정권을 잡았다. 그러나 킬링필드로 알려진 끔찍한 학살을 자행하면서 점차 세력을 잃고 그후 베트남의 지원을 받은 정권이 캄보디아를 다스리며 개혁, 개방을 내세우고 있는데, 몇 년 전까지도 쿠데타 등으로 정국이 불안했지만 현재는 비교적 안정된 편이다.

앙코르 탐색

앙코르 유적지는 넓게 퍼져 있다. 처음에 갔을 때는 이 넓은 지역을 걸어다니며 구경할 작정이었다. 그러나 극기 훈련을 한다면 모를까 그것은 무리라는 생각이 들었다.

앙코르 유적지의 중심지에서, 남동쪽으로 20킬로미터 떨어진 곳에 롤루오스 그룹(Roluos Group)이란 초기 유적지가 있고, 북동쪽으로 32킬로미터 떨어진 곳에는 10세기 중반에 세워진 반띠아이스레이(Banteay Sray) 사원이 있으며, 그 곳에서 15킬로미터를 더 가면 앙코르의 사원을 지을 때 바위들을 캐내던 산인 프놈꿀렌(Phnom Kulen)이 있다.

앙코르인들은 이렇게 널리 퍼진 지역에 9세기 초에서 15세기 중엽까지 약 6백 년에 걸쳐 정글을 쳐내고 수많은 사원과 건물을 만들었다. 그중에 발굴된 사원만 해도 1백 개가 넘는데 현재 관광객이 주로 가는 곳은 20개 정도다.

나는 이곳에 네 차례 오가며 나름대로 이런저런 지식을 수집했으나 이 책에서 이곳에 있는 모든 사원에 대해, 언제, 어느 왕이 짓고, 누구를 위해서 짓고…… 이런 식의 단편적인 정보를 나열하고 싶지는 않다. 다만, 중요하다고 생각되는 것들과 내가 좋아하는 것들을 중심으로 그 속에 깃든 상징과 의미, 신화, 전설 그리고 나의 감동들을 표현하고 싶다.

앙코르 유적지를 관찰하는 데 크게 도움을 준 책들은 *Angkor an introduction to the temples*(Dawn Rooney 지음/ Asia Books)와 *Of Gods, Kings, and Men*(Albert le Bonheur지음/ Jaroslav Poncar 사진) 그리고 *Angkor Wat, Time, Space, and Kingship*(Eleanor Mannikka 지음/ University of Hawaii Press)이며 그외의 인도와 힌두교에 관한 책들임을 밝힌다.

앙코르와트에 관한 책들을 보면 장소를 지칭하는 용어가 조금씩 다르다. 예를 들면 처음 마주치는 회랑을 제1회랑, 그리고 가장 높은 곳에 있는 중앙탑 부근의 회랑을 제3회랑으로 표시한 책들도 있는데, 여기서는 엘리너 마니카의 서술에 따라 가장 바깥쪽 회랑을 제3회랑, 중간을 제2회랑, 그리고 가장 꼭대기에 있는 회랑을 제1회랑으로 지칭했다. 또한 제3회랑은 평지에서 계단을 올라간 곳에 있으므로 우리 상식으로는 2층이지만, 여러 책에서 공통적으로 쓰고 있는 용어를 따라 1층으로 표시했다. 그리고 첫째, 둘째, 셋째 문 등은 공인된 용어가 아니라, 나중에 한국의 사찰과 비교하기 쉽도록 필자가 설정한 용어임을 밝힌다.

이처럼 수치의 비밀을 알고 나면, 앙코르 사원은 저 하늘의 태양과 달, 별의 움직임에서 읽을 수 있는 우주의 시간과 섭리는 물론, 인간세상 흥망성쇠의 시간적 원리가 그 공간에 구현된 것임을 알 수 있으며 더 나아가 극락정토를 만들겠다는 왕의 의지를 읽을 수 있다. 한마디로 앙코르와트는 우리가 어떻게 행동해야 그곳으로 갈 수 있는가라는 교훈적인 상징이 가득 담긴 사원인 것이다.

앙코르와트 깊이 보기

앙코르와트의 첫인상

앙코르 유적지의 첫인상은 언제, 어떤 상황에서 보았는가에 따라 매우 다르다. 특히 앙코르와트는 더욱 그렇다. 새벽에 아무도 없는 적막한 길을 따라 자신의 발소리를 들으며 걷노라면 두려울 정도로 신비스럽게 다가온다. 반면 늦은 오전이나 낮에 수많은 단체 관광객들과 함께 시장바닥처럼 어수선한 분위기 속에서 앙코르와트를 처음 보면 단순히 장대한 건축물일 뿐이다.

따가운 햇살 아래서 온몸이 축 늘어질 때는 아무리 심오한 설명을 들어도 귀에 안 들어오지만, 비가 오는 우기에 찬찬히 둘러보다 사원 계단에 앉아 세상을 내려보노라면 앙코르와트는 가슴속에 촉촉히 젖어 들어오는 낭만으로 남는다.

내 경우에는 새벽 5시에 숙소에서 출발했다. 이미 모터바이크 운전사는 캄캄한 새벽 어둠 속에서 나를 기다리고 있었다. 앙코르와트가 초행길이었던 나는 아무것도 몰랐는데, 일출을 보려면 일찍 가야 하는 데다 점심 때는 너무 덥기 때문에 쉬다가 오후에 다시 보는 게 좋다는 모터바이크 운전사의 얘기 때문에 서

두르게 된 것이다.

20대 중반의 과묵한 운전사는 내가 뒤에 올라타자 이내 새벽 공기를 가르며 달리기 시작했다. 텅 빈 새벽길이었다. 시내를 빠져나와 외길로 뻗어나간 드넓은 벌판을 달릴 때도 세상은 아직 컴컴했다. 그러나 새벽의 상쾌하고 선선한 공기에 기분만은 날아갈 것 같았다.

그렇게 20분쯤 달렸을까. 매표소가 나타났다. 새벽 어둠 속에서 3일 입장권을 끊은 후, 계속 앙코르 유적지를 향해 달렸다. 여전히 아무도 없었다. 그날 입장객 중 내가 첫 손님인 듯했다. 이윽고 하늘이 보이지 않을 정도로 거대한 나무들이 빽빽한 숲길로 들어설 때쯤 날이 조금씩 밝아오기 시작했다.

한 가지 놀라운 것은 나무들의 어마어마한 크기였다. 앙리 무오에 의하면 현지인들은 자연에 신령이 깃들어 있다고 믿어서 함부로 해하지 않았다니 적어도 1천 년 전 앙코르 왕국 시대의 나무들이 아닐까? 아니, 그보다 더 오래된 나무들

인지도 모른다.

숲을 빠져나와 커브를 돌자 오른쪽으로 호수가 나왔고 멀리 솔방울 같은 다섯 기의 탑이 보였다. 아…… 어릴 때 어린이 잡지에서 보아오던 그 풍경이었다. 드디어 그곳에 도착했다고 생각하니 가슴이 두근거려왔다.

신비한 곳…… 앙코르와트에는 늘 '신비한'이란 수식어가 따라붙었다. 푸르스름한 새벽 하늘에 서서히 모습을 드러내고 있는 앙코르와트는 정말 신비스러웠다. 다섯 기의 탑은 어느샌가 세 기로 변해가고 있었는데 정면에서 보면 뒤의 탑들이 앞의 탑에 가려 그렇게 보였던 것이다.

모터바이크 운전사가 다리 앞에 멈춰 서더니 기다리겠다고 했다. 모터바이크에서 내린 나는 다리 앞으로 다가가 고개를 빳빳이 든 거대한 나가(Naga)를 보

았다. 용처럼 보이는 그 뱀의 몸통은 사원까지 주욱 이어져 다리 난간을 이루고 있었다. 다리를 건넌 다음 사원을 향해 이어진 길고 긴 참배로를 따라 걸어가는 동안 내 발걸음 소리만 터벅터벅 귓가에 들려왔다.

드디어 본격적으로 사원이 시작되는 회랑의 동서남북의 벽에는 현란한 부조들이 새겨져 있었다. 신과 악마의 싸움 장면이 있는가 하면, 원숭이, 지옥, 춤추는 선녀 압사라가 등장했다.

아무도 없이 나 혼자여서인지 으스스했다. 나는 수많은 상징이 새겨진 거대한 돌 사이를 힘들게 헤쳐가며 앞으로 나아갔다. 그리고 하늘로 오르듯 가파른 계단을 따라 계속 정상으로 올라 지성소에 이르니 동쪽 숲에서 해가 떠오르고 있었다. 세상의 중심, 신들이 산다는 메루 산에 오른 것만 같았다. 그 절대 경지의

정상에 홀로 앉아 세상을 한동안 내려다보았다.

비록 첫번째 여행이라 많은 준비를 하지 못한 탓에 그 돌들의 의미와 상징을 이해할 수는 없었지만 거대한 돌들에서 뿜어져나오는 강렬한 기운만은 확실하게 느낄 수 있었다.

예전의 캄보디아 사람들이 믿었던 대로, 마법에 걸린 돌들이 나에게 말을 거는 것일까? 그리고 이 사원을 둘러싸고 있는 숲들에는 정말 수백만의 유령들이 살고 있는 것일까? 턱을 괴고 앉아 상념에 잠겨 있는데 멀리 저 아래에서 동양인 사내 세 명이 사원의 참배로를 걸어오는 모습이 눈에 들어왔다. 문득, 그 모습을 바라보는 내가 저들과는 다른 세상에 존재하는 혼령처럼 느껴졌다.

앙코르와트에 깃든 의미와 상징들

첫번째 방문 이후 7년 동안, 나는 많은 자료를 수집하고 공부한 다음, 그것들을 하나하나 맞춰보는 재미에 빠져 네 차례를 더 갔다. 휘 둘러보며 '감성'으로 느끼는 즐거움도 있었지만 '이성'으로 관찰하며 수많은 의미와 상징의 숲을 헤쳐나가는 희열도 대단했다.

앙코르란 말은 도시, 와트는 사원이라는 뜻으로 앙코르와트란 '사원의 도시'를 가리킨다. 동서로 약 1,500미터, 남북으로 약 1,300미터의 거대한 사원이니 그렇게 부를 만도 하다.〈표 1〉

〈표 1〉 앙코르와트의 배치

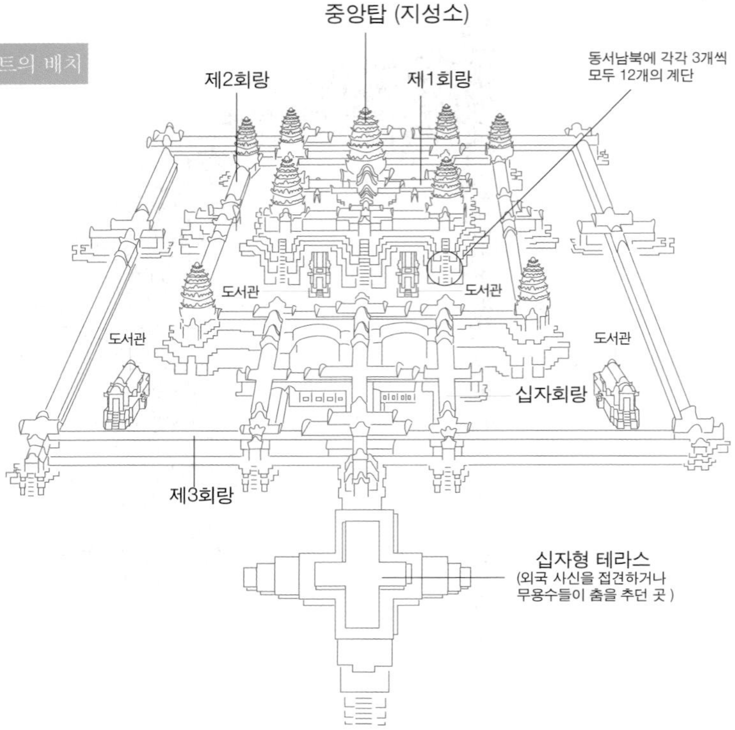
중앙탑 (지성소)
제2회랑
제1회랑
동서남북에 각각 3개씩
모두 12개의 계단
도서관
도서관
도서관
도서관
십자회랑
제3회랑
십자형 테라스
(외국 사신을 접견하거나
무용수들이 춤을 추던 곳)

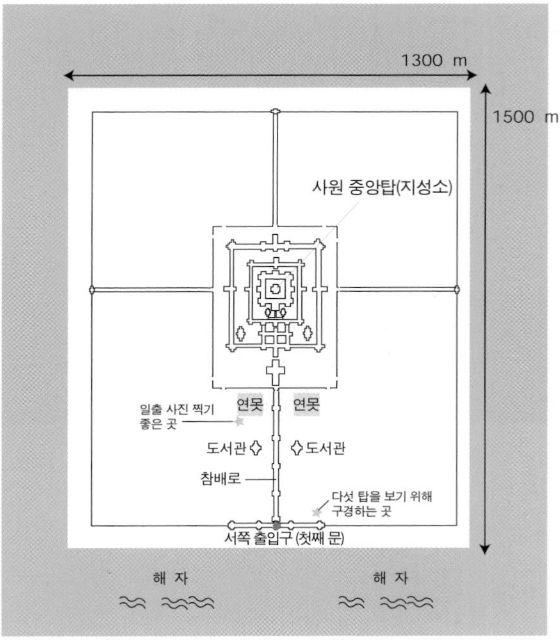
1300 m
1500 m
사원 중앙탑(지성소)
일출 사진 찍기
좋은 곳
연못
연못
도서관
도서관
참배로
다섯 탑을 보기 위해
구경하는 곳
서쪽 출입구 (첫째 문)
해 자
해 자

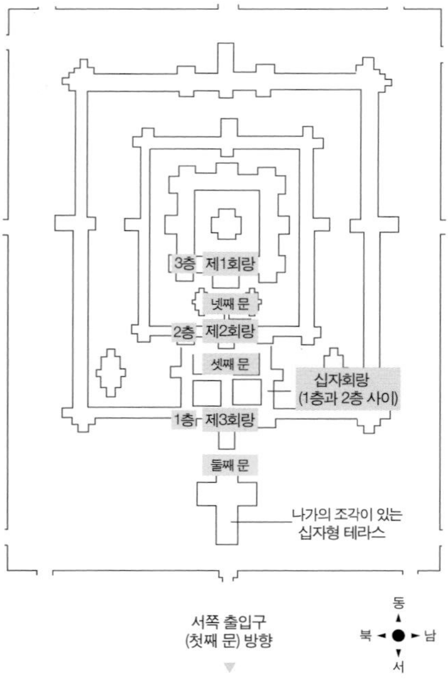
3층
제1회랑
넷째 문
2층
제2회랑
셋째 문
십자회랑
(1층과 2층 사이)
1층
제3회랑
둘째 문
나가의 조각이 있는
십자형 테라스
서쪽 출입구
(첫째 문) 방향
동
북
남
서

12세기 전반, 우리의 고려시대 중기에 해당하는 시기에, 앙코르 왕국의 백성들은 수리야바르만 2세(1113~1150)의 명령에 따라 앙코르와트를 짓기 시작했다. 앙코르 유적지에서 약 50킬로미터 떨어진 프놈꿀렌이란 곳에서 돌을 캐고 그렇게 캔 돌은 강과 뗏목을 이용해 운반하고 다시 도심지 근처에서 코끼리가 끌어 날랐다고 한다. 앙코르와트는 이처럼 고통스럽고 힘든 작업을 거쳐 30년 만에 완성되었다.

수리야바르만 2세는 그 당시 베트남 남부의 참파 왕국과의 전쟁에서 승리하고 힌두교를 국교로 삼아 국력이 한창 뻗어나가던 무렵에 이 앙코르와트 사원을 만들었다. 그는 왜 이 사원을 만들었을까?

앙코르 왕국 사람들은 사원을 만든 의도와 사원의 의미, 상징을 기록으로 남기지 않고, 돌의 배치와 부조 속에 숨겨놓았다. 따라서 후대 역사학자나 고고학자들 사이에 그것의 해석을 둘러싸고 다양한 의견들이 제시되었다.

우선 앙코르와트는 힌두교 사원으로 보호, 유지의 신이고, 세상이 혼란할 때 화신으로 나타나 세상을 구원하는 절대자인 비슈누를 모신 곳으로 알려져 있다.

또한 앙코르의 다른 사원들 정문은 모두 동쪽에 있는데, 이 앙코르와트만 정문이 서쪽에 있다. 해가 뜨는 동쪽은 생명을 뜻하고 해가 지는 서쪽은 죽음을 뜻하는바, 어떤 이들은 왕의 유골을 모셔놓았던 것이 틀림없다고 주장한다. 많은 학자들이 실제로 이곳에 수리야바르만 2세의 유골이 있었을 것으로 추정하고 있다.

한편 앙코르와트가 천문대였다고 추정하는 학자들도 있다. 건축 기법과 여러 숫자가 지닌 상징을 볼 때, 그리고 춘분 · 하지 · 동지 때 비추는 햇빛의 방향과 양에 의해서 드러나는 수많은 부조들을 분석하면, 해와 별을 세심하게 관측하여

만들었다는 증거를 발견할 수 있다.

그리고 힌두교에서 수리야는 태양신으로, 이것을 만든 수리야바르만 2세는 태양신과 동일하게 여겨진 것으로 보기도 한다.

앙코르와트의 중앙탑에 있는 지성소는 우주의 중심 메루 산을 의미한다. 힌두교 신화에 의하면 우주의 중심에는 신이 살고 있는데, 이곳을 힌두교의 비슈누파에서는 비슈누가 살고 있는 메루 산이라 하고, 시바파에서는 시바가 살고 있는 카일라샤 산(티베트 서부에 있다)이라고 한다.(불교에서는 우주의 중심에 수미산이 있고 그곳에 부처님이 사는 것으로 본다.)

비슈누파의 영향을 받은 앙코르와트는 메루 산을 형상화한 것으로 정상에는 절대자 비슈누가 살고 있다는 전설을 간직하고 있다.

해자와 다리

앙코르와트 주변에는 성을 둘러싸고 해자를 파놓았다. 무심코 바라보면 그냥 호수지만, 신화 속에서 바라보면 그것은 우주의 대양이다.

힌두교 신화에 의하면 세계의 중심 메루 산은 우주의 대양으로 둘러싸여 있고, 메루 산에는 절대자가 홀로 존재하고 있다. 따라서 메루 산은 우주의 중심, 세상의 중심인 곳이다. 앙코르와트를 정면에서 바라보면 우뚝 솟은 탑이 세 기로 보인다. 그러나 이것은 뒤의 탑이 앞의 탑에 가려서 그렇게 보이는 것이고 사실은 다섯 기다. 그것은 메루 산의 다섯 봉우리를 상징한다.

우주의 대양이라는 해자 위에는 다리가 있다. 나는 이 다리를 건널 때마다 번뇌의 세계, 상대성의 세계, 시공의 제약을 받는 불완전한 인간의 세계에서, 평안의 세계, 절대성의 세계, 시공으로부터 벗어난 신의 세계로 건너가고 있다고 상상했다.

물론, 사람이 와글거리는 분위기 속에서 혹은 가이드가 따라다니며 설명을 하는 상황에서는 결코 그것을 가슴으로 느낄 수 없다. 어둠이 채 걷히지 않은 새벽에 아무도 없는 그 길을 터벅터벅 걸어가는 동안 차가운 새벽 공기와 함께 서늘한 기운이 등골을 타고 흘러내릴 때면 정말 다른 세계로 들어가는 것 같았다.

다리 앞부분에는 하늘을 향해 울부짖는 사자상이 조각되어 있는데 그것은 태양의 기운을 상징하고 다리 난간에 있는 뱀의 왕 나가(Naga)는 달의 기운을 상징한다.

머리가 여러 개 달려서 마치 부채처럼 커다랗게 펴진 뱀의 왕 나가는 힌두교에서 입구의 수호자이며 생명의 수호자이고, 가축의 보호자로 알려져 있다. 인도의 보드가야에서도 깨달은 부처님을 보호하는 나가의 조각을 볼 수 있고 태국

이나 베트남의 불교 사원에서도 입구나 기둥을 따라 올라가는 나가 형상을 종종 볼 수 있다. 특히 앙코르 유적지에서는 이 나가 조각상을 수많은 사원 입구마다 볼 수 있다. 앙코르와트에서도 나가의 몸통은 다리 끝까지 길게 이어져 있다.

이런 나가의 출현은 캄보디아의 건국 설화와도 연관된다. 인도에서 온 카운디냐 왕자와 결혼한 여인이 바로 나가의 딸이었다.

이처럼 캄보디아인들은 그들의 건국 신화부터 나가와 연관이 있었다. 나가들은 하천, 호수, 바다 밑의 보석들로 치장된 궁전에서 매일같이 춤추고 노래하며 사는데 하늘과 땅, 시간과 공간, 이승과 저승의 영역을 넘나든다고 한다.

그런 상상을 하며 나가의 몸통을 따라 다리를 건넜다. 거대한 돌들에서 뿜어 나오는 육중한 기운 속에서 한낱 미천한 개미처럼 걸어가자니 묘한 기분이 들

었다.

과연 우리는 죽은 다음, 거대한 대양을 건너 절대자의 세계로 가는 것일까?

첫째 문

다리를 건너니 사원을 둘러싼 벽이 보였다. 이곳은 메루 산의 기슭을 의미하는데 그 기슭에서 우주의 대양인 해자까지 계단이 놓여 있다. 예전의 앙코르 사람들은 그 계단을 따라 내려가 우주의 대양에 몸을 씻었다.

이런 계단식 목욕장 시설은 인도 힌두교 사원이나 갠지스 강변의 바라나시에 가면 흔히 볼 수 있는 것으로 가트라 불린다. 예전에 종교 순례를 하던 이들은 이곳에서 몸을 정결히 하고 사원에 들어갔으리라. 그러나 지금은 그 누구도 여기서 몸을 씻지 않는다. 다만, 우기가 되어 물이 풍부할 때면 아이들이 해자에서 수영을 하곤 한다.

다리를 건너 정문으로 들어가면 탑이 겹쳐서 세 개만 보인다는 이유로 풀밭에 난 오솔길을 따라 오른쪽 문으로 들어가는 사람들도 있다. 그곳에서 앙코르와트를 바라보면 다섯 기의 탑을 모두 볼 수 있기 때문이다. 나도 그렇게 들어가보니 과연 다섯 기의 탑이 모두 모습을 드러냈다.

참배로

문을 통과하자 신전을 향해 길게 이어진 참배로가 보였다. 다리에서처럼 양옆으로 뱀의 왕 나가들의 머리가 들려 있고 몸통이 주욱 늘어서 있다.

처음에 이곳에 왔을 때 오후가 되면 걸인들이 참배로에 앉아서 동냥하는 광경을 쉽게 볼 수 있었다. 그들에게 동정을 베푸는 것이 피안으로 가기 위해 거쳐야 할 필수코스라도 되는 듯이. 그러나 지금은 말끔히 사라졌다. 관광객들이 늘어나자 당국에서 그들을 쫓아낸 것이리라. 관광객이야 편하겠지만, 자연스럽게 형성된 앙코르와트 사원의 이미지 중 하나가 사라진 것 같아 허전했다.

도서관

참배로를 걷다 보니 양쪽에 검게 그을린 조그만 건물이 보였다. 도서관이라 불리는 건물로 프랑스 고고학자들이 이곳을 처음에 발굴했을 때 힌두교 신화에 의거한 천문학 관련 유물이 발견되었다고 한다. 프랑스 학자들이 지적 활동과 연관된 기능을 했을 것이라고 추측해 도서관이라고 명명하는 바람에 지금까지도 그렇게 불리지만 우리가 생각하는 식의 도서관은 아니다.

아마도 신전에 바치는 공양물과 의식에 관련된 신성한 집기들이 보관되어 있지 않았을까 추측할 따름이다.

못

도서관을 지나 조금 더 가니 양쪽에 커다란 사각형 못이 나왔다. 길이가 65미터, 폭이 50미터로 그다지 작은 못은 아닌데 건기 때는 물이 별로 없어 이끼 낀 늪처럼 보인다.

새벽이면 이 못 왼편에서 일출 장면을 찍기 위해 사람들이 기다리곤 했다. 해가 앙코르와트 탑 위로 솟아오르는 장관을 볼 수 있는 장소이기 때문이다.

사실, 앙코르와트에서 일출 장면을 제외하고 좋은 사진을 찍고 싶다면 오후에 오는 게 좋다. 앙코르와트가 서쪽을 바라보고 있는 까닭에 해가 뜬 오전에는 역광의 영향을 받기 때문이다. 물론, 해가 뜨기 직전의 새벽 사진이라면 괜찮다.

테라스(단)

참배로 끝에는 네 마리의 사자가 정면을 바라보고 있다. 학자들의 설명에 따르면 이것 역시 태양력의 상징이라고 한다.

계단을 올라가니 십자가형의 넓은 연단이 나왔다. 나가의 몸통이 길게 늘어진 난간으로 이것은 태음력의 상징이다.

이처럼 앙코르와트는 곳곳에 태양의 기운과 달의 기운, 태양력과 태음력의 상징이 절묘하게 조화를 이루고 있다.

이 넓은 연단에서는 종종 의식이 벌어졌고 무용수들이 춤을 추었다고 한다. 또한 왕이 외국의 사신을 접견했던 곳이기도 하다.

둘째 문과 제3회랑(1층)

나가가 둘러싼 십자형 연단을 지나 둘째 문을 통과했다. 그러자 눈앞의 벽에 화려한 부조들이 나타났다. 제3회랑이었다. 제3회랑의 동서남북에는 힌두교 신화에 의거한 수많은 부조가 새겨져 있는데 많은 여행자들은 이 3회랑에서 부조를 보면서 오래 머물곤 한다. 이곳에는 수많은 힌두교 신화가 서려 있기 때문이다.

처음에 왔을 때는 가볍게 둘러본 곳이었지만 그후로는 올 때마다 이곳에서 가장 많은 시간을 보냈다. 그만큼 많은 것이 담긴 회랑으로, 아는 만큼 보이는 곳이 바로 이곳이다.

서쪽 회랑 1(남쪽 부분)

제3회랑을 보는 순서는 시계 반대 방향이다. 서쪽에서 들어왔으니 이 부분은

남쪽으로 뻗어나가고 있어서 편의상 이곳을 서쪽 회랑 1(남쪽 부분)이라 부른다.〈표 2〉

이곳에 새겨진 부조들은 그 유명한 인도의 대서사시 『마하바라타』의 쿠루 평원(Kurushetra) 전투를 묘사한 것으로 인도를 여행하며 신화나 종교에 푹 빠져 있던 나에게는 감회가 깊은 곳이었다.

가만히 살펴보면 병사들이 중앙을 향해 왼쪽과 오른쪽에서 진군하고 있다. 아래쪽에는 보병들, 중간에는 기마병들인데, 양쪽 끝에는 병사들을 독려하는 연주

〈표 2〉 앙코르와트 제3회랑의 부조

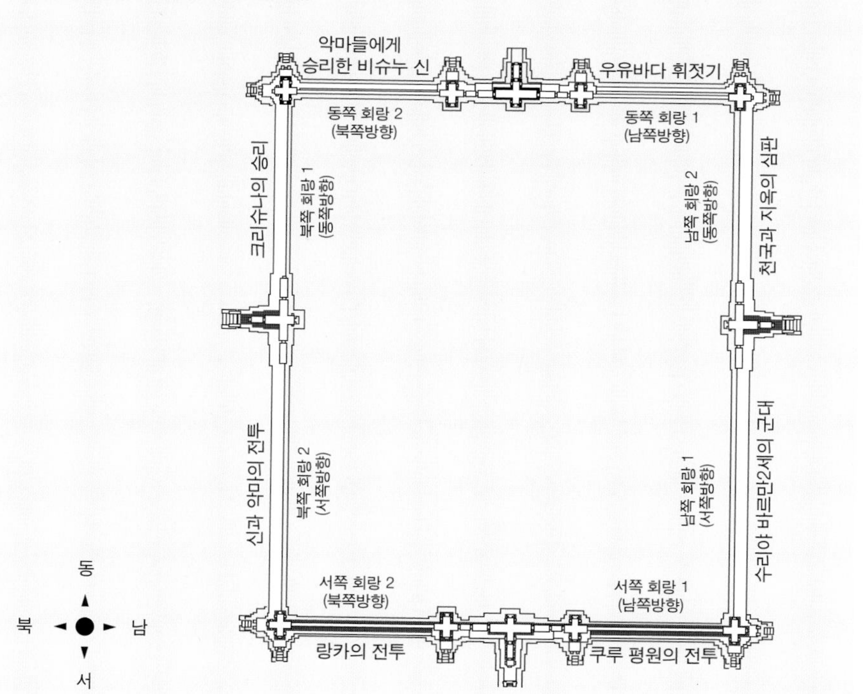

자들이 보일 정도로 질서 정연한 모습이지만 양쪽 군대가 충돌하는 중앙은 아수라장이다. 활을 쏘고 창으로 찌르고 죽이고 육박전을 벌이고 있다.

이 혼란스런 전투 장면을 이해하고 음미하려면 『마하바라타』를 알아야 한다. 『마하바라타』는 기원전 4세기 이전에 이미 구전의 형태를 갖춘 것으로 추측되는 길고 긴 인도의 대서사시인데 현재까지도 인도인의 생활 속에 살아 숨쉬는 문학이다. 인도뿐만 아니라, 미얀마, 태국, 캄보디아, 인도네시아의 발리 등 힌두교와 불교의 영향을 받은 나라 사람들은 번안을 해서 자기들 것으로 만들었고 아직까지도 그들의 생활 속에 깊숙이 배어 있다.

이것은 다 읽기도 힘들 만큼 긴 장편의 대서사시로, 간단하게 압축, 요약하자면 친족간의 왕권 다툼에 관한 내용이다.

하스티나푸라에 자리잡은 쿠루족의 왕인 비치트라비리야가 죽자 장남인 드리타라슈트라가 왕이 되어야 했지만, 그는 맹인이었다. 따라서 관례에 따라 이복동생인 판두가 왕이 된다.

그러나 판두는 사슴으로 변신해 뛰어놀고 있던 성자 부부를 활로 쏘는 바람에 저주를 받게 된다. 저주의 내용은 여인과 침실로 들어가는 순간 죽게 된다는 것이었다. 낙담한 판두는 왕국을 포기하고 임시로 형 드리타라슈트라에게 왕권을 넘겨주고 히말라야로 수행을 떠난다.

하지만 그에게는 여전히 극복할 수 없는 고민이 있었으니 아들을 얻기 위해 여인과 침실로 들어가면 죽을 것이라는 저주였다. 이에 판두는 각고의 수행 끝에 주문의 힘으로 그 저주를 이겨내고 유디슈티라, 비마, 아르주나, 나쿨라, 사하데바라는 다섯 아들을 갖게 된다.

한편, 임시로 왕권을 쥐고 있던 드리타라슈트라는 동생 판두가 죽고 나면 판두의 장남인 유디슈티라에게 왕위를 물려줘야 했다. 그러나 판두가 죽은 후 드리타라슈트라의 아들들은 그것을 받아들이기 힘들었다. 첫째아들 두리요다나가 판두의 오형제들, 즉 사촌들을 해치려 하자 결국 오형제는 나라를 떠나 방랑하게 된다.

세월이 흐른 후, 드리타라슈트라 왕은 자신의 다섯 조카들을 불러 자기 아들들과 함께 왕국(델리 근처에 있었다고 함)을 분할해준다.

그러나 왕의 아들 두리요다나는 사촌인 유디슈티라를 꾀어서 주사위 도박을 시작했고 속임수를 써서 이긴다. 그 결과 두리요다나는 사촌들의 공동 아내인 드라우파디를 빼앗고 유디슈티라와 그 형제들을 12년간 숲으로 추방한다. 그리고 마지막 13년째는 다섯 형제가 1년 동안 신분을 노출시키지 말아야 하고 만약 노출하면 또다시 12년을 추방한다고 계약을 맺었다.

13년 동안 몸을 숨기는 데 성공한 다섯 형제는 두리요다나에게 자신들의 왕국을 돌려달라 했으나 두리요다나는 거절했다. 그 결과 사촌 간의 갈등은 마침내 어마어마한 전쟁으로 치닫게 된다.

쿠루 평원에서 18일 동안의 전투가 벌어지고 이 전쟁에는 전 인도의 왕국, 그리스인, 박트리아인, 중국인들까지 참여하여 둘 중의 하나를 편들었다고 하니 그야말로 대규모의 전쟁이었던 셈이다.

일진일퇴를 거듭하던 끝에 판두의 오형제들이 승리를 목전에 둔다. 이때 둘째 아들 아르주나는 자신들과 같이 뛰어놀던 사촌들의 죽음을 보며 비통함에 젖어 전의를 상실한다.

이때 그를 독려한 사람이 바로 아르주나의 마차를 몰았던 크리슈나다. 이 독려는 점점 설교가 되어가고 동료였던 크리슈나는 가르치는 입장이 되어가는데 크리슈나는 바로 비슈누의 화신이었다.

이 전투 장면과 비슈누의 설교가 『마하바라타』의 제6권 내용인데, 이 부분을 따로 '바가바드기타'라고 부른다. 이것은 훗날 전 인도 지성들에게 영향을 미치게 되고 특히 독립운동을 하던 간디는 늘 바가바드기타를 읽었다고 한다. 그 내용은 전투에 임해 나약해진 아르주나를 가르치는 것이지만 깊은 철학적, 종교적 의미를 담고 있다.

예를 들면 나약한 아르주나에게 크리슈나는 이렇게 가르친다.

> 이 위급한 때 어디서 그대에게 이런 나약함이 온단 말인가? …… 산 자를 위

해서도 죽은 자를 위해서도 지혜로운 사람은 슬퍼하지 않는다. …… 모든 것은 왔다가 사라지는 무상한 것들이니 그것들을 참고 견디라. …… 자아는 태어나지도 죽지도 않으며 생긴 일도 없은즉, 앞으로 생기는 일도 없을 것이다. 항상 존재하는 이 태고적 존재는 비록 육체가 살해된다고 해도 죽지 않는다. …… 그러니 그대가 할 일은 오직 행위 자체일 뿐 결코 그 결과가 아니니다. 행위의 결과를 행위의 동기로 삼지 말며 행위하지 않음에도 집착하지 말라. 성공과 실패를 평등히 여기며 집착을 버리고 행동하라. 결과를 동기로 삼는 자들은 가련하다. …… 집착으로부터 욕망이 생기고, 욕망으로부터 분노가 생긴다. 분노로부터 미혹함이 일어나고 기억의 착란이 일어나며, 그것으로 인해 지성의 파멸이 온다. …… 두 눈썹 사이에 시선을 고정시키며 코를 통해 드나드는 들숨과 날숨을 평정하라. 감각기관과 마음과 지성을 제어하고 해탈을 최고 목표로 삼으라. 항상 욕망과 공포와 분노가 사라진 성자야말로 해탈한 자다.

이렇게 아르주나를 가르치던 크리슈나는 나중에 바로 자신이 창조, 보호, 파괴를 주관하는 삼신일체의 주인 비슈누의 화신이란 것을 밝힌다.

"나는 세계를 파멸하는 시간으로서 세상만물을 거두어들이기 시작했다. 그대가 죽이지 아니하더라도 적군들은 누구도 존재하지 않을 것이다. …… 그런즉 적들을 정복하라. 그대는 단지 수단이 될지어다. …… 죽여라. 주저 말고 싸워라."

마부이자 동료이자 비슈누의 화신인 크리슈나는 삶과 죽음이 중요한 것이 아니라 다르마(법, 도리, 정의)가 중요한 것이니 그 다르마를 실천하기 위해 부도

덕한 사촌들을 사정없이 죽이라고 아르주나를 독려한다.

전투의 결과는 참혹했다. 오형제와 크리슈나 외의 족장들은 다 죽었고 하스티나푸라는 통곡으로 뒤덮였다. 유디슈티라는 왕위에 올랐으나 비통한 마음을 금할 길이 없었다.

왕국을 잘 다스리던 유디슈티라는 훗날 아르주나의 손자인 파릭시트에게 왕위를 물려주고 다섯 형제와 공동 아내인 드라우파디와 함께 히말라야 산맥으로 들어갔다. 그들은 바로 이 지상에서 세상의 중심이며 신들이 사는 곳으로 알려진 메루 산, 즉 수미산으로 들어갔다고 한다.

서쪽 벽의 부조는『마하바라타』중 쿠루 평원에서의 전투 장면이다. 부조에서 왼쪽 군대가 두리요다나의 군대이고 오른쪽 군대가 아르주나의 군대인데 모든 인물이 다 밝혀진 것은 아니라고 한다. 다만, 중앙에서 왼쪽의 적군을 향해 화살을 쏘는 이가 아르주나이고, 팔이 넷 달린 마부가 크리슈나라는 것은 밝혀졌다. 크리슈나에 관해서는 여러 얘기가 전한다.

크리슈나는 인도 민중이 매우 좋아하는 신으로 사랑의 신이며, 전지전능한 신이다. 그러나 어떤 설에 의하면 그는 실제로 작은 규모의 부족인 야다바족의 부족장이었거나, 혹은 야다바족이 믿던 신이었다고 한다. 그런 조그만 신이 힌두교에서 비슈누의 화신으로 편입되면서 엄청난 권위를 갖고 인도 전역으로 퍼져나가게 되었다.

크리슈나란 피부가 검은 자를 뜻하는데 한밤중에 아주 검은 피부를 갖고 태어났다고 해서 붙여진 이름이다. 크리슈나 어머니의 사촌오빠는 자신이 크리슈나에게 살해될 것이라는 예언을 듣고는 크리슈나를 죽이려고 한다. 그러나 그의 아버지는 크리슈나를 피신시켰고 크리슈나는 농촌에서 개구쟁이로 건강하게 자라난다.

크리슈나의 발랄한 성장 과정에 얽힌 설화는 지금까지도 인도 민중이 좋아하는 이야기이다. 또한 크리슈나는 동네 처녀들에게 흠모의 대상이었을 뿐만 아니라 바람둥이여서 수많은 여자와 연애를 했다. 그는 훗날 자신이 살던 마투라를 버리고 인도 구자라트 지방의 드와르카(직접 가보니 매우 평화스러운 해변 마을이었다)라는 곳으로 이주해 그곳에서 약 1만 6천 명의 부인을 거느리고 18만 명의 자식을 낳으며 살았다고 한다.

그러나 그의 죽음은 허무했다. 사냥꾼이 그를 사슴으로 오인하여 쏘았는데 단 하나의 급소인 발뒤꿈치를 맞고 죽었다고 한다.

수많은 부조를 아무 생각 없이 보면 단순히 어지러운 '그림'에 불과하지만 그 속에 담긴 수많은 신화와 인물을 생각하며 찬찬히 훑어보면 오랫동안 보아도 싫증이 나지 않는다.

나는 회랑의 기둥에 등을 대고 앉아 아비규환의 전투 장면을 바라보았다.

과연 산다는 것은 무엇이고, 권력은 무엇이며, 가족은 무엇인가. 죽음은 또한 무엇이며, 해탈이란 무엇인가…… 무시무시한 골육 상쟁의 전투 속에서 울려퍼졌던 크리슈나의 가르침이 내 귓가에 들려오는 듯하다.

"행위의 결과를 행위의 동기로 삼지 말며, 행위하지 않음에도 집착하지 말라. 성공과 실패를 평등히 여기며 집착을 버리고 행동하라. 결과를 동기로 삼는 자들은 가련하다."

인도의 간디, 네루 등으로 이어져 대영제국과의 싸움에서 승리의 원동력이 되었던 이런 가르침은 인도 대륙에서 멀리 떨어진 앙코르와트의 이 회랑 속에서도 재현되고 있었다.

남쪽 회랑 1(서쪽 방면)

서쪽 회랑을 보고 왼쪽으로 꺾어지면 남쪽 회랑1(서쪽 방면)이 나온다.

이곳의 부조는 앙코르와트를 만든 수리야바르만 2세가 의식을 치르고 있는 장면이라는데, 전쟁에서 이긴 후 개선 행진을 하는 장면으로 보는 견해도 있다.

장수처럼 보이는 여러 인물 중에 수리야바르만 2세는 15개의 일산 밑에서 코끼리를 타고 있는 인물이다. 코끼리의 코 앞에 삐죽한 막대기가 보이고 그 위에 앉아 있는 새가 가루다다.

가루다는 신화 속에서 비슈누가 타고 다니는 새로, 인도네시아 국영항공의 이름이 '가루다 에어라인'일 정도로 매우 유명하다. 동양에서는 불교 신화 속에 금시조(金翅鳥)로 나오는 새인데 그 생김새가 머리는 매와 비슷하고 거기에 여의주가 박혀 있으며 금빛 날개가 있는데, 몸은 사람을 닮고 입에서 불을 내뿜으며 용을 잡아 먹는다고 한다.

그 가루다 위에 조그맣게 서 있는 인물이 바로 비슈누다. 이 부조의 구석구석에 있는 움푹 파인 곳은 원래 보석이 박혀 있었던 자리로 추측하고 있다.

남쪽 회랑 2(동쪽 방면)

계속 남쪽 문을 통과해 아래로 내려가면 회랑의 부조가 이어진다. 이곳 부조의 주제는 천국과 지옥으로 37개의 천국과 32개의 지옥이 표현되어 있다.

가장 밑에 있는 지옥의 장면이 끔찍했다. 머리에 구멍을 뚫어 줄로 잡아당기고, 발과 손을 줄로 묶어 끌어당기는가 하면 동물이 다리를 물어뜯고 있는 모습이다. 중간에는 평화롭고 밝은 모습으로 일산 밑에서 사람들이 웃거나, 신 앞에서 기도하고 있다.

중앙 윗부분에는 황소 위에 올라탄 수십 개의 팔을 갖고 있는 인물이 보이는데 바로 저승의 염라대왕인 죽음의 신 야마(Yama)를 표현한 것이다.

야마는 원래 태양의 신 수리야의 자식이었다. 그러나 그는 사후의 세계에서 무서운 재판관이 되었다. 그는 죽은 자들의 기록을 듣고 나서 판결을 내리는데 인간의 영혼은 극락 혹은 스물한 가지 지옥 중 한 곳으로 보내지거나, 윤회를 하게 된다고 한다.

우화라고 힐끗 보고 지나칠 수도 있는 장면들이지만, 죽음에 대해 심각하게 생각했던 사람이라면 잠시 발걸음을 멈추게 하는 곳이다. 옛날에 이 사원을 돌아보던 힌두교도들은 정말로 이것을 믿었을 것이다. 과연 우리는 죽은 다음에 어디로 가는 것일까?

동쪽 회랑 1(남쪽 방면)

왼쪽으로 꺾어지면 동쪽 회랑이 나오는데 새벽에 온 사람이라도 꼭대기에서 일출을 보고 다시 내려와 구경을 하다 보면, 동쪽에서 떠오른 해가 회랑을 비추어 그 햇볕 때문에 일찍부터 덥고 지치기 시작한다.

이곳에 표현된 부조는 일명 '우유 바다 휘젓기'라고 알려져 있는 매우 유명한 장면이다.

힌두교 교리에 의하면 세계는 멸망과 생성을 끝없이 거듭한다. 여기 있는 부조들은 우리 세계가 탄생하기 바로 전에 존재했던 세계가 멸망한 후의 얘기다.

물거품 같은 인간의 일생에서 보면 너무도 아득한 얘기지만, 영원 속으로 뻗어나가는 우주의 시간에서 보면 바로 전 순간의 얘기이기도 하다.

우주가 멸망한 후, 깊은 우유 바닷속에 영생불사 약인 암리타(Amrita)라는 감로수가 있다는 소문이 퍼졌다. 그것을 찾기 위해 신(deva)과 악마(asura)들에게 비상이 걸렸는데, 그들은 협동하기로 하고 굵은 뱀 몸통을 휘돌려 물결을 일으키기 시작했다.

이 장면을 좀더 잘 이해하기 위해서는 인도 신화를 알아야 한다.(이 신화는 비슈누파의 신화이다.)

우주의 한 주기가 끝나 세계가 파괴되고 다음 세계가 창조되기 전, 절대자인 비슈누는 망망한 우유 바다에 떠서 거대한 뱀 셰샤 위에 누운 채, 다음 세계의 창조에 대한 꿈을 꾸며 잠자고 있었다.

이 신화는 상징하는 바가 크다. 우유의 바다는 모든 생물이 탄생하는 원초적인 물을 나타내고 있는데, 태아가 어머니 자궁의 양수에 떠 있듯이 비슈누도 그렇게 우유의 바다 위에 떠서 세상을 창조하고 있다.

천 개의 머리를 가진 셰샤라는 뱀은 가장 위대한 나가로, 세계를 떠받치고 있으며 세계를 유지하는 시간을 의미한다. 세상은 시간 속에서 존재하고 시간에 의해 유지되기 때문이다. 또한 셰샤라는 단어는 '마지막까지 남은 것'을 의미하는데 전 창조 단계에서 남았다가 다음 창조를 위한 씨앗이 된다.

또다른 신화에 의하면 세계에는 세 번의 대홍수가 있었는데 그때마다 비슈누는 인간을 구제한다. 처음에는 물고기로 나타나 인류의 시조인 마누에게 대홍수 사실을 알려주어 피신시키고, 두번째는 거북, 세번째는 멧돼지로 나타나 대지를 떠받들어 세상을 구했다고 한다.

이런 신화를 보면 먼 과거에 엄청난 대홍수가 있었던 것만은 틀림없는 것 같

다. 구약 성경에도 노아의 방주로 표현되는 대홍수가 나오고 인도의 신화는 물론 다른 문화권에서도 대홍수 얘기는 빠지지 않고 등장하기 때문이다.

왜 비슈누의 신화는 한 가지 이야기가 아니라 이렇게 종류가 많을까? 비슈누든 시바든 인도 신화는 모두 마찬가지다. 힌두교가 발전하는 과정에서 여러 가지 신화를 다 포용했기 때문이다.

이런 신화적 배경을 알고 나서 우유의 바다에서 한바탕 난리가 났던 장면을 보면 더욱 이해가 빠르다.

천둥과 번개의 신인 인드라가 어느 날 위대한 성자를 화나게 했다. 그러자 위대한 성자는 신들에게 저주를 내렸다. 그 결과 신들은 점점 약해지고 악마들은 더 강해졌다고 한다. 그러자 절대자 비슈누는 신들이 영원히 살 수 있는 암리타라는 불사(不死)를 약속하는 감로수를 만들기로 했다.

우선 그것을 얻기 위해 강력한 약초를 바다에 던져놓았다. 그리고 신과 악마들은 감로수가 나오면 그것을 같이 나눠 마시기로 약속한 후 나가의 왕 바수키(Vasuki)의 몸통을 양쪽에서 잡고 빙빙 돌리며 휘젓기 시작했다.

부조의 가장 밑에 각종 바다 생물들이 새겨져 있다.

그 위 중간에는 네 손을 가진 비슈누가 양손으로 바수키를 잡고 있고 그 위에서 천둥과 번개의 신인 인드라가 두 발을 들고 엎드린 채 밑을 내려다보는 장면이 있다.〈표 3〉 인드라는 훗날 동양불교에서 제석천(帝釋天)으로 변한다. 제석천은 수미산 꼭대기에 있는 도리천의 주인이며 불법의 수호신으로 여겨지고 있다.

비슈누의 밑에는 거북으로 환생한 또다른 비슈누가 가라앉는 세상을 떠받치고 있다. 왼쪽에는 눈을 부리부리하게 뜨고 정교한 모자를 쓴 악마들이 무언가

〈표 3〉 우유 바다 휘젓기
앙코르와트 제3회랑 부조

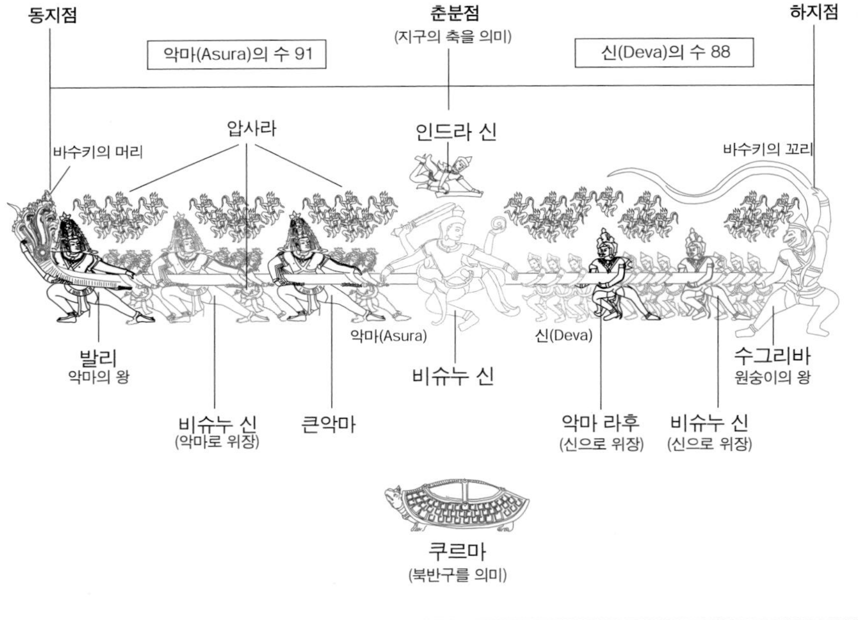

를 잡아 당기고 있는데 굵은 밧줄 같은 것이 바수키라는 뱀이다.

악마를 뜻하는 '아수라'는 원래 힌두교의 『리그베다』에서는 '지고한 영혼'을 의미했으나, 차차 신을 지칭하지 않고 악마라는 뜻으로 변하게 되었다. 그러나 우리가 생각하는 악마가 아니라, 절대자의 자손으로 신에게 이기지도 못하고 지지도 않으면서 영원히 신과 상호보완 관계를 이루는 존재다. 이 악마의 숫자는 91이고 왼쪽 끝에는 다섯 마리 뱀의 머리가 보인다.

왼쪽에는 큰 악마가 셋 있는데 가장 왼쪽에 있는 악마는 발리(Bali)라는 악마의 왕이다. 그리고 중간에 있는 둘째로 큰 악마는 악마가 아니라, 악마로 위장한 비슈누다.

오른쪽, 88명의 신들 역시 바수키의 몸통을 붙잡고 늘어서 있다. 여기도 큰 신이 셋 보이는데 뱀의 꼬리를 잡고 가장 오른쪽 끝에 서 있는 큰 원숭이는 대서사시 『라마야나』에서 주인공인 영웅 라마야나를 도와주는 원숭이의 왕 수그리바(Sugriva)다. 그리고 중간에 있는 둘째로 큰 신은 신이 아니라, 신으로 위장한 악마 라후(Rahu)다.

이렇게 1천 년 동안이나 우유의 바다를 휘젓는 과정에서, 세상이 파멸할 때 잃어버린 귀중한 것들, 즉 행운의 여신이며 비슈누의 반려자인 락슈미 여신, 천둥과 번개의 신인 인드라의 우윳빛 코끼리, 그리고 사랑의 여신들을 찾게 되고, 흔들리는 물결 속에서 앙코르와트에 부조로 새겨진 춤추는 선녀 압사라들이 탄생했다. 이 부조의 가장 위쪽에는 그렇게 해서 탄생한 춤추는 압사라들이 보인다.

계속 뱀을 붙잡고 빙빙 돌며 우유 바다를 휘젓자, 뱀은 독을 토해냈고 이 독이 신과 악마들을 죽게 할 것 같아서 파괴의 신인 시바가 그것을 마셨다. 그러자 시바의 목에는 시퍼런 멍이 들어버렸고 거기서 감로수인 암리타가 쏟아져나왔다고 한다.

그런데 이 감로수 한 방울을 신처럼 위장했던 악마 라후가 마셨다. 그렇게 되면 라후는 영원한 불사의 존재가 되기에 비슈누는 그의 목을 잘랐다. 이에 대한 보복으로 악마 라후의 남은 얼굴은 일식 때 해와 달을 삼켜버린다는데, 결국 악마들은 암리타를 못 마시고 신들만 마시게 된다.

현대의 학자들은 암리타를 인드라가 애용한 '소마'로 보고 있다. 베다에 보면 "우리는 소마를 마셨다. 우리는 불사신이 되었다. 우리는 빛 속으로 들어갔다. 우리는 신들을 알게 되었다"라는 대목이 나오는데, 사람들은 이것을 수행자들이 마시던 마약과 비슷한 것이라고 추측하고 있다. 어떤 미국 학자는 이것을 환각을 일으키는 광대버섯이라고 주장했다.

인도의 사두(수행자)들은 수행할 때 마리화나를 피우기도 하니 전혀 근거가 없는 주장이라고도 할 수 없다. 신화란 그들의 삶 속에서 피어나는 것이니까. 어쨌든 신화의 세계란 넓고도 넓으며 수많은 상상을 불러일으킨다.

다른 부조도 그렇지만 이 부조 역시 햇빛의 각도를 정교하게 계산하여 조각한 것이다. 손으로 뱀 몸통을 잡고 가운데에서 중심을 잡고 서 있는 비슈누는 춘분과 추분 때는 빛을 환하게 다 받지만, 하지 때는 비슈누의 오른쪽인 북쪽, 즉 신들이 모여 있는 곳으로 빛이 더 이동하고 동지 때는 비슈누의 왼쪽인 남쪽, 즉 악마들이 모여 있는 곳이 더 부각된다.

즉, 비슈누는 낮과 밤의 길이가 같은 춘분의 축을 의미하고, 지구 북반구에 태양의 빛이 더 비치는 하지 때는 신들의 기운이, 태양의 빛이 덜 비치는 동지 때는 악마의 기운이 성함을 의미한다.

그리고 왼쪽(남쪽)의 악마들 맨 끝에 있는 악마의 왕 발리는 동지에 해뜰 때 가장 많은 빛을 받는다. 이런 현상은 기둥 사이를 뚫고 들어오는 햇빛의 각도 때문에 생기는데, 이것은 이 사원을 건축한 설계자의 치밀한 의도에서 비롯되었다.

악마들의 중간에서 위장한 비슈누의 부조는 다른 큰 악마와 달리 동지의 일출 때에는 이상하게도 주변이 그늘져 있고 가느다란 빛 한 줄기만 받는다. 이것은 악마가 아니라 악마로 위장한 비슈누를 나타내는 상징이라고 한다. 이렇듯 이곳의 부조는 수많은 신화, 상징, 의미로 뒤덮여 있다.

이곳의 부조를 찬찬히 들여다보며 신화를 상상하다 문득 이런 생각이 들었다.

'혹시, 언젠가 실제로 일어났던 일은 아닐까?'

어차피 우주가 무한한 시간이고 무한한 공간이라면 모든 상상이 실존할 확률은 무한대 아닌가? 무한으로 뻗어나가는 그 공간과 시간 속에서 모든 것이 일어날 확률은 무한대로 뻗어나간다. 무한대 속에서는 모든 것이 가능하다.

그렇다면 우리의 눈앞에 보이는 현실, 꿈, 상상 그리고 그것을 넘어선 그 모든 것은 이미 존재했거나 앞으로 존재할 수도 있는 것들이다. 우주의 대양을 뒤흔들며 감로수를 찾은 사건이 '허위'란 증거도 없다. 과연 이 사건은 언젠가 일어났던 것일까?

동쪽 회랑 2(북쪽 방면)

계속 내려가면 조금 빈약한 부조들이 펼쳐진다. 이곳에 있는 부조들은 앙코르와트가 세워진 지 3,4백 년이 지난 후인 15~16세기에 새겨진 것으로 악마들을 이긴 비슈누를 표현한 것이다. 흐릿해서 눈에 잘 안 띄지만, 처참한 싸움터 중앙에 가루다 위에서 네 팔로 악마를 죽이고 있는 인물이 비슈누다.

비슈누는 힌두교의 유명한 신이지만 그 기원이 수메르 문명의 별자리와 연관이 있다고 보는 이도 있다. 수메르 문명 때부터 밤하늘의 독수리자리에 있는 견우성은 '위대한 영혼, 가장 위대한 신'으로 추앙받았는데, 이것이 후일 고대 문명이 서로 영향을 주고받는 가운데, 인도인들에게 비슈누로 형상화된 것이 아닐까라는 추측도 있다. 즉, 견우성은 비슈누가 되고, 견우성이 있는 독수리자리는 독수리를 닮은 '가루다'라는 신화적인 새로 나타난 것으로 보는 것이다.

북쪽 회랑 1(동쪽 방면)

다시 왼쪽으로 돌면 마주치는 북쪽 회랑에서는 비슈누의 화신으로 여러 팔을 가진 크리슈나가 가루다의 어깨 위에 올라탄 채 코뿔소를 탄 악마들의 왕인 발리의 아들 바나와 싸우고 있는 장면이 여러 번 되풀이되고 있다. 이곳의 북쪽 회랑은 다른 곳에 비해 중요도가 조금 떨어지는 느낌이다.

북쪽 회랑 2(서쪽 방면)

계속 가면 신과 악마들의 싸움 장면이 나온다. 여기에 등장하는 수많은 신이 모두 파악된 것은 아니라고 한다. 밝혀진 것 중 유명한 신들의 면면을 살펴보면 이렇다. 불의 신인 아그니는 코뿔소가 끄는 수레를 타고 있고, 전쟁의 신 스칸다는 공작을 타고 있으며 여러 개의 팔과 머리를 갖고 있다. 천둥과 번개의 신인 인드라는 코끼리 등 위에 올라탔고, 가루다 위에 올라탄 비슈누도 보인다. 그리고 물소 위에 올라탄 염라대왕 야마와 황소 위에 올라타고 화살을 당기는 시바도 보인다.

창조주 브라흐마는 그의 신성한 거위 위에서 화살을 당기고 물의 신 바루나는 머리가 다섯 달린 뱀 위에서 활을 당기고 있다. 이 외에도 수많은 신이 보이지만 그들이 어떤 신들인지 정확히 파악되지는 않는 실정이다.

사실, 그 당시 힌두교도들이 이 부조를 보면 상당히 감명 깊었으리라. 마치 현재의 불교도들이 부처님과 그 제자들의 부조를 보거나 기독교도들이 예수님과 그 제자들의 그림을 보고 그 일화를 상기하는 것처럼…….

서쪽 회랑 2(북쪽 방면)

한 바퀴를 돌고 다시 정면으로 나오면 드디어 들어올 때 보았던 서쪽 회랑 1의 바로 왼쪽 회랑이 나온다.

이곳의 부조에는 수많은 원숭이가 악마들과 치열하게 싸우는 장면이 전개된다. 주제는 '랑카의 전투'다. 이것은 『마하바라타』와 함께 인도 고대 서사문학의 쌍벽을 이루고 있는 『라마야나』에서 유래했다.

『라마야나』는 기원전 5, 6세기경에 지어진 것으로 보이며 우리에게는 낯설지만 『마하바라타』처럼 인도만의 문학이 아니다. 이미 그 옛날 페르시아어로 번역되었고 중국 실크로드의 둔황 석굴에서도 티베트어와 호탄어로 된 『라마야나』가 발견되었으며, 몽골어로도 번역되었다. 또한 동남아시아에서는 그들의 문학으로 토착화되었다. 캄보디아는 말할 것도 없고 미얀마, 라오스, 태국, 말레이시아의 경우, 그런 내용이 문학은 물론, 건축, 무용, 음악에 반영되어 있다. 인도네시아 발리의 유명한 춤으로 일명 원숭이 춤이라고 알려진 케착 댄스도 『라마야나』에 나오는 원숭이들에서 유래된 춤이다.

또한 태국의 현재 왕은 자신들을 라마 1세, 2세 등으로 부르는데 이는 『라마야나』의 주인공이자 인도인의 영웅인 라마의 이름을 따다 붙인 것이고 태국의 거리 이름에도 라마라는 이름이 등장할 정도다. 그리고 방콕의 왓 프라깨우(에메랄드 사원)에도 『라마야나』를 주제로 한 벽화가 있으며, 방콕 근교에 있는 아유타야는 『라마야나』의 주요 무대이자 주인공 라마의 탄생지인 인도 중부의 도시 아요디야(Ayodhya)에서 이름을 딴 것이다.

아요디야는 우리와도 관계가 있는 도시다. 『삼국유사』에도 등장하지만 가야국 김수로왕의 왕비인 허황옥은 아유타(阿踰陀)국에서 왔다고 하는데, 그 아유타가 인도의 아요디야라고 알려져 있다. 그에 대한 증거는 이미 많이 밝혀져 있는 상태다. 그것이 맞다고 보면 허황옥의 몸에서 난 김해 김씨와 같은 핏줄인 김해 허씨를 비롯해 수많은 한국 사람의 몸에는 인도인의 피가 흐르고 있는 셈이다.

아요디야는 현재 갠지스 강변의 바라나시에서 기차를 타고 북쪽으로 네 시간 정도 가면 나오는데 이곳은 먼 옛날 코살라 왕국의 도읍지였다.

그런데 왕이자 영웅인 라마의 부인 시타를 랑카(스리랑카로 알려져 있지만 다른 의견도 많다)의 악마 왕 라바나가 납치하는 바람에 대전투가 벌어진다. 이때 원숭이들이 라마를 도와 시타를 구출하게 되고 그후 약 6천 년간 라마가 선정을 베풀었다는 얘기다.

부조의 이해를 돕기 위해 『라마야나』에 대해 조금 더 깊이 들어가보자.

코살라 왕국의 다사라타 왕은 아들이 없어 고민이 많았으나 신들에게 제사를 지낸 후 많은 아들을 얻게 된다. 그 아들들 가운데 하나가 라마인데, 라마의 탄생에는 사연이 있었다.

악마 라바나는 지극한 고행으로 창조주 브라흐마의 은총을 입어 어떤 신도 결코 그를 죽이지 못하는 권능을 받게 되었다. 그러나 점점 교만해진 그는 천신들까지 괴롭히기 시작한다.

그래서 비슈누는 세상으로 내려가 인간으로 태어나 라바나를 죽이기로 한다. 라바나는 신에 의해서는 죽지 않지만 인간에게는 죽임을 당할 수 있기 때문이었다. 그 역할을 맡은 이가 바로 비슈누의 일곱번째 화신인 라마였다. 또한 라바나는 인간뿐 아니라 원숭이에게도 죽임을 당할 수 있는 운명이라, 신들은 모두 원숭이들로 태어났다가 때가 되면 라마를 도와 라바나를 죽이기로 결정한다.

이런 하늘의 결정으로 인해 라마가 탄생하게 되었지만 라마의 앞길에는 험난한 여정이 기다리고 있었다. 계모의 모략으로 이복동생 바라타에게 왕위를 물려준 라마는 14년간 숲으로 추방당한다.

이때 각종 악마를 만나는데 그중의 한 악녀인 슈르파나카가 라마에게 접근해 청혼한다. 이에 라마는 그녀의 코와 귀를 칼로 베어버린다. 그러자 성이 난 그녀의 오빠인 악마가 무려 1만 4천 명의 악마를 이끌고 몰아닥쳤지만 라마의 특수한 화살 하나에 모두 몰살당하게 된다. 이 악녀와 악마 우두머리는 바로 라바나의 동생들이었다.

랑카의 왕 라바나는 악마였지만 용맹 · 지략 · 무예가 삼계(三界)에서 최고였으며, 관대한 성품, 출중한 언변, 예술에 대한 깊은 이해를 두루 겸비한 최고의 미남이었다. 우리가 연상하는 흉측한 악마가 아니었다.

라바나는 자신들의 군대가 몰살당했다는 소식을 듣고 하늘을 나는 전차를 타고 랑카에서 바다를 건너온다. 라바나는 특히 라마의 아내 시타가 너무도 아름답다는 얘기를 전해듣고 욕정에 사로잡혀 계략을 꾸민다.

라바나의 숙부 마리차는 황금 사슴으로 변해 라마가 사는 거처 주변을 어슬렁거린다. 시타가 그것을 잡아달라고 하자 라마는 시타와 동생 락슈마나를 남겨두고 그 사슴을 쫓았다. 이런 꼬임에 빠져 라마가 없는 사이 라바나는 수행자의 모습으로 시타에게 나타나 점잖게 예를 갖추다 곧 본색을 드러내고 시타를 유혹한다. 분노한 시타는 라바나를 질책했으나 라바나는 시타를 잡아채 나는 전차에 태우고 랑카로 납치한다. 납치된 시타는 하늘을 날던 중에 남쪽의 원숭이들이 산 위에 있는 것을 보고 보석들을 떨어뜨려 자신의 행방을 알린다. 라바나는 시타를 계속 유혹하지만 시타는 유혹에 넘어가지 않는다. 그러자 화가 난 라바나는 시타에게 1년의 기한을 주고 그 안에 자신의 왕비가 되지 않으면 죽여버리겠다고 협박한다.

한편, 낙심에 빠져 있던 라마와 락슈마나는 독수리 자타유로부터 시타가 남쪽으로 납치되어 갔다는 말을 듣고 남쪽으로 길을 떠난다. 그곳에서 원숭이 무리와 그들의 왕 수그리바를 만나는데 이들에게는 사연이 있었다.

원래 원숭이 왕국 키슈킨다의 왕은 발리였다. 그는 수그리바의 형으로 어느 날 악마와 싸움을 벌이다 동굴로 들어갔는데 그 싸움이 1년 동안 계속되었다. 뒤쫓아갔던 수그리바는 형을 기다렸지만 1년이 다 되어도 나오지 않았다. 그러다 대홍수가 일어난 어느 날, 수그리바는 동굴 안에서 형의 비명이 들리자 그가 죽은 줄 알고 동굴 입구를 돌로 막아버렸다. 그러고는 돌아와서 왕이 되었다. 그러나 나중에 살아 돌아온 형 발리는 자신을 고의로 매장하려 했다면서 동생 수그리바를 쫓아내고 다시 왕이 되었다. 그후 수그리바는 몇 명의 원숭이와 함께 도망쳐서 그곳에 은거하다 라마 일행을 만나게 된 것이다. 이때 수그리바는 라마에게 형을 처치해주면 라마의 아내 시타를 찾는 데 도움을 주겠다고 약속한다.

결국 라마는 원숭이 왕 발리를 죽이고 수그리바가 다시 왕이 되게 도운 후, 시타를 찾으러 간다. 원숭이 장군인 하누만은 남쪽 끝 바닷가에서 몸을 부풀린 후 껑충 뛰어서 랑카로 건너갔다. 하누만이 본 랑카는 아름다운 곳이었다. 집집마다 웃음소리가 새어나오고, 푸짐한 음식 냄새와 아름다운 여인들, 그리고 최고의 미남인 라바나와 그의 아름다운 부인들을 보자 정신을 잃고 만다.

그러나 하누만은 곧 정신을 차리고 가까운 정원에 있는 시타를 발견한다. 그러고는 그녀에게 다가가 라마의 소식을 전한다. 하누만은 정원을 때려부수고 난동을 부리다 일부러 잡혀 라바나를 직접 만나게 된다. 그는 그 자리에서 자신은 라마의 사신으로 왔으며 시타를 놓아주라는 라마의 말을 전한다.

분노한 라바나는 하누만의 꼬리에 불을 붙여 시가지로 끌고 다녔으나, 하누만은 오히려 꼬리에 붙은 불로 온 시가지에 불을 질러버리고 도망친다.

돌아온 하누만의 얘기를 듣고 라마와 원숭이들은 모두 남쪽으로 진군해서 전투가 벌어지게 된다.

한편 라바나의 여동생인 비비샤나는 라바나에게 시타를 놓아주라고 간청했으나 받아들여지지 않자 적군인 라마에게 귀순한다. 그녀의 도움으로 라마와 원숭이들은 치밀한 전투 계획을 짜게 된다.

라마와 원숭이들의 공격을 받게 된 라바나는 시타의 마음을 돌이키려고 마술로 라마의 피묻은 목과 화살을 보여주며 모든 것이 끝났으니 자신에게 마음을 돌리라고 설득하지만 시타의 마음은 흔들리지 않는다. 드디어 대규모 원숭이 군대가 라바나를 공격하여 승리를 눈앞에 둔다. 이 원숭이들은 라바나를 죽이기 위해 일부러 원숭이로 태어난 신들이었다.

그러나 라바나와 그의 아들 인드라지트도 대단한 인물들이었다. 이들의 용맹에 밀려서 라마와 원숭이들은 후퇴한다. 라마는 낙담하게 되는데, 비슈누가 타고 다니는 새 가루다가 나타나 '다르마(우주의 정의, 법, 의무)의 화신인 당신은 결코 패하지 않을 것'이란 확신을 주고 사라진다. 여기서 라마는 스스로가 비슈누의 화신이란 것을 아직 알지 못한다. 그저 인간의 영웅일 뿐이어서 때로는 낙담하고 나약한 모습을 보이기도 한다.

이때부터 서로 일진일퇴를 거듭하는 처절한 전투가 벌어진다. 그러던 중 라바나는 마술을 써서 시타가 목이 잘려 죽은 것처럼 보이게 한다. 이에 원숭이들과 라마는 실의에 빠져 '정의를 위해 그렇게도 노력했건만 대가가 고작 이것인가?' 라며 다르마를 의심한다.

라마는 몹시 분노한 나머지 '다르마가 승리하는 것이 아니라, 승리가 바로 다르마'라며 랑카로 들어가 어린애들과 여인들까지 모두 죽여버리겠다고 소리 지른다.

신화로 보고 지나치기에는 너무도 가슴에 와 닿는 얘기가 아닌가.

'강한 자가 승리하는 것이 아니라, 승리한 자가 강한 것이다'

'옳은 자가 승리하는 것이 아니라, 승리한 자가 옳은 것이다'

이런 식의 얘기는 오늘날에도 있다. 그래서 올바르게, 양심껏 살아가려는 사람들을 잠시 혼란에 빠트리기도 한다.

더러운 세상…… 결국 힘있는 놈들이 정의고, 진리고 다 차지한다. 그러니 우리가 이 더러운 속세에서 추구해야 할 것은 결국 힘 아닌가. 권력과 돈과 명예 같은 것들이 아닌가.

열심히 바르게 살아온 사람들일수록 세파에 시달리는 중년이 되면 더욱 회의에 빠지게 되는 경우가 많다. 이런 식의 회의는 영웅인 라마에게도 있었다. 수천 년 전의 인도인들, 아니 전 인류가 역사상 늘 부딪치는 문제였을 것이다.

라마는 매우 낙담하여 용기를 잃고 철수하려는데 귀순했던 비비샤나로부터 시타가 죽지 않았다는 말을 듣게 된다. 이에 다시 처절한 접전이 벌어진다. 라마는 화살로 라바나의 목을 떨어뜨리지만 라바나의 목은 계속 솟아났다. 결국 라마는 마지막으로 브라흐마의 무기를 써서 라바나의 목숨을 끊어버리고 승리를 거둔다.

그러나 시타를 찾은 라마는 1년의 세월 동안 라바나와 무슨 일이 있었는지 모르겠다면서 그녀를 아내로 인정하지 않겠다고 선포했다. 이 무슨 청천벽력 같은 소리란 말인가? 그렇다면 시타를 구하려고 그토록 싸웠던 이유는 무엇이란 말인가?

모두 슬퍼하며 그를 말리지만 라마는 자신의 뜻을 철회하지 않는다. 그러자 시타는 불 속으로 스스로 걸어들어가 타죽기로 한다. 라마는 눈물을 흘렸지만 그녀의 행동을 제지하지 않는다. 그러자 하늘의 신들이 내려와 멈추도록 간청한다. 라마는 인간이 아니라 비슈누의 화신이며 아내 시타는 비슈누의 반려자인 락슈미라며 라마의 전생의 비밀을 알려준다. 그리고 불의 신 아그니가 시타를 불 속에서 구출해 나온다. 그렇게 해서 시타가 정숙한 부인이라는 것이 증명된다.

라마는 아그니에게 감사를 표하고는 자신은 시타를 믿지만 세상 사람들이 믿지 않을 것인즉, 이런 방법으로 시타의 정숙함을 증명할 수밖에 없었다고 말한다. 그리고 라마는 시타를 데리고 본국인 아요디야로 돌아가 약 6천 년 동안 다스렸다고 한다.

『라마야나』는 이처럼 온갖 얘기를 담고 있는 방대한 규모의 신화로 내용 또한 흥미롭다. 그래서 지금도 인도인들은 『라마야나』를 TV에서 방영하는가 하면 밤을 새워가며 길거리에서 공연을 한다. 이처럼 그들의 삶 속에 깊숙이 뿌리내린 신화 『라마야나』는 힌두교가 동남아에 전파되면서 함께 전해져 그곳 사람들도 이 신화를 받아들였다.

이 신화 속에는 단순한 싸움 이야기가 아니라 삶의 교훈과 지혜가 담겨 있다. 신의 화신이라는 라마가 다르마를 의심하면서 괴로워하고 분노에 차 있다가 진실을 알고 결국 승리하는 것처럼, 회의의 과정과 반전을 보여줌으로써 다르마, 즉 정의와 진리에 대해 결코 의심하지 말며, 정의는 반드시 승리한다는 것을 사람들에게 가르치고 있는 것이다.

이곳의 부조는 건축 기법 면에서도 눈여겨볼 곳이 많다. 부조 한가운데에는 하누만의 등 위에 올라서서 화살을 날리는 라마가 보인다. 그 왼쪽 옆에는 라마의 동생인 락슈마나가, 또 그 왼쪽 옆은 라바나의 동생으로 라마에게 귀순한 비비샤나가 서 있다.

동지 전까지는 일몰 때 이들이 그늘에 있게 되나 정확히 동짓날에는 일몰 때 한 줄기 광선이 라마의 왼쪽(북쪽)에 있는 비비샤나를 비춘다. 반면 바로 옆에 있는 락슈마나와 라마는 여전히 그늘 속에 있다. 비비샤나는 비록 귀순했지만 악마의 세력을 뜻하므로 해가 가장 짧은 동짓날에 더 훤히 빛나지만, 선의 세력인 락슈마나와 라마는 여전히 그늘 속에 있게 되는 것이다. 즉, 동지의 일몰 때 생기는 이 빛의 가름으로 선과 악의 구분을 보여주는 것이다.

반면 악마 라바나는 얼굴이 10개나 있고 계속 솟아나며 팔이 20개나 되는 모습으로 묘사되어 있는데, 라바나는 동지나 하지의 일몰 때에도 빛이나 그늘에 완전히 덮이지 않고 엇갈린다고 한다. 이는 라바나가 신과 악마의 중간이라는 것을 의미한다. 왜냐하면 라바나의 아버지는 신이고 어머니는 악마였기 때문이다. 그래서 항상 그의 부조에서는 빛과 그늘이 교차되어 그 모습이 양분된다.

십자회랑(1층과 2층의 중간)

의미와 상징으로 뒤덮여 있는 길고 긴 제3회랑을 돌아보고 나면 그 다음부터는 구경이 조금 수월해진다.

처음 들어왔던 서쪽의 정문 앞으로 와 계단을 따라 올라가서 셋째 문을 통과하면 십자회랑(Preau Cruciform)이라 불리는 넓은 곳이 나온다. 기둥들이 매우 많이 들어선 길이 마치 십자가처럼 나 있어서 그렇게 불리는데 예상 외로 어둠침침했다.

이 십자회랑은 제3회랑의 역사적 현실 세계와 제2회랑의 신들의 세계 중간에 걸쳐 있다. 중앙에는 움푹 들어간 사각형의 못이 네 개 있는데, 지금은 물이 고여 있지 않지만 예전에는 사원의 지성소에 들어가기 전이나 종교 의식을 치를 때 이 못에 들어가 몸을 씻었을 것이다. 구석에는 배수구멍이 있고 실제로 쓰일 때는 물이 새는 것을 방지하기 위해 막았을 것으로 추정된다.

십자회랑을 시계 반대방향으로 돌다 보면 오른쪽, 즉 남쪽에는 예전에 1천 좌의 부처상이 있었는데 지금은 구석에 몇 좌만 남아 있을 뿐이다.(앙코르와트는 원래 힌두교 사원이고, 불상은 후대 사람들이 나중에 갖다놓았다.)

그리고 한 바퀴 돌아 북쪽으로 오면 에코 체임버(Echo Chamber, 메아리의 방)라 불리는 조그만 아치형의 방이 있었다. 방에 들어가 벽에 등을 대고 가슴을 치면 쿵쿵 소리가 깊게 울려퍼지기 때문에 그런 이름이 붙었다고 한다. 나도 들어가서 가슴을 쳐보았다. 과연 다른 곳과 달리 공명현상이 일어났다. 그런데 가슴이 조금 아파서 이내 그만두었다.

셋째 문과 제2회랑(2층)

어두운 십자회랑에서 동쪽의 가파른 계단을 따라 올라가면서 셋째 문을 통과하면 제2회랑이 나온다. 여기에 오면 높게 치솟은 탑들이 보이는데 회랑의 벽에는 툭 튀어나온 춤추는 여신 '압사라'들의 부조가 많이 보인다. 허리가 잘록하고 가슴이 솟아난 매혹적인 모습인데 수백 년 동안 이곳을 오르내리던 이들이 한 번씩 쓰다듬은 탓에 어떤 압사라의 가슴은 아예 닳아 있다. 제2회랑에는 1천5백 점의 압사라 부조가 있는데 그 표정과 자세가 모두 다르다고 한다. 좌우에는 '도서관(의식 때 필요한 도구나 향료, 음식물을 보관해놓았던 곳)'도 있다.

제2회랑은 벽으로 둘러싸여 있는데 서쪽에는 창문이 하나밖에 없다. 그러나 맞은편 동쪽 벽에는 오른쪽(남쪽)에 12개, 왼쪽(북쪽)에 14개의 창문이 있다. 모두 합해 26개가 된다.〈표 4〉 또 남쪽 벽에는 9개의 창문, 북쪽 벽에는 32개의 창문이 있다. 늘 대칭적이고 딱딱 맞아떨어지는 것을 좋아하는 앙코르와트의 건축가가 제2회랑에는 왜 이렇게 균형이 깨진 설계를 도입했을까?

달이 차오를 때, 하루나 이틀은 아예 나타나지 않다가 해가 지고 나서 서서히 초승달이 서편 하늘에 나타난다. 이것을 형상화한 것이 서쪽 벽에 만든 '하나의 창문'이다. 그리고 12일이 지난 후 보름달이 동쪽에 뜨기 시작하는데 이것을 나타내는 것이 동쪽 벽의 남쪽에 있는 12개의 창문이다. 또, 보름달부터 달이 사그

〈표 4〉 앙코르와트 제2회랑

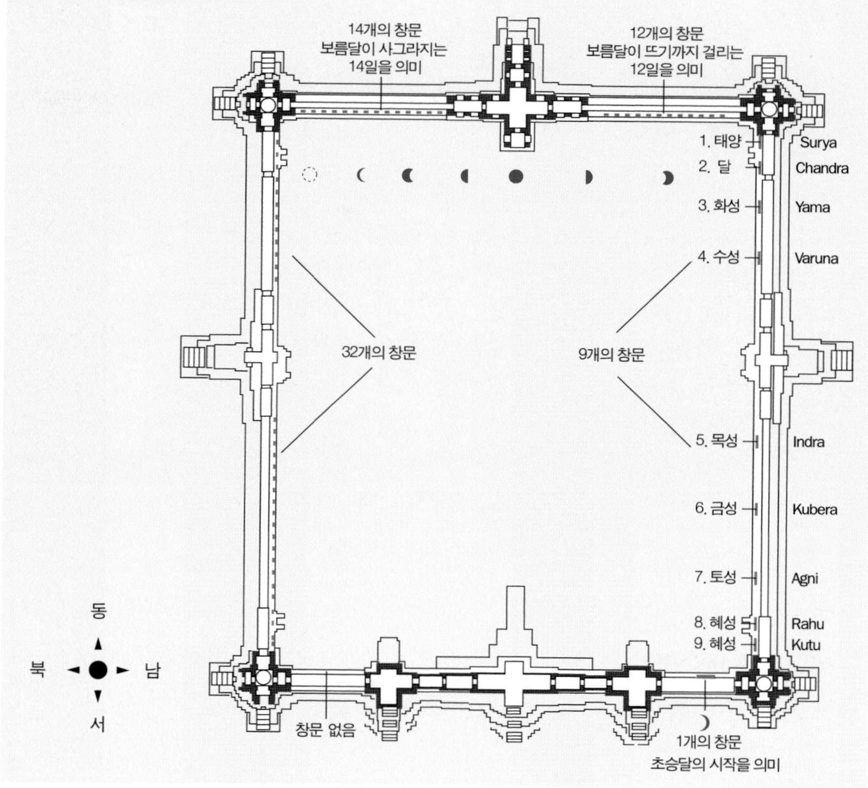

라지기까지 14일이 걸리는데, 이것은 동쪽 벽의 북쪽에 있는 14개의 창문으로 표현되었다. 즉, 달이 움직이는 길에 따라 동서 방향 벽에 달의 변화와 일치하는 숫자로 창을 낸 것이다.

그리고 남쪽의 창문 9개는 달과 연관되어 있지 않고 캄보디아인들이 전통적으로 숭배하는 9개의 행성과 연관된 신을 상징하며 이곳을 통해 들어오는 빛

은 이 행성과 혜성 들이 내뿜는 빛을 의미한다. 즉, 수리야(Surya, 태양), 찬드라(Chandra, 달), 야마(Yama, 화성), 바루나(Varuna, 수성), 인드라(Indra, 목성), 쿠베라(Kubera, 금성), 아그니(Agni, 토성)가 있고 라후(Rahu)와 케투(Ketu)가 있다.(라후와 케투는 일식 때 태양과 달을 먹는 혜성의 신이다.)

그리고 북쪽 벽의 창문 32개는 달이 지나가는 길에 있는 28개의 별자리와 동서남북 네 방위를 나타내는 신을 합해서 나온 숫자로 추정되고 있다.

이처럼 제2회랑에는 태양과 달과 행성들의 상징이 잘 묘사되어 있다.

넷째 문과 제1회랑(3층)

제2회랑에서 제1회랑으로 오르는 계단은 열두 군데인데 상당히 가파르다. 예전에는 왕이나 사제들만 오르는 곳이었다는데, 계단의 폭이 얼마나 좁고 경사가

급한지 고소공포증이 있는 이들은 옆에 설치된 난간을 붙잡고도 덜덜 떨 정도다. 물론 치마 입은 여자들도 오르기가 매우 곤란하다. 1회랑이 있는 3층에는 지성소가 있는 중앙탑이 솟아 있다. 이 중앙탑은 우주의 중심 메루 산을 상징하며, 지성소 안에는 우주의 중심이며 절대자이고 태양의 화신인 비슈누가 살고 있다. 회랑 주변에 솔방울처럼 높이 솟은 탑들이 바로 멀리서 보면 3개, 혹은 5개로 보였던 그 탑들이다.

한 발 한 발 쇠난간을 잡고 조심스럽게 올랐다. 잠깐 실수로 발이 미끄러져 굴러 떨어졌다가 골절상을 입거나 머리라도 다칠까봐 조마조마했다. 정말 매우 위험한 곳이었다. 간신히 올라가서 아래를 내려다보니 아찔했다. 서쪽으로는 방금 내가 올라왔던 길을 따라 올라오는 사람들이 보였다. 멀리 시선을 던지니 탁 트인 평원이 아스라하게 보이며 세상의 중심에 올라온 것만 같았다.

지성소

드디어 지성소인 중앙탑 안으로 들어갔다. 조금 긴장이 되었다. 그 옛날 왕과 사제들이 들어와 의식을 치르는 곳이었고, 세상의 중심이며 절대자를 모셔놓았던 곳 아닌가. 그런데 막상 들어와보니 고요한 정적과 퀴퀴한 냄새만 감돌 뿐 신비하지도 장엄하지도 않았다. 지성소에는 동서남북에 네 개의 방이 있었고 각각의 방에는 갖가지 자세를 취한 불상들이 모셔져 있었다. 아마도 예전에는 비슈누 신상이 있었을 것이다.

지성소에 앉아 있자니 허전한 느낌이 들었다. 더 올라갈 곳이 없다는 느낌 때문일까? 아니면 눈앞에 보이는 평범한 현실 때문일까?

가슴이 떨리기보다는 그저 담담했다. 우주의 중심이며 메루 산의 정상이고,

절대자 비슈누가 거주하는 상징적인 공간. 그런데 그런 의미와 상징보다는 텅 빈 느낌만 온몸을 덮쳐올 뿐이었다.

물론 이 웅대하고 절묘한 사원을 만든 이들과 앙코르 문명은 정말 대단하다. 그러나 그 수많은 상징과 의미도, 돌이켜보면 땀 흘리고 난 후 벌판에서 불어온 시원한 바람만큼 나에게 평화와 안식을 주지는 못했다. 텅 빈 느낌 속에 깃드는 이 충만함. 어쩌면 이것을 설계한 사람들이 진짜로 의도했던 것이 바로 그것이 아니었을까?

공(空)의 세계. 그러나 한자식으로 그렇게 표현하면 어딘지 의미 전달이 부족한 느낌이 든다. 그보다는 불교가 탄생한 그 땅의 언어로 '순야'라고 하면 의미가 가슴에 더 다가올까?

텅 빈 충만함…… 순야.

한낮의 지성소 안에는 평범한 일상이 펼쳐지고 있었다. 아이들이 사원 구석에서 놀았고, 여인들이 물건을 팔았으며, 노인이 낮잠을 잤다.

그 무심한 풍경이 평화롭게 다가왔다.

앙코르와트 수치의 비밀

1997년 8월, 앙코르와트를 처음 보았을 때 나는 아무런 사전 지식을 갖고 있지 않았다. 다만 현지에서 산 영문 책자를 뒤적이며 앙코르와트에 대한 정보를 어렵사리 알아낸 정도였다. 그러다가 귀국했을 때 마침 나온 『캄보디아를 아십니까』(양기식 지음, 삶과 꿈)라는 책을 발견하고 흥미있게 보았다. 그러다 재미

있는 사실을 발견했다.

앙코르와트의 서쪽 입구와 중앙탑까지 축선과 연계된 여러 수치가 힌두교에서 말하는 시간 단위인 유가(Yuga)와 관련되어 있다는 것이었다.

그 당시 인도와 힌두교에 푹 빠져 있었던 나로서는 신선한 충격이었다. 그런데 아쉽게도 그 책에서는 참고문헌을 제시하지 않아 '엘리노브 모론'이란 여자학자가 썼다는 것 외에는 알 수가 없었다. 하지만 그때는 다른 나라들을 여행하느라 깊이 파고들 기회가 없었다.

그러다 베네수엘라 출신인 엘리너 마니카라는 여성학자가 쓴 영문판 책을 접하면서 자세한 사실을 알게 되었다. 알고 보니 엘리노브 모론과 엘리너 마니카는 동일인이었고, 그녀의 연구 업적은 상당히 방대했다. 그녀는 1972년부터 30년 넘게 앙코르와트를 연구한 후 *Time, Space, and Kingship*(Eleanor Mannika, University of Hawaii Press, 2000)이란 책을 냈는데, 프랑스 건축학자 나필리앙(Guy Nafiliyan)이 1960년대에 미터로 측정한 앙코르와트의 길이를 큐빗(Qubit)으로 전환하자 앙코르와트의 수치들은 놀라운 의미를 갖고 재탄생했다고 밝히면서, 힌두교의 유가 주기는 물론, 우주, 해, 달, 별, 신화, 역사 등등과 관련된 수치들을 상세하게 설명하고 있었다.

이 책은 너무도 방대하고 자세해서 다 소개할 수도 없으므로 여행자들에게 필요한 지식을 이미 알고 있던 나의 지식과 섞어서 '나의 말'로 쉽게 풀이할 생각인데, 혹시라도 잘못 전달한 부분이 있다면 그건 전적으로 나의 책임임을 밝힌다.(더 상세한 것을 알고 싶은 분은 직접 영어 원전을 보기 바란다. 국립중앙도서관에도 소장되어 있다.)

먼저 큐빗(qubit)이라는 단위부터 알아보자. 큐빗은 고대 이집트나 메소포타미아 문명권에서 썼고 인도에도 유입된 단위로 추정되는데, 흔히 팔꿈치에서 가운뎃손가락 끝까지의 길이를 말한다. 하지만 그 길이는 일정하지 않다. 손길이가 사람마다 다 다를 테니 말이다. 그래서 대개 17인치(약 43센티미터)에서 21인치(약 53센티미터) 사이로 보고 있다.

그래서 터키 아라라트 산에서 발견되었다는 노아의 방주의 크기에 대해서도 논란이 많다. 성경에 보면 길이가 300큐빗, 폭이 50큐빗, 높이가 30큐빗이라고 나와 있는데 45센티미터로 환산하면 길이 135미터, 폭 22.5미터, 높이 13.5미터가 된다. 그런데 직접 가보니 그 흔적이 그만큼 커 보이지는 않았다.

앙코르 문명에 큐빗에 관한 기록이 없고 다른 아시아 국가에서도 쓰이지 않는 상황에서 엘리너 마니카가 큐빗이란 단위가 앙코르와트에 쓰였을 것이라 추정한 이유는, 앙코르 문명이 인도의 영향을 받았고 고대 인도에서 큐빗이 쓰였기 때문이다. 다만, 그녀는 앙코르와트를 세운 수리야바르만 2세가 썼던 나름대로의 큐빗 단위가 있었을 것이라고 추정했다. 하지만 정확한 큐빗의 길이가 알려지지 않은 상태이다 보니, 앙코르와트 사원을 분석해서 역으로 그 길이를 추론하는 수밖에 없었다.

엘리너 마니카는 우선 앙코르와트에서 쓴 1큐빗의 길이를 40~50센티미터로 가정한 후, 정확한 큐빗의 길이를 알기 위해 이미 프랑스 건축학자 나필리앙이 미터 단위로 잰 앙코르와트의 동서축, 남북축, 그리고 주변 길이 등을 큐빗 단위로 나누어보면서 많은 추론을 시도했다. 이것은 그리 쉽지 않은 작업이었다. 4개월 동안 시행착오를 거듭한 끝에, 앙코르와트에서 가장 높이 솟은 중앙탑의 지성소 안을 잰 것에서 힌트를 얻었다.

그녀는 지성소 안의 북쪽과 남쪽을 잇는 축을 걸어가며 재어보았다.(한 걸음이 대략 1큐빗과 비슷한 40~50센티미터에 해당한다.) 평균적으로 열한 걸음에서 열세 걸음이 나왔는데 매번 달랐다. 열한 걸음, 열한 걸음 반, 열두 걸음 반, 열세 걸음…….

열한 걸음을 걷고 나서 혹시 하고 남북축의 길이를 11로 나누어보면 그 값이 큐빗의 예상치 40~50센티미터의 범위를 넘고, 열세 걸음을 걷게 되어 남북축의 길이를 13으로 나누어보면, 이번에는 그 값이 예상했던 큐빗의 범위보다 적게 나왔다. 결국, 엘리너 마니카는 보폭으로 큐빗의 길이를 추정해보는 방법은 포기했지만, 이 과정에서 그녀의 머리에 12라는 숫자가 떠올랐다.

이것은 내 추측이지만 그때 그녀는 아마도 이런 생각을 하지 않았을까?

'그렇다. 지성소의 남북축의 길이를 12로 나누면 앙코르와트를 세울 때 썼던 단위인 큐빗의 거리가 나올 것이다. 12는 얼마나 중요한 숫자인가. 이 지성소를 올라오는 계단은 동쪽에 3개, 서쪽에 3개, 남쪽에 3개, 북쪽에 3개 등 모두 합해 12개다. 그것은 1년의 열두 달을 의미한다. 그 당시 사람들은 이 제단에 12개의 계단을 만들고 나서, 중앙탑의 지성소를 만들 때 그들이 쓰고 있던 기본적인 큐빗의 단위에 12를 곱해서 남북축을 만들었을 것이다.'

이렇게 역으로 추산한 엘리너 마니카는 남북축을 12로 나누어보니, 1큐빗이 0.43545미터가 나왔다. 그러나 과연 이것이 앙코르 왕국 사람들이 썼던 단위가 맞을까? 그걸 확인해보기 위해서 이미 재놓았던 각종 미터 길이를 큐빗으로 환산해보자, 평범해 보이던 숫자들이 의미를 띠고 살아나기 시작했다.

그외에도 앙코르 왕국 사람들은 큐빗을 묶은 단위들을 많이 이용했다는 사실이 밝혀졌다. 즉, 10큐빗, 27/28큐빗, 32큐빗, 108큐빗 등등. 그외에 크메르 민

족이 썼던 단위로 피엄(phyeam)이라는 것도 있었는데 1피엄은 4큐빗으로 밝혀졌다.

과연 수치들은 어떤 비밀을 간직하고 있었을까? 이걸 알려면 인도의 시간관인 유가(Yuga) 주기를 먼저 이해해야 한다.

『힌두교 입문』(스가누마 아키라 저, 문을식 역, 도서출판 여래)이라는 책에서 소개한 힌두교의 유가를 보면 이렇다.(스가누마 아키라는 H.H. 윌슨이란 학자가 쓴 『힌두 신화와 전통』이란 책에서 참고했다고 한다. 그외의 다른 방법에 따른 시간 계산도 있다 하니 절대적이지 않다는 것을 밝혀둔다.)

힌두교의 『마누법전』에 보면, 창조주 브라흐마의 하루를 1칼파(Kalpa=劫)라고 한다. 1겁은 유가라는 단위로 그 길이가 계산되는데, 창조주 브라흐마의 낮을 1천 마하유가, 밤을 1천 마하유가로 본다. 즉, 힌두교에서 말하는 1칼파(겁)는 2천 마하유가다.

1마하유가는 크리타 유가(Krita Yuga), 트레타 유가(Treta Yuga), 드바파라 유가(Dvapara Yuga), 칼리 유가(Kali Yuga)로 나뉘는데 『마누법전』은 각 유가를 이렇게 설명하고 있다.

크리타 유가는 정법의 시대로 인간은 병이 없고 수명은 4천 살이다.

트레타 유가는 정법의 4분의 3이 남은 시대로 인간은 3천 살을 산다.

드바파라 유가에서는 정법이 4분의 2가 남은 시대며 인간은 2천 살을 산다.

칼리 유가에서는 정법이 4분의 1밖에 남아 있지 않고, 인간의 수명은 짧아지며, 성실함, 관용, 자비심, 수명, 체력, 그리고 지력도 없어진다. 세상은 혼란스러워지고, 재산만이 모든 기준이 되며, 기아가 만연한다. 큰바람, 큰비 등의 재해가 일어나고 인간의 삶은 점점 비참한 상태로 빠지니 바로 말세를 말하며, 현재 인간들은 이 시대를 살아가고 있다.

그러면 이런 각 유가는 얼마 동안의 시간일까? 신들의 시간으로 볼 때 크리타 유가는 4천8백 년, 트레타 유가는 3천6백 년, 드바파라 유가는 2천4백 년, 칼리 유가는 1천2백 년이다. 그런데 신들의 1년은 인간의 시간으로는 360년으로 보고 있기에, 크리타 유가 4천8백 년은 인간의 시간으로 172만 8천 년, 트레타 유가 3천6백 년은 129만 6천 년, 드바파라 유가 2천4백 년은 86만 4천 년, 칼리 유가 1천2백 년은 43만 2천 년이 된다. 따라서 이 기간을 다 합한 1마하유가는 인간의 시간으로 432만 년이다.

창조주 브라흐마의 하루인 1칼파(겁)는 2천 마하유가이므로, 인간 홍망성쇠의 한 주기인 432만 년이 2천 번 되풀이된다. 즉, 칼파(겁)는 인간의 시간으로 86억 4천만 년을 말한다(1칼파를 43억 2천만 년으로 보는 사람도 있다).

말하자면 이런 유가의 주기가 앙코르와트의 수치에 스며 있다는 것이다.

먼저 서쪽의 다리를 보자.〈표 5〉 이 다리는 하나지만 두 부분으로 나뉘어 있다. 큐빗으로 계산하면 전반부가 216큐빗(54피엄), 후반부가 216큐빗(54피엄)이

〈표 5〉 앙코르와트 서쪽 축에 실현된 수치의 비밀

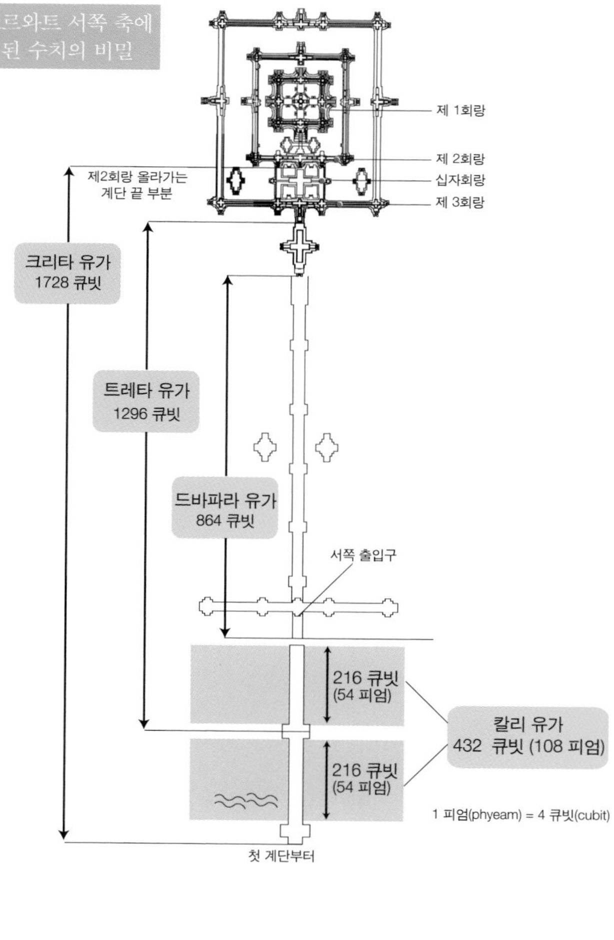

다(1피엄=4큐빗). 이것을 합하면 432큐빗으로 칼리 유가인 43만 2천 년을 1천 분의 1로 축소한 숫자로, 말세인 칼리 유가를 상징한다. 그리고 216큐빗을 피엄으로 환산한 54는 앙코르톰이나 각종 사원에 들어갈 때 양쪽에 각각 늘어선 신과 악마의 숫자이기도 하다. 그리고 이 54를 다 합하면 108이란 숫자가 나온다.

이런 숫자들은 수많은 곳에서 상징적으로 등장한다. 다리를 건넌 후에 입구로 가기 위해 오르는 첫째 계단부터 참배로 끝의 나가 조각이 있는 난간까지는 864.83큐빗으로 대략 드바파라 유가 86만 4천 년의 1천 분의 1에 해당한다. 그리고 다리 중간에서부터 제3회랑의 입구까지가 1292.02큐빗으로 트레타 유가의 129만 6천 년의 1천 분의 1인 1,296과 거의 일치한다. 마지막으로 다리가 시작되는 첫째 계단에서 십자회랑을 지나 제2회랑으로 올라가는 계단 끝까지가 1,725.89큐빗이다. 이것은 힌두교의 우주관에서 크리타 유가에 해당하는 172만 8천 년의 1천 분의 1인 1,728과 대략 일치한다.

결국, 이런 우주의 생성 주기라는 '시간'이 서쪽 입구에서부터 중앙축에 이르는 공간 속에 수치로 표현된 것이다.

그런데 정법이 실현되는 크리타 유가가 왜 말세인 칼리 유가가 시작되는 다리까지 포함해서 설정되었을까? 여기에는 의미가 있다. 크리타 유가를 나타내는 구간은 제3회랑의 수많은 부조들을 포함하는데, 쿠루 평원의 전투, 랑카의 전투 등에서처럼 신과 악마, 다르마(정의)와 불의가 충돌한 후 다르마가 실현되는 것을 의미한다.

여기서 왕, 즉 수리야바르만 2세는 바로 다르마의 실현자이고 그의 역할에 따라 세상은 정법이 실현되는 크리타 유가가 될 수도 있고, 말세인 칼리 유가가 될 수도 있다. 즉, 앙코르와트는 속세와 말세를 의미하는 다리에서부터 시작되고,

수리야바르만의 통치도 이 다리에서부터 시작하며, 신의 세계인 크리타 유가도 똑같이 다리에서부터 시작한다.

이것은 신들의 세계가 속세와 따로 분리되어 있는 것이 아니라, 속세에서 어떻게 우리가 사는가, 또 속세에서 왕이 어떻게 통치하는가에 따라 말세가 될 수도 있고 이상향이 될 수도 있다는 것을 암시하는 것이다.

물론, 수리야바르만 2세는 그의 임기 중에 새로운 시대를 열고 우주의 정법이 실현되는 정의로운 시대를 만들겠다는 의지를 갖고 이런 사원을 만들었던 것이다.

수치의 비밀은 제3회랑에도 있다. '우유의 바다' 부조를 보면 신과 악마가 뱀의 왕 바수키의 몸통을 붙잡고 영생불사 약을 찾기 위해 휘젓는 광경이 나온다. 〈표 3〉

여기서 중앙의 비슈누 왼쪽, 즉, 악마(아수라)들이 그려진 동지점 쪽을 지나 우유의 바다 주제 회랑의 끝부분까지가 54큐빗, 비슈누 오른쪽, 즉 신(데바)들이 그려진 하지점 쪽을 지나 회랑의 끝부분까지가 54큐빗이다. 이는 다른 힌두교 사원의 입구에도 종종 등장하듯이 비슈누는 54명의 신과 54명의 악마 사이에 있다는 의미이다. 그리고 양쪽의 54를 합하면 신비의 숫자 108이 나온다.

엘리너 마니카는 부조에 나타난 91명(돈 F. 루니는 92명으로 헤아렸다)의 악마와 88명의 신이 동지에서 춘분까지의 91일과 춘분에서 하지까지의 88일을 의미한다고 한다. 과연 동지에서 춘분까지 91일이고, 춘분에서 하지까지 88일일까? 직접 숫자 계산을 해보니 정확하게 맞아떨어지지 않았다.

춘분(3월 21일), 동지(12월 22일), 하지(6월 21일) 등으로 놓고 계산을 해보면, 동지와 춘분을 제외하고 그 사이의 날짜가 88일이었다(악마의 숫자와 맞아

떨어지려면 91일이 나와야 한다). 그리고 반대로 춘분에서 하지까지는 91일이 나온다(신의 숫자와 맞아떨어지려면 88일이 나와야 한다). 엘리너 마니카의 얘기와 달리 숫자가 모두 반대로 나온 것이다. 혹시 엘리너 마니카가 신과 악마를 바꿔서 생각한 것일까?

그건 아닌 것 같았다. 우선 신의 편 끝에 선 수그리바라는 원숭이는 『라마야나』에서 영웅 라마를 돕는 원숭이고, 악마의 편 끝에 서서 줄을 당기는 것은 발리라는 악마임에 틀림없었다. 또한 앙코르와트의 다른 부조에서도 빛이 지구에 덜 비치는 동지 쪽과 연관된 것들이 악마가 되고, 빛이 많이 머무는 하지 쪽과 연관된 것들이 신이 되기에, 악마는 동지점 쪽에, 신은 하지점 쪽에 있는 것은 당연해 보였다.

그렇다면 어찌된 것일까? 절기의 날짜는 조금씩 달라지므로 계속 춘분 · 하지 · 동지의 날짜를 변화시켜 계산해보아도 딱 맞아떨어지지 않았다.

그러다 문득 지금 우리가 쓰는 달력은 양력으로 캄보디아 사람들이 그 시절 쓰던 달력과 달랐을 것이고, 또 850년 전의 춘분 · 하지 · 동지는 지금과 차이가 있었을 텐데, 정확한 숫자를 지금의 달력으로 계산해서 얻는다는 것은 무리라는 생각이 들었다.

어쨌든 이렇게 신과 악마의 숫자조차 그냥 나타난 것이 아니라, 이런 배경을 가질 정도로 그 시절의 앙코르와트 건설자들은 수많은 곳에 수치의 비밀을 숨겨놓았던 것이다.

중앙탑 부근의 제1회랑에도 의미 있는 수치가 숨겨져 있다. 제2회랑에서 중앙탑이 있는 제1회랑까지 지성소에 오르는 계단은 동서남북에 각각 3개씩 있어서 모두 합하면 12개다. 그리고 계단에 나 있는 턱도 보통 28개로 헤아린다.

여기서 12라는 숫자는 태양이 1년 동안 지나가는 길인 황도대(黃道帶) 주변에 있는 12개의 별자리를 의미한다. 이것은 곧 태양력에서의 열두 달을 의미하고, 계단마다 낸 턱의 숫자 28(혹은 27일)이란 음력으로 한 달인 28일을 의미한다. 즉, 태양력과 태음력을 의도적으로 결합시킨 것이다.

그외에도 제1회랑을 받치고 있는 기단의 남북축과 동서축을 합하면 366.33큐빗이 나오는데 이는 1년의 길이와 비슷하고, 이를 4등분하면 91.58이 나오는데 이는 춘분과 동지, 춘분과 하지 사이의 평균 날짜와 비슷한 91이 되며, 중앙탑의 동서축과 남북축을 합한 길이가 된다.〈표 6〉

또, 중앙탑에 있는 비슈누 신상(불상)의 동서축 5큐빗, 남북축 5큐빗씩을 합해 10큐빗을 빼면 356이 나오는데, 이는 태음력에서 1년인 354일과 비슷한 날짜다. 이처럼 이곳에도 태양력과 태음력이 결합되어 있다.

〈표 6〉 앙코르와트 제1회랑에 깃든 수치의 비밀

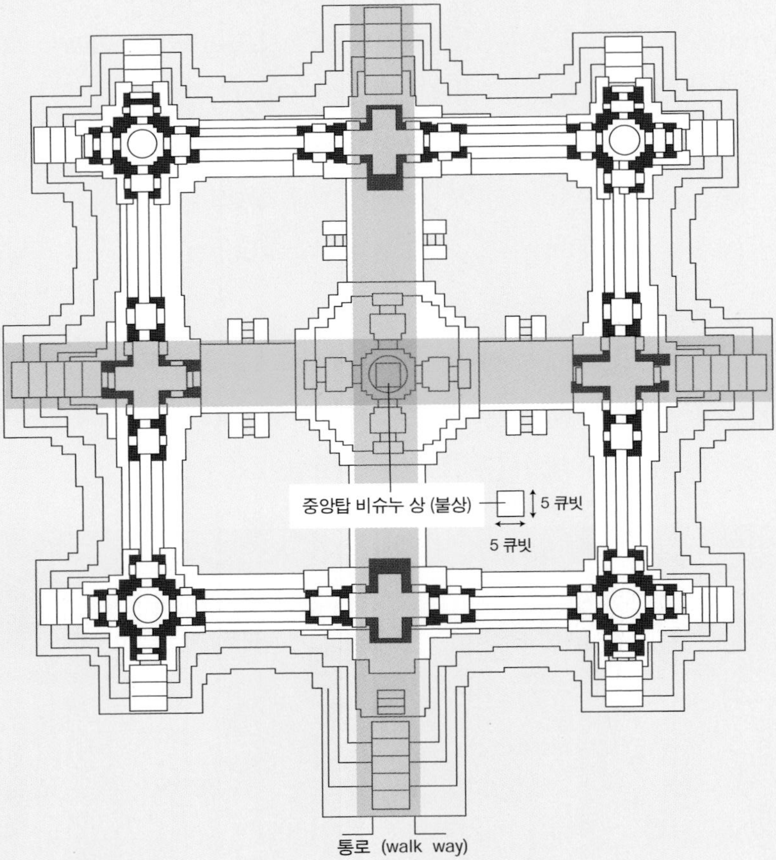

366.33 큐빗

계단을 포함한 남북축 길이와 동쪽 계단부터 서쪽 계단을 지나 통로(walk way)까지 동서축의 길이를 합하면 366.33큐빗으로 1년의 날수와 비슷하다.

356.33 큐빗

여기서 중앙탑의 비슈누 상(불상) 동서 5큐빗과 남북 5큐빗을 빼면 태음력에서 1년의 날수인 354일과 비슷해진다.

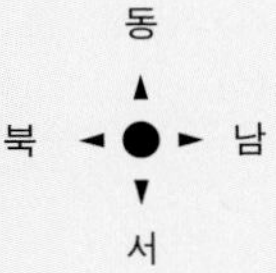

〈표 7〉 앙코르와트 제1회랑의 탑과 네 개 문에 깃든 수치의 비밀

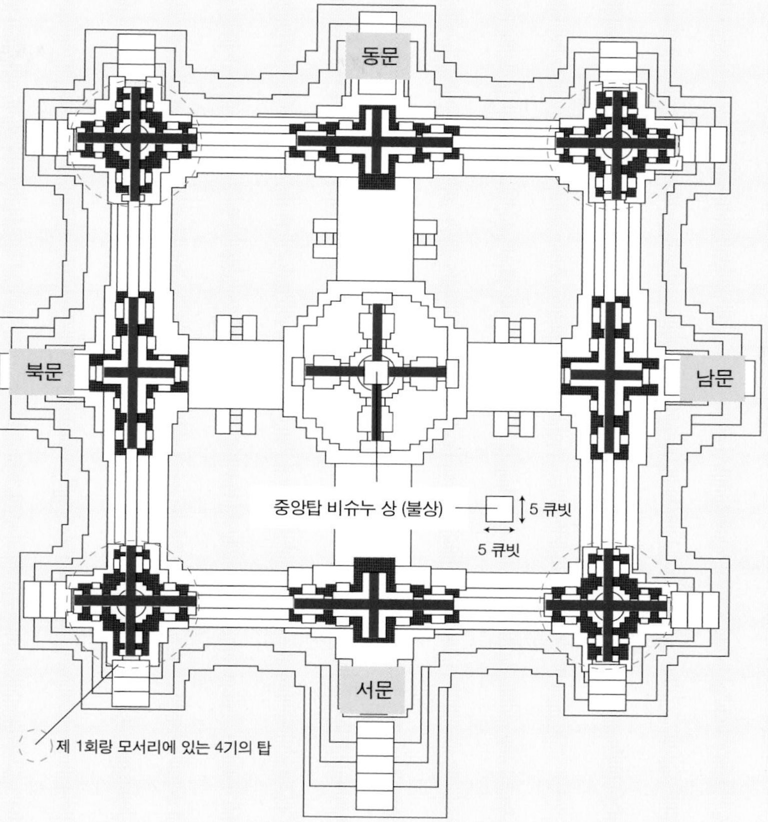

330 큐빗(33 unit) 1unit = 10 cubits
중앙탑과 그것을 둘러싸고 있는 네 탑문,
동서남북 출입문의 안쪽 동서축, 남북축 길이의 합.

여기서 중앙탑의 비슈누 상(불상) 동서 5큐빗과
남북 5큐빗을 빼면 320 큐빗(32 unit)이 된다.

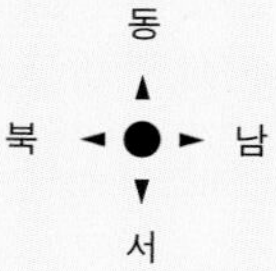

〈표 8〉 앙코르와트 중앙탑에 깃든 수치의 비밀

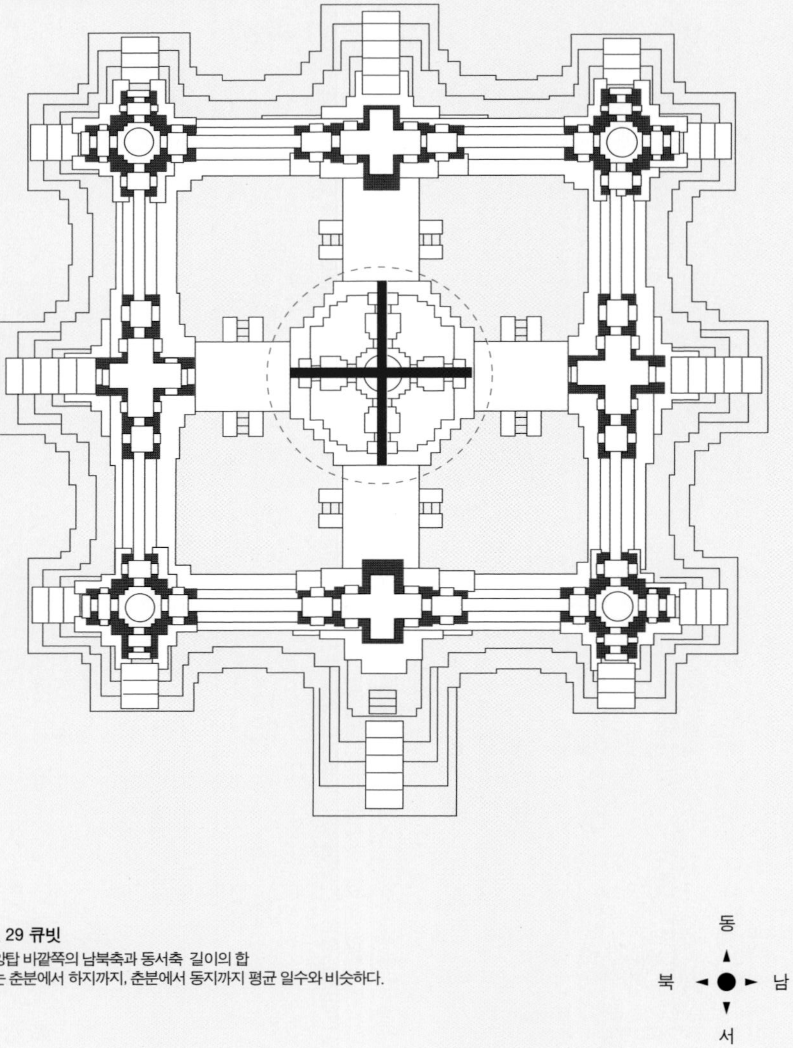

91. 29 **큐빗**
중앙탑 바깥쪽의 남북축과 동서축 길이의 합
이는 춘분에서 하지까지, 춘분에서 동지까지 평균 일수와 비슷하다.

한편 중앙탑과 주변에 있는 4개의 탑, 그리고 제1회랑으로 들어오는 4개, 즉 동서남북 문의 남북축과 동서축을 다 합하면 330큐빗이 나오고, 안에 안치된 비슈누 신상의 동서축 5큐빗, 남북축 5큐빗을 빼면 320큐빗이 나온다.〈표 7〉

이것을 10분의 1로 줄이면 각각 32, 33이란 상징적인 숫자가 나오는데, 이것은 32명의 신을 의미하고 비슈누를 포함하면 33명의 신을 의미한다.(불교에서도 수미산 정상에는 32명의 신과 제석천이 산다고 말한다.)

그외에도 중앙탑의 가로축과 세로축 길이를 합하면 정확히 91.29큐빗이 나온다고 한다.〈표 8〉 이 91이란 숫자는 춘분(3월 21일경)부터 하지(6월 21일경), 혹은 동지(12월 22일경)부터 춘분까지 날짜의 평균을 의미한다.

물론, 절기는 매년 조금씩 바뀌지만 평균적으로 대략 91일 정도가 된다. 이 숫자는 바로 우유 바다 휘젓기에서 나오는 신과 악마들의 숫자와 일치한다. 즉, 악마 91명, 신 88명, 그리고 중앙에 있는 비슈누와 비슈누의 화신인 거북, 그리고 인드라를 모두 합하면 182명인데 이것을 둘로 나누면 나오는 숫자도 91이다.

이것과 연계시킨다면 중앙탑은 제3회랑의 우유의 바다 휘젓기 장면에서 비슈누가 중심을 잡고 있던 세상의 축을 의미하고, 세상의 중심인 메루 산을 의미하며, 앙코르 시기 크메르인을 포함하는 고대 문명인들이 태양과 별을 관측하는 기준으로 삼았던 춘분점을 의미하기도 한다.

높이의 수치에도 상징이 담겨 있다.〈표 9〉 중앙탑 안에 있는 지성소 위의 천장에서 탑의 가장 끝부분까지 54큐빗, 지성소의 바닥에서 아래의 봉헌물 보관 지점까지 54큐빗인데 이는 지성소가 북극과 남극을 잇는 축의 중심이며, 지성소 안에 있는 비슈누는 54명의 신과 54명의 악마의 중심에 있다는 것을 의미한다.

또 지성소의 높이 28큐빗은 28개의 별자리를 의미하며 중심에 안치된 비슈누

〈표 9〉 앙코르와트 중앙탑의 높이

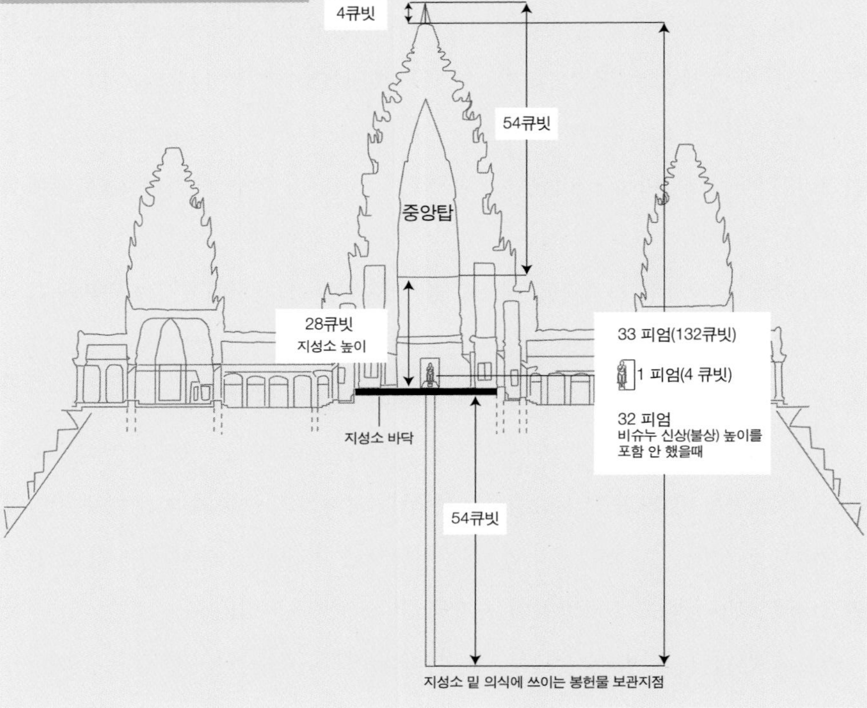

상은 그가 28개 별자리의 중심에 있다는 것을 의미한다. 아래쪽의 봉헌물 보관 장소에서 중앙탑의 가장 위 갓돌(capstone)까지의 길이는 132큐빗, 즉 33피엄이다(1피엄=4큐빗). 여기서 비슈누 신상의 높이 1피엄(4큐빗)을 빼면 32피엄이 된다. 32피엄은 28개의 별자리와 사방신을 합친 32신을 상징하고, 33피엄은 이들의 중심에 있는 비슈누를 합한 것을 상징한다.

이로써 중앙탑 지성소 안의 비슈누 신상은 신들의 세계에서 중심에 있다는 것(32/33), 신과 악마의 중간에 있다는 것(54/54), 밤하늘에 그 주위를 도는 별들의 중심에 있다는 것(28), 이렇게 세 의미를 갖고 있다.

또 세상의 중심에 존재하는 비슈누는 인간세상도 깊게 연관을 맺고 있다. 이것은 제3회랑에 새겨진 신화들, 즉 인간이 다르마(우주의 운행원리, 정의, 법)를 실현하기 위해 투쟁하는 부조들에도 암시되어 있다.

이처럼 수치의 비밀을 알고 나면, 앙코르 사원은 저 하늘의 태양과 달, 별의 움직임에서 읽을 수 있는 우주의 시간과 섭리는 물론, 인간세상 흥망성쇠의 시간적 원리가 그 공간에 구현된 것임을 알 수 있으며 더 나아가 극락정토를 만들겠다는 왕의 의지를 읽을 수 있다. 한마디로 앙코르와트는 우리가 어떻게 행동해야 그곳으로 갈 수 있는가라는 교훈적인 상징이 가득 담긴 사원인 것이다.

앙코르와트에서 108이란 숫자는 중요한 의미를 갖지만 직접적으로 적용되지는 않고 항상 무엇과 곱해지거나 합해져서 나타난다. 즉, 유가 사이클 중 칼리 유가와 연관된 432는 4 곱하기 108로 나타나고, 사원의 입구나 부조들에서 데바와 아수라의 숫자로 늘 등장하는 54의 배수 또한 108이다.

또 다리에서 양쪽 성벽을 따라가다 다시 남문(혹은 북문)을 통해 신이 있는 지성소의 아래인 중앙까지 가는 길의 큐빗 단위 길이를 각각 신성한 숫자 108로 나누면 4, 8, 12, 8이 되는데 이를 합하면 32가 된다. 중앙탑 지성소 주변, 즉 우주의 산 메루 산 주변에서 절대자 비슈누를 둘러싸고 있는 신들의 숫자도 32로 나타난다.

이와 같이 108이란 숫자는 우주의 진리를 드러내는 만다라(Mandala＝曼陀羅)를 형성하는 데 기본적인 단위로, 앙코르와트에서는 이 신성한 숫자를 통해 시간, 공간, 신이 호환되어 나타난다.

또한 각 유가를 상징하는 시간들, 즉 크리타 유가(신들의 시간으로는 4천8백 년, 인간의 시간으로는 172만 8천 년), 트레타 유가(3천6백 년, 129만 6천 년), 드바파라 유가(2천4백 년, 86만 4천 년), 칼리 유가(1천2백 년, 43만 2천 년) 중에서 각각의 신들의 시간을 108로 나누면, 그 몫이 칼리 유가는 11.1111…… 드바파라 유가는 22.2222…… 트레타 유가는 33.3333…… 크리타 유가는 44.4444……로 무한정 나간다.

신기하지 않은가. 인도의 『마누법전』에 의하면, 크리타 유가는 정법의 시대로 인간의 수명이 4천 살이라 한다(크리타 유가 4천8백 년을 108로 나누면 44.4444). 트레타 유가는 정법의 4분의 3이 남은 시대로 인간은 3천 살을 산다(33.3333). 드바파라 유가는 정법이 4분의 2가 남은 시대로 인간은 2천 살을 산다(22.2222). 칼리 유가는 정법이 4분의 1밖에 남아 있지 않고 말세다(11.1111). 이처럼 수치의 의미들은 정교하게 얽혀 있다.

엘리너 마니카는 인도의 힌두교와 불교에서 중요하고 신비한 108이란 숫자는 아마도 바빌로니아 문명에서 유래했을 것이라 추측하며, 언젠가 그 기원이 밝혀질지도 모른다는 여운을 남기고 있다. 어쨌든 이 숫자는 거대한 힌두교 우주관을 정립하는, 정교하게 의도된 숫자임에 틀림없다.

나는 원래 숫자를 좋아하지 않는다. 그러나 학자들이 오랜 세월 동안 연구해서 밝힌 이 수치의 비밀들을 보면서 감탄하지 않을 수 없었다. 이것을 고안해낸 예전의 앙코르 건축가들이나 기록 하나 남아 있지 않은데도 그것의 의미를 분석하고 원리를 밝혀낸 현대 학자들이나 참으로 대단한 사람들이다.

앙코르 문명과 우주의 별자리

앙코르 문명에서 흔하게 보는 숫자는 고대 메소포타미아 문명에도 등장한다. 신화학자 조지프 캠벨에 의하면 432란 숫자는 메소포타미아 문명에서 기원전 300년경에 나타났고, 기원후 400년경에는 인도에서도 나타난다.

또한 메소포타미아 문명에서도 대홍수, 우주적 해체와 복귀에 대한 신화가 있는데, 기원전 280년경 바빌로니아의 사제 베로소스는 그의 『바빌로니아지(誌)』에서 대홍수 이전 10명의 왕들이 통치한 기간을 다 합하면 43만 2천 년이라고 기록했다. 60진법을 발명한 이들은 5일을 1주로 하고, 5 곱하기 72인 360을 실질적인 1년으로 간주했다. 나머지 5일은 재탄생을 위한 축제를 벌였는데 그들은 지구의 자연적인 현상을 따라 달력을 만든 것이 아니라, 우주와 천체의 수학적인 관점에서 달력을 만들었던 것이다.

이 360일에 72(황도에서 태양이 1도를 움직이는 데 걸리는 햇수)를 곱하면 태양이 12개의 별자리를 모두 돌아 다시 제자리로 돌아오는 대복귀까지의 시간인 25,920년이 나오고, 이 숫자를 메소포타미아 문명권의 측정 단위 소스(soss, 60)로 나누면 432가 나온다.

고대 문명에 대한 대담한 가설로 세계의 이목을 집중시키고 있는 그레이엄 핸콕은 이 문제를 더 집요하게 파고든다. 그는 앙코르 유적지 전부를 별자리와 연관시키고 있는데, 그것을 이해하려면 먼저 세차(歲差)운동이란 개념을 알아야 한다.

지구는 자전에 의해서 낮과 밤이 생기고, 축이 23.5도 기울어진 채 태양 주위를 공전해 봄 · 여름 · 가을 · 겨울이 생긴다(남반구는 북반구와 반대, 적도 지방

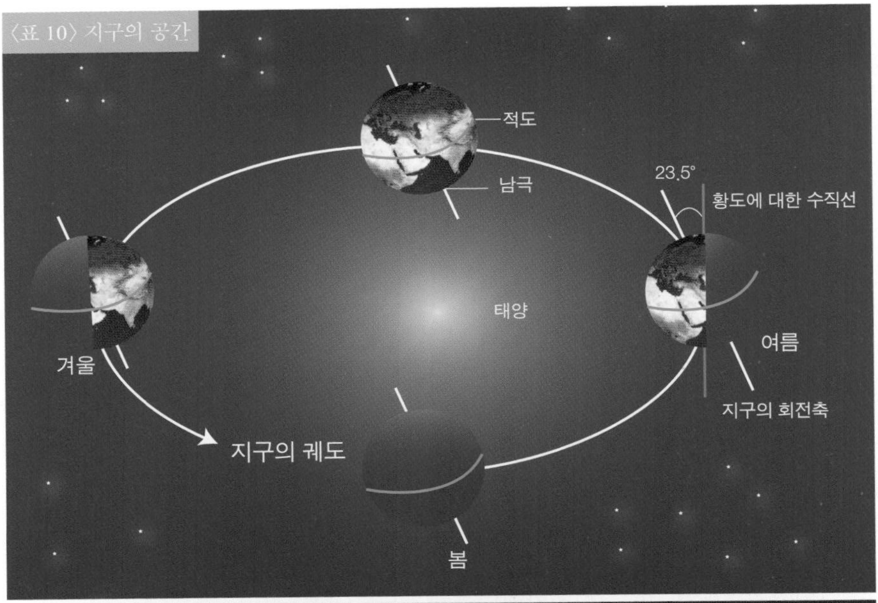
〈표 10〉 지구의 공간
적도
남극
23.5°
황도에 대한 수직선
태양
겨울
여름
지구의 회전축
지구의 궤도
봄

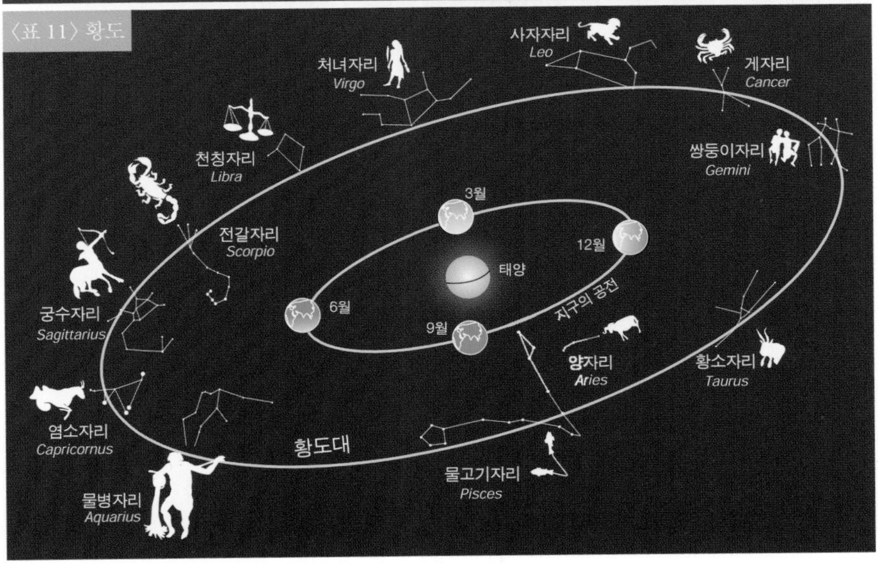
〈표 11〉 황도
사자자리
Leo
처녀자리
Virgo
게자리
Cancer
천칭자리
Libra
쌍둥이자리
Gemini
3월
전갈자리
Scorpio
12월
태양
궁수자리
Sagittarius
6월
지구의 공전
9월
양자리
Aries
황소자리
Taurus
염소자리
Capricornus
황도대
물고기자리
Pisces
물병자리
Aquarius

〈표 12〉 황도대와 별자리

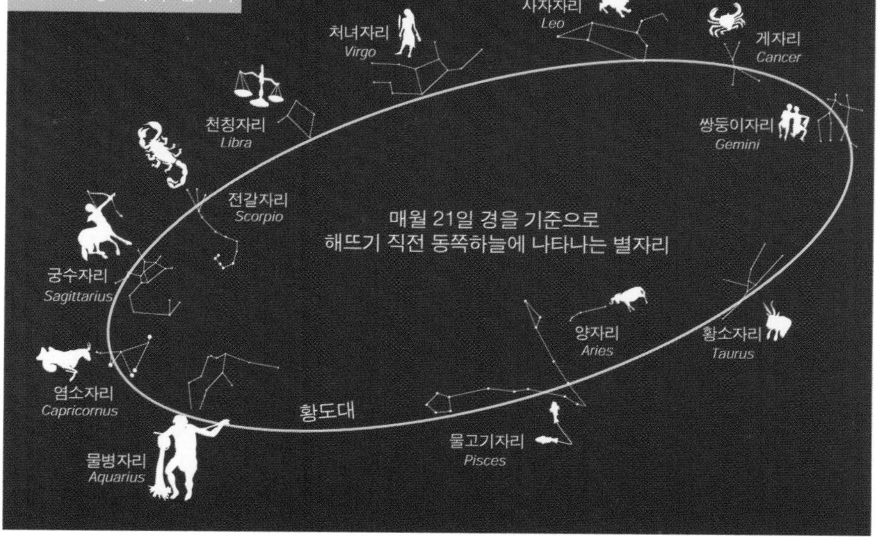

은 예외).〈표 10〉 그런데 예전 사람들은 지구는 움직이지 않고, 태양이나 별들이 도는 것으로 생각했다. 그 개념에서 나온 것이 천구(天球)인데, 지구 주변에 속이 빈 거대한 구를 상정하고 그 천장에 모든 별과 태양이 붙어서 미끄러지듯이 돌고 있다고 상상한 가상의 개념이다. 또 이 천구에서 태양이 가는 길을 황도(黃道)라 불렀다.〈표 11〉

'태양이 가는 길'이라 하면 간단해 보이지만 착각해서는 안 될 것이, 황도란 지구의 자전으로 인해 생기는 하루 동안의 궤적이 아니라 지구의 공전으로 인해 생기는 길이라는 점이다. 그렇다면 땅에서 살고 있는 우리가 먼 우주에서 태양과 지구를 객관적으로 보는 것도 아닌데, 어떻게 태양의 길을 파악할 수 있을까? 더구나 캄캄한 밤에는 별만 보이는데 태양이 지나가는 길을 어떻게 확인한다는 것인가?

그래서 옛사람들은 해가 뜨기 직전 지평선상의 일출 지점에 보이는 별자리를 기준으로 '황도대'라는 개념을 설정했다. 예를 들어 지금이 2005년 3월 21일 춘분이라고 하자. 해뜨기 직전, 아직 새벽 어둠 때문에 별들이 훤히 보이는 6시쯤에 하늘을 쳐다보라. 수많은 별 가운데, 해가 뜨는 동녘 낮은 곳에 빠끔히 모습을 드러낸 별자리가 보인다. 그 별자리가 물고기자리다. 해는 바로 거기서 잠시 후 모습을 드러내고, 해가 밝아지면 별들은 사라진다.〈표 12〉 그런데 1개월이 지난 후, 2005년 4월 21일 새벽 하늘을 쳐다보라. 물고기자리는 이미 새벽 하늘 오른쪽으로 올라가 반짝반짝 빛나고 있고, 예전에 물고기자리가 있던 그 동녘 하늘의 위치에 양자리가 있다. 그리고 해는 거기서 떠오른다. 다시 1개월이 지난 2005년 5월 21일 새벽 하늘 그 자리엔 황소자리가 떠 있고, 물고기자리, 양자리는 약간 오른쪽으로 비껴가 하늘 높이 떠서 빛나고 있다.

해가 뜨는 자리는 동쪽으로 일정하건만, 해가 뜨는 지점의 새벽 별자리가 계속 바뀌는 것이다. 이런 식으로 달이 가면 별자리는 계속 바뀐다. 물고기자리, 양자리, 황소자리, 쌍둥이자리, 게자리, 사자자리, 처녀자리, 천칭자리, 전갈자리, 궁수자리, 염소자리, 물병자리를 거쳐 1년이 지나 다시 3월 21일이 되면 태양은 예전처럼 물고기자리에서 뜨게 된다.

그리고 밤하늘에 높게 뜬 별 중에서 12개의 별자리들을 보면 타원형의 모습을 그리게 된다. 결국 해는 우리 눈에 보이지 않았지만 1년 동안 별자리들을 따라 둥글게 원을 그리며 움직였던 것이다.(실제로는 지구가 태양의 주변을 따라 1년 동안 공전한 것이지만, 지구에 있는 관측자의 눈에는 해가 그렇게 이동한 것으로 관측된다.)

이것을 옛날 사람들은 1년 동안 태양이 움직인 길, 즉 황도라 불렀고 그 황도를 중심으로 있었던 12개의 별자리를 12궁이라 불렀으며, 별자리 점성학도 이것에 기초해 생긴 것이다. 또한 12개의 별자리가 황도 주변에 흩어진 것을 보고 그 띠를 황도대(黃道帶)라 불렀다. 그리고 각 별자리는 30도 정도의 영역을 확보했다(360도 나누기 12는 30도).

그런데 문제가 생겼다. 고대 천문학자들이 새벽에 일어나 태양이 뜨기 직전, 하늘의 별들을 관찰해 위에서 설명한 것처럼 태양은 황도를 따라 움직이고 1년 뒤에는 정확히 제자리에서 다시 뜨는 것처럼 보였지만, 실제로는 미세한 변화가 있었다. 즉, 현재 춘분을 기준으로 보면, 춘분시에 물고기자리에서 해가 뜨면 1년 후에도, 2년 후에도 춘분에는 늘 물고기자리에서 떠야만 하는데, 자세히 관찰해보니 춘분 때 태양의 뜨는 위치가 해마다 50″(초)씩 이동하고 있었고, 72년이 지나니 1도(50″×72는 3600″=60′=1도)가 이동한 것이다.

그리스의 천문학자 히파르코스는 기원전 160년에서 120년까지 지중해의 로도스 섬에서 별을 관측한 후, 천구의 축이 움직이고 있다는 것을 알아냈다. 즉, 몇 년의 세월 속에서는 늘 같은 별자리에서 뜨는 것처럼 보이는 해가 72년이 지나면 1년 중 황도를 따라 도는 태양의 움직임과 반대 방향으로 1도 움직인 곳에서 뜨는 것이다.

2007년 춘분에 뜨는 해는 물고기자리와 물병자리의 경계선에서 올라올 것이다.(천문학자들은 춘분점 일출이 대략 2015년 이후로는 물병자리 영역에서 이루어지는 것으로 본다. 그래서 이제 물병자리 시대가 열리고 있다는 말을 한다.)〈표 13〉 그런데 2,160년이 지나면 이번엔 태양이 춘분에 염소자리에서 뜨기 시작하고, 지금으로부터 25,920년이 지나면 360도 회전해서 지금처럼 물고기자

〈표 13〉 세차운동에 따른 춘분점의 이동

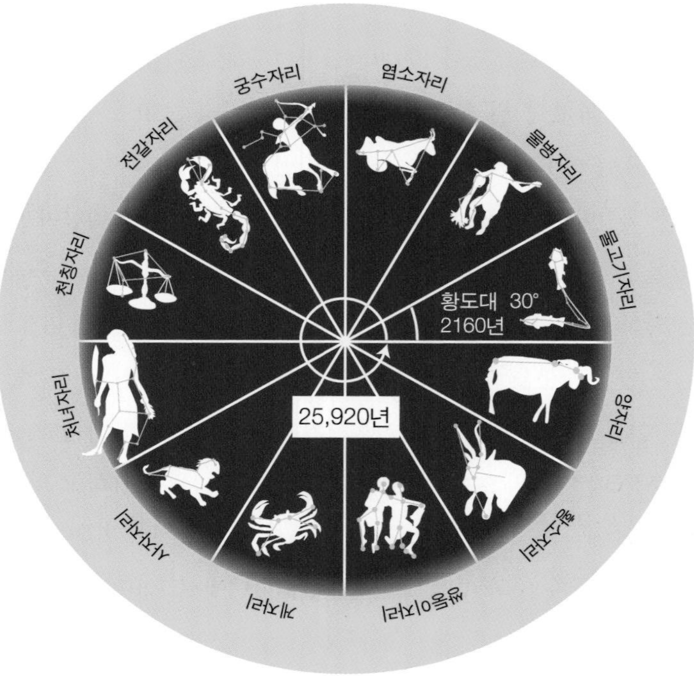

리와 물병자리가 만나는 지점에서 춘분에 해가 뜨게 되는 것이다.

이것을 역으로 추적하면 대략 기원전 200년 이전에는 태양이 춘분 때에 양자리에서 떴고 수메르 문명 시대에는 쌍둥이자리에서 떴다는 것을 알 수 있다. 이런 현상을 세차운동이라 한다. 세차운동은 태양의 인력 때문에 발생하는 것으로 지구의 공전주기를 조금씩 늦추는 작용을 한다.

이해를 돕기 위해 팽이를 예로 들어보자. 축이 반듯한 상태에서 팽이가 정상적으로 돌 때는 모든 움직임이 일정하다. 그런데 팽이의 힘이 다해 축이 기울어

〈표 14〉 세차운동

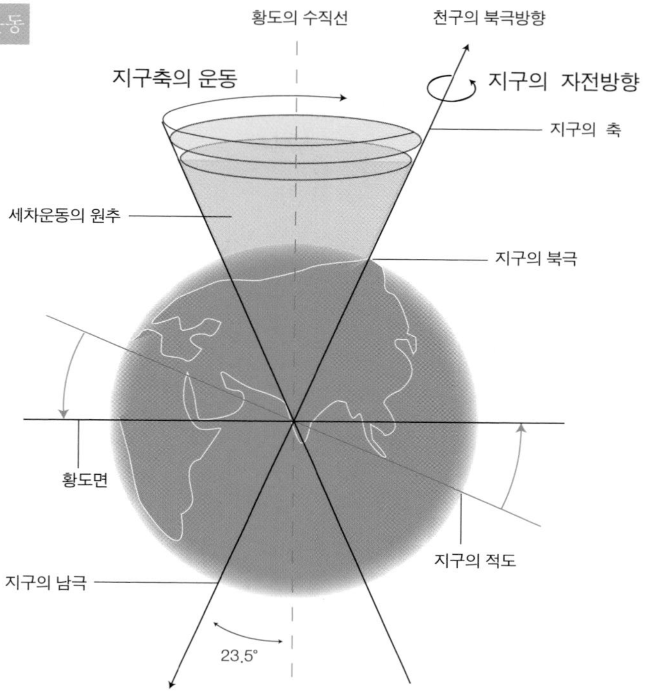

세차운동

지는 순간 팽이는 기우뚱거린다. 이때 위로 솟은 팽이 꼭지는 균형을 잡기 위해 툴툴거리며 회전방향과 반대로 작은 원의 궤적을 그리며 기우뚱거린다.〈표 14〉

지구도 마찬가지다. 23.5도 기울어진 채 자전하기 때문에 지구의 축도 팽이의 꼭지처럼 나와 있다고 가정하면, 지구의 자전 방향과 반대 방향으로 돌면서 작은 원의 궤적을 그리고 이 힘에 의해 지구의 공전이 조금씩 늦어지는 것이다.

춘분을 기준으로 한다면, 특정 지점에서 떠난 지구는 1년 동안 한 바퀴 돌아 다음해 춘분에 정확히 그 자리에 오지 못하고 조금 못 미친 곳에 도달하게 된다.

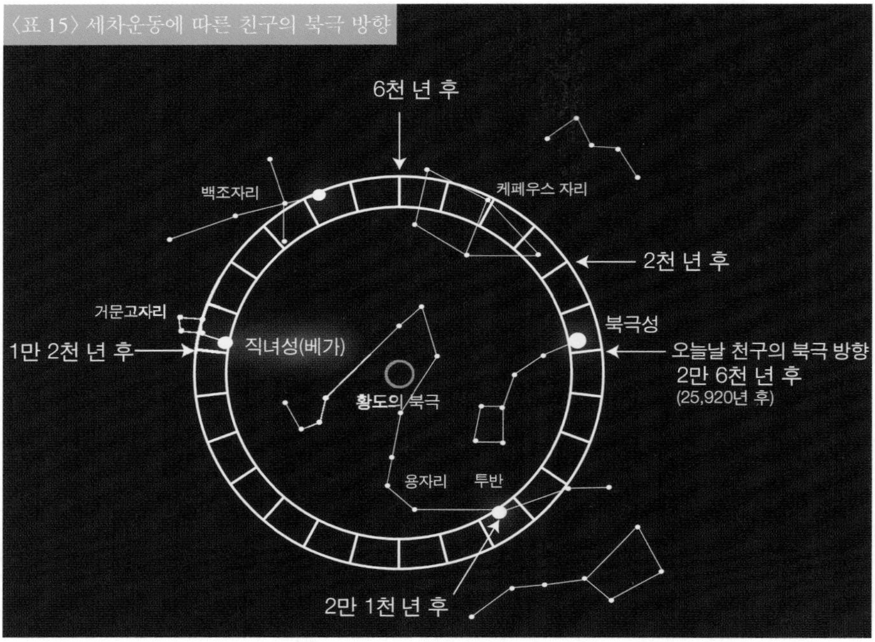

물론 이것이 우리의 눈에 보일 리 없고 우주선을 타고 우주에서 지구를 관측해도 발견할 수 없는 것이다. 지구는 팽이가 아니고 솟아나온 꼭지도 없기 때문이다. 다만, 땅 위에 사는 우리는 히파르코스처럼 긴 세월에 걸쳐 춘분마다 태양이 뜨는 자리가 미세하게 이동한 것으로 그것을 관측할 수 있을 뿐이다.

이런 세차운동 때문에 생긴 변화는 또 있다. 현재 지구의 축은 북극성을 가리키고 있어서 지구 어디서 보아도 북쪽을 가리키는 별은 북극성이다. 또한 우리 눈에 관측되는 가상 공간인 천구의 축도 북극을 가리키고 있다. 그러나 세차운동에 의해 천구의 축(실제로는 지구의 자전축)이 흔들리면서 북극을 가리키는 별도 변하게 된다.

앞으로 1만 2천 년 후에는 거문고자리의 베가(직녀성)가 북극을 가리키는 별이 될 것이고, 다시 현재의 작은곰자리 꼬리(북두칠성) 부분에 있는 북극성이 북극을 가리키는 별이 되는 시기는 25,920년이 지난 후가 된다.

정리하면 태양은 1년 주기로 황도를 따라 12개의 별자리를 지나간다. 그런데 매년 같은 시기에 같은 장소에서 해가 떠오르지는 않는다. 즉, 내년 춘분에는 올해 춘분 때 떠오른 별자리가 아닌 약간 비껴선 곳에서 뜨고, 72년이 지나면 1도 벗어난 곳에서, 2,160년이 지나면 30도, 4,320년이 지나면 60도, 그리고 25,920년이 지난 춘분에는 올해의 춘분에 떠오른 장소와 정확히 같은 별자리에서 뜬다. 따라서 그 주기가 25,920년이 된다.〈표 15〉

이렇게 우주와 천문학에서 유래된 숫자들은 고대 문명에서 매우 중요한 의미를 띠게 된다. 그레이엄 핸콕은 고고천문학자인 제인 B. 샐러스의 가설을 인용하며 이집트의 오시리스 신화에는 몇 개의 중요한 숫자가 의도적으로 암호화되었다고 한다.

12는 황도대에 있는 별자리의 개수, 30은 황도대의 각 별자리가 황도에서 점유하는 각도, 72는 태양이 세차운동에 의해 황도를 따라 1도 이동하는 데 필요한 햇수, 360은 황도의 전체 각도이며, 이 숫자들의 조합에 의해 2,160이나 4,320 등등이 나타난다고 주장한다.

또 태양이 1도 이동하는 데 걸리는 72년을 반으로 나누면 36, 이것에다 72를 합하면 108, 108을 둘로 나누면 54이며, 4,320을 증식한 43,200, 4,320,000 등도 고대 건축물의 수치에 자주 등장한다고 암시한다.(실제로 앙코르와트의 수치에는 12, 54, 108, 432 등이 중요한 의미를 띤다.)

이런 세차운동을 앙코르와트에 적용시키려면 먼저 이집트의 피라미드에 대해 알아보아야 한다. 이집트 기자에는 쿠푸 왕의 피라미드, 카프레 왕의 피라미드, 멘카우레 왕의 피라미드, 이렇게 세 개의 두드러진 피라미드가 있는데 가장 높은 쿠푸 왕의 피라미드를 대피라미드라고 부른다.

그레이엄 핸콕은 인공위성 자료를 인용하여 지구 적도의 둘레는 40,068.04킬로미터이고 북극에서부터 잰 지구의 반지름은 6,355.42킬로미터인데, 이것을 각각 43,200으로 나누면 927.5미터와 147.11미터가 된다고 주장한다. 그런데 이집트 기자의 대피라미드는 밑면의 둘레가 921.46미터, 높이는 146.73미터다.

약간의 오차는 있지만 이 비율은 무시할 수 있을 정도인데, 이처럼 대피라미드 밑면의 둘레 921.46미터는 지구 적도의 둘레를 의미하고, 대피라미드의 높이 146.73미터는 지구의 반지름을 의미하는 것이라 주장한다. 즉, 기자의 대피라미드는 지구 북반구를 형상화시킨 것이고, 그 비율이 43,200 대 1이란 것이다.

그는 더 나아가 피라미드에 대한 가설을 이렇게 발전시킨다. 기자의 피라미드 배열이 기원전 10450년경의 하늘에 보이는 오리온자리의 배열과 똑같다는 것이다. 또한 남쪽의 환기구멍은 기원전 2475년에서 기원전 2400년경의 시리우스 별자리에 조준되어 있다. 이것은 무엇을 의미하는가? 기원전 10450년경에 발생했던 지구의 대격변에 의해 고대 문명이 급격하게 망하자, 고대 문명인들은 그 사건과 자신들의 발전했던 문명을 상징으로 전하기 위해 기자 피라미드의 배치도를 이미 기원전 10450년경에 만들었고, 그것이 8천 년 동안 전해 내려오다가 기원전 2450년경 후대인이 지상에 만든 것은 아닐까? 즉, 그들은 고대 문명이 망한 시기를 오리온자리를 통해 표현했고 그것을 만든 시기를 시리우스를 통해 나타낸 것이라고 그레이엄 핸콕은 주장한다.

고대인들이 그렇게 한 까닭은 자신들이 살았던 시대를 알리는 가장 확실한 방법은 하늘의 별자리를 이용하는 것이기 때문이며, 세차운동에 의해서 지구에서 바라보는 별자리가 계속 이동하므로 피라미드의 형태와 똑같은 별자리의 형태가 있던 시기를 역산하면 그것이 상징하는 시기를 알 수 있다는 것이다.

그레이엄 핸콕은 그 연장선상에서 앙코르 유적지에 대한 가설을 전개한다. 그는 앙코르의 왕궁에서 파낸 석비에 '캄부의 땅(캄보디아)은 하늘과 유사하다'라는 비문이 새겨져 있다는 사실과, 앙코르 유적지의 주요 기념물들이 하늘의 용자리 별들을 모델로 해서 만들었을 것이라는 존 그릭스비라는 학자의 설에 주목한다.

그는 피라미드의 비밀을 파헤쳤을 때처럼, 앙코르 유적지가 세워졌던 시기, 특히 대표적인 사원 앙코르와트를 만들었던 수리야바르만 2세가 사망한 1150년을 선택해서 컴퓨터로 시뮬레이션을 시도했다. 현재 앙코르 유적지의 배열과 비슷한 용자리의 별들이 컴퓨터 화면에 모습을 드러내기를 기대하면서…….

그러나 실망스럽게도 그 모습은 나타나지 않았다. 별자리를 관측하기 가장 좋은 때인, 서기 1150년 춘분 오전 6시 23분에 나타난 용자리는 위아래가 뒤바뀐 모습이었다. 반면, 오후 6시 23분, 즉 일몰 무렵에는 그럭저럭 앙코르 유적지의 배열과 비슷한 용자리가 컴퓨터 화면에 떴지만, 그것은 아직은 훤한 저녁이어서 인간의 육안으로 볼 수 있는 별자리는 아니었다. 적잖이 실망한 그레이엄 핸콕은 별다른 기대 없이 이집트의 피라미드 배열이 오리온자리를 닮았던 시절인 기원전 10450년과 비슷한 기원전 10500년의 춘분 때, 앙코르 상공을 시뮬레이션 해본다.

결과는 놀라웠다. 일출의 정확한 순간에 컴퓨터 화면에 나타난 용자리는 하늘 한가운데에 명쾌하게 떠올랐는데, 핸콕은 그 배열이 바로 앙코르 유적지의 구조

〈표 16〉 하늘의 용자리와 앙코르유적의 배치비교

하늘의 용자리를 지상에 그대로 그려보면 유적지 배치와 딱 맞아떨어지지는 않는다.

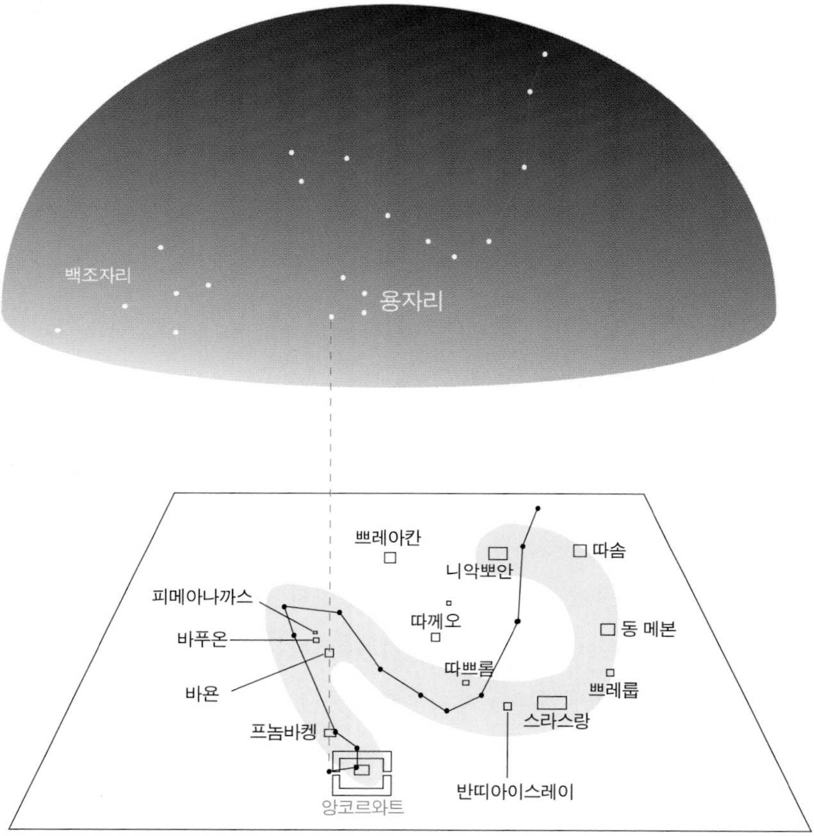

와 비슷하다고 주장했다.〈표 16〉

이런 과정을 통해 그레이엄 핸콕은 앙코르 문명을 일으킨 사람들은 9~13세기에 걸쳐 유적지를 건설했지만, 지구의 대격변기가 있던 기원전 1만 년경의 고대 문명에 대한 기억을 잊지 않고 있다가 후손들에게 그때를 알려주기 위해 이렇게 만든 것은 아닐까라는 의문을 슬며시 던진다. 이런 가설 속에서 앙코르와트는 이제 종교적 신비를 넘어 우주의 신비, 고대 문명의 신비에 동참하게 되는 것이다.

그런데 그의 가설은 자료들을 살피며 가만히 따져보니 허점들도 드러났다. 역사적인 기록에 의하면 이집트에서는 기원전 2700년 전부터 조잡한 피라미드가 서서히 나타나다가 기원전 2550년경, 즉 제4왕조의 쿠푸 왕 때 갑자기 거대한 대피라미드가 기자 지방에 건설되었고 뒤를 이어 카프레 왕이 기원전 2520년경 그 옆에 피라미드를 건설했다. 그 옆의 멘카우레 왕의 피라미드가 세워진 것도 그 무렵인데, 그런 피라미드 건축은 기원전 2500년경 제4왕조의 멸망과 함께 자취를 감췄다.

그레이엄 핸콕은 바로 이 세 개의 피라미드가 기원전 10450년경의 오리온자리의 배치와 같다고 주장하고 그중에서 대피라미드 남쪽 환기구멍이 기원전 2450년경의 시리우스에 맞춰졌다고 하는데, 대피라미드의 건조 연대는 그보다 100년 전인 기원전 2550년경이라는 설이 가장 유력하다. 결국 이집트인들은 기원전 2550년경에 대피라미드를 건설하면서 100년 후인 기원전 2450년경의 별자리를 예측해서 거기에 맞춰 환기구멍을 만들었다는 얘기인데 뭔가 석연치 않다. 당시 관측되는 별자리에 맞추면 될 것을 왜 굳이 100년 뒤의 별자리에 맞췄을까? 연대 추정이 잘못되었거나, 100년 정도는 오차 범위 내에 있을지도 모르지만, 그레이엄 핸콕의 가설에 무리가 있을 가능성도 있다.

그리고 대피라미드는 현재 꼭대기가 9미터 정도 무너져 있지만 본래 높이는 146.5미터라는 주장이 가장 유력한데 그렇다면 오차는 조금 더 생기게 된다.

또한 앙코르의 유적지가 용자리와 일치한다는 것도 정확하지 않다. 수많은 사원 중에서 주요 사원을 중심으로 선을 그었지만 딱 맞아떨어지지는 않고, 또 슬쩍 비켜가는 사원도 있어서 하늘의 용자리와 비슷하게 맞추기 위해 임의대로 선을 그었다는 의심을 받을 수도 있다. 그레이엄 핸콕은 대담한 가설로 주목을 끈 만큼 비난도 적잖이 받아왔는데 피라미드나 앙코르 유적지에 관한 가설들에도 허점이 보인다.

그러나 피라미드나 앙코르 유적지가 우주의 비밀과 전혀 연관이 없다고 쉽게 단정지을 수는 없을 것 같다. 피라미드는 여전히 수수께끼에 싸여 있고 워낙 고대에 일어난 일이라 그 누구도 정확하게 단정할 수는 없다. 또한 앙코르 유적지도 처음에 그런 의도로 배치를 했지만 현실 속에서 약간의 차이가 났고, 세월이 흐르면서 사원들이 점점 뒤섞였을지도 모른다. 분명히 앙코르 문명을 일으킨 사람들은 자신들이 나가(용)의 자손들이라고 믿었고 앙코르와트와 그외 유적지에는 수많은 천문학적인 상징이 깃들어 있기에 그것을 만든 사람들의 천문학적 지식은 대단했으리라는 추측이 가능하다.

어쨌든 피라미드나 앙코르 문명을 일으킨 이들은 자세한 기록을 남겨놓지 않았기에 상상력을 끝없이 자극하고 있다.

앙코르와트는 한국 절과 닮았다?

앙코르와트를 여러 차례 방문하면서 문득 '혹시 우리나라 불교 사찰과 앙코르와트는 상징적으로 닮지 않았을까'라는 의문이 들었다. 나중에 귀국해서 『사찰, 그속에 깃든 의미』(김현준 저, 교보문고)라는 책과 『가람』(정각 스님 저, 봉은사 출판부)이라는 책을 보며, 나는 앙코르와트와 한국 불교 사찰 사이에는 어떤 연관성이 있을 것이라고 추측하게 되었다.

그 책들에 의하면 한국의 산속에 있는 큰 사찰 앞에는 반드시 개울이 있으며, 그 개울은 향수해(우주의 대양)를 뜻하는바 우리 인간이 우주의 중심인 수미산에 도달하기 위해서는 필히 이 개울, 즉 우주의 대양을 건너야 한다는 것이다. 이 개울을 건너는 것은 속세를 떠나 진리의 세계로 들어가는 것을 의미한다.

그렇다면 이것은 바로 앙코르와트를 둘러싸고 있는 해자의 의미와 똑같지 않은가? 다만, 해자는 인공적인 것이고 한국의 개울은 자연적인 것이라는 점만 다르다.

또 개울을 건너기 위해 피안교(彼岸橋)라는 다리를 건너는데, 앙코르와트에도 다리가 있다. 개울을 건너면 첫째 문인 산문(山門)이 나오고 이를 통과하면 진리의 세계로 들어왔다는 의미가 된다. 이는 앙코르와트의 경우 첫째 문에 해당한다.

한국 사찰의 둘째 문으로 일주문(一柱門)이 있다. 이 문을 통과하는 의미는 일심으로 불법을 구한다는 결심을 촉구하고 확인하는 것이다. 즉, 스스로의 마음 안에 불성이 있음을 인식하고 수행할 결심을 하는 것이다. 일주문에 해당하는 문이 앙코르와트의 둘째 문으로, 여기로 들어오면 제3회랑의 수많은 부조들이 있다. 다르마(정의)와 불의의 싸움, 신과 악마의 싸움 등으로 속세의 세계를 보여주면서도 다시 한번 정신을 가다듬게 하니 한국의 사찰과 의미가 비슷하지 않은가?

한국 사찰의 셋째 문은 천왕문(天王門)이다. 수미산 세계의 중턱에 위치한 이 천왕문에는 동서남북을 다스리는 네 명의 사천왕 조각을 볼 수 있다. 이 문을 통과하면 불교 신도들은 두려워 그들에게 공경심을 나타내며 기도하고 소원을 빌게 된다.

그리고 조금 더 올라가면 도리천(忉利天)이 나온다. 도리천은 제석천왕(폭풍과 천둥의 신인 인드라)이 다스리는 곳으로 불교 우주관의 천상 28계 중 둘째 세계에 해당하는데, 제석천과 그가 통솔하는 32천(天)을 합쳐 33위의 주요 신들이 거주하는 세계이다.('도리'는 산스크리트어 'Trāyastrimśa(33)'의 음역이다.)

앙코르와트에서는 셋째 문을 통과하면 한국 사찰의 도리천 같은 제2회랑이 나온다. 여기도 한국 사찰의 도리천처럼 32신들을 상징하는 의미들이 담겨 있고, 비슈누까지 합하면 33신이다. 그리고 사천왕상 같은 무서운 조각들은 없지만, 요염한 선녀인 압사라의 조각들이 현란하다.

한국 사찰의 넷째 문은 불이문(不二門)이다. 글자 그대로 부처와 중생, 성과 속, 생과 사, 지혜와 번민, 존재와 무, 선과 악이 둘이 아니라 바로 하나라는 것을 그 문을 통과하며 깨닫게 된다는 것이다. 일체의 사리분별, 즉 언어와 문자를 통해 오는 일체의 분별심을 버리고 절대적인 하나됨으로 들어오라는 의미가 있는 문이다. 불이문을 통과하면 사찰의 지성소인 대웅전이 나타난다. 아는 바와 같이 대웅전 안에는 불상이 모셔져 있다.

앙코르와트 역시 가파른 계단을 올라 넷째 문을 통과해서 제1회랑에 서면 시

야가 확 트이면서 세상이 저 아래로 내려다보이고 주변에 중앙탑들이 들어서 있다. 바로 이곳은 절대자가 사는 곳으로 수많은 상징으로 둘러싸여 있다.

그리고 지성소인 중앙탑에 오르면, 이미 설명한 바와 같이 비슈누 신상 대신 현재 불상이 안치되어 있다. 다만 동서남북으로 방이 있어 방마다 불상이 안치되어 있다는 점이 한국의 대웅전과 다르지만, 이처럼 앙코르와트와 우리나라의 산사는 구조가 거의 유사한 것으로 보인다.

앙코르와트는 평지에 인위적으로 돌을 쌓아 메루 산 형태를 만든 반면, 산이 많은 우리나라는 산에다 절을 짓고 각 문과 조각을 통해 수미산을 자연스럽게 형상화한 것이 다를 뿐, 구조의 의미는 같지 않은가?

우리가 수미산을 우리의 상황에 맞춰 재현했듯이, 앙코르 왕국은 그 양식을 자신들의 상황에 맞춰 재현한 것이 틀림없다.

반띠아이스레이 사원은 인도의 영향을 가장 많이 받은 사원으로 인도 신화의 내용과 그 상징, 의미를 잘 모른 채 보면 맛이 반감되는 사원이다. 어쨌든 여느 앙코르 사원과 달리 아담하고 예쁜 분위기여서 이곳을 매우 좋아하는 사람들도 많다. 오죽하면 프랑스의 소설가 앙드레 말로가 이곳에 있던 여신상을 훔쳐서 밀반출하려다 걸렸을까.

그외의 앙코르 유적군

앙코르톰

여행자들은 대개 앙코르와트를 보고 나서 앙코르톰(Angkor Thom)을 향해 간다. '톰'이란 말은 '위대하다'는 뜻이니, '앙코르톰'은 '위대한 도시'를 말한다. 이 위대한 도시는 성곽으로 둘러싸여 있었고 그 안에는 왕궁과 수많은 사원이 들어서 있었다. 즉, 앙코르톰은 조선시대의 남대문, 서대문, 동대문 등의 문으로 둘러싸인 성 안의 서울이라고 생각하면 된다.〈표17〉

앙코르와트에서 앙코르톰까지 걸어가면 20분 정도 걸릴 길이 모터바이크를 타니 금방이었다. 시원한 숲길을 따라 달리다 갑자기 성벽 앞에서 모터바이크를 세우며 운전사가 외쳤다.

"여기가 앙코르톰의 입구입니다."

모터바이크에서 내리자마자 아이들이 달려들었다. 손에는 티셔츠, 조잡한 나무 공예품, 각종 기념품 등을 들고 외쳐댔다.

"원 달러, 원 달러…… 이찌 도루, 이찌 도루."

〈표 17〉 앙코르톰

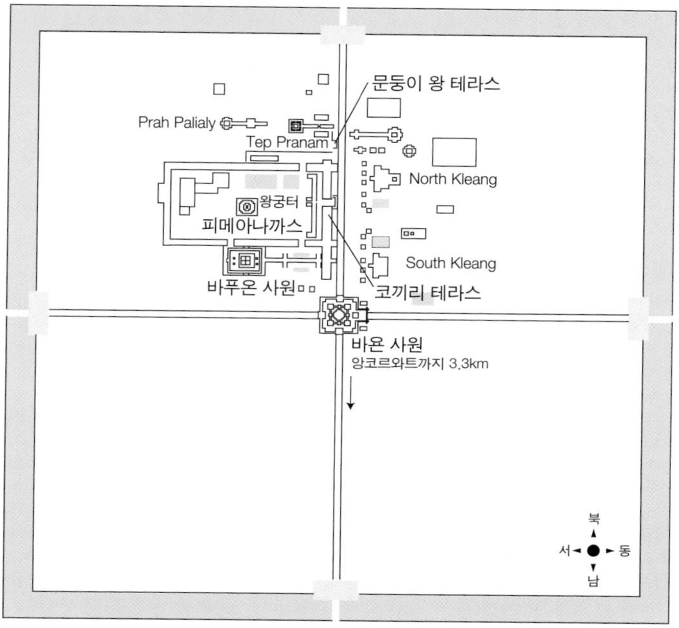

열 살 전후로 보이는 아이들이었다. 햇볕에 그을려 가무잡잡하고 잘 먹지 못해 삐쩍 말랐지만 눈빛만은 선량해 보였다. 물건을 사라고 계속 쫓아다니기는 하지만 그다지 '악바리' 같지는 않은 아이들. 그저 선량한 눈망울로 계속 쳐다보며 외칠 뿐이었다. 그래서 더 안쓰러웠다.

우리의 과거가 이랬다. 나 또한 그 시절을 어렴풋이 기억한다. 저 아이들처럼 외국인 상대로 장사를 하지는 않았지만, 1960년대 미군 지프차를 쫓아다니며 "기부 미 초코렛, 기부 미 시가레트"를 외쳤던 기억이 있다. 그리고 거리에는 십대 초반의 구두닦이들도 많았고 우리 집에 밥을 얻으러 오던 다리 밑의 거지 아이들도 있었다. 찢어지게 가난하던 시절이었다. 그렇다고 공연히 물건을 사기도 뭣해서 미안한 마음을 안고 아이들을 뒤로한 채 걸어가다가 나도 모르게 탄성을 내질렀다.

"이야아아…… 저게 뭐야, 얼굴이잖아."

문 위쪽에 거대한 돌들이 있었다. 처음에는 잘 몰랐는데 자세히 보니 동서남북을 향하고 있는 사면 얼굴상이었다. 하나의 돌을 깎아서 만든 것이 아니라 사각형의 바위 여러 개가 한데 모여 4개의 얼굴이 되었고 그 얼굴들이 동서남북을 바라보고 있었다. 그리고 성벽에서 자란 커다란 나무 줄기가 얼굴 사이를 파고 들어간 모습이 기괴하기 짝이 없었다.

"이건 아무것도 아닙니다. 바욘 사원에 가면 이런 얼굴들이 수없이 있습니다."

모터바이크 운전사가 자랑스러운 듯이 말했다.

양팔을 쭉 뻗어도 다 잡히지 않을 만큼 거대한 얼굴들은 묘한 미소를 띠고 있었다. 그것은 아발로키테슈바라, 즉 관세음보살을 의미한다고 했다. 세상 모든 중생의 아픔과 고통을 듣고 자비심을 발휘해 구원해준다는 관세음보살. 이 석상들은 바욘 사원에서 그 극치를 이루는데 앙코르톰과 바욘 사원 등을 만들었던 자야바르만 7세는 스스로를 아발로키테슈바라와 동일시했다.

나처럼 미리 알고 와서 본 사람도 이런 충격을 받는데, 19세기 정글로 뒤덮인 이곳에 와서 저 거대한 석상을 본 앙리 무오 등의 서양 탐험가, 혹은 동양에서 간 순례자들의 느낌은 어땠을까? 그야말로 신비한 세계로 들어가는 듯한 감동을 받았을 것이다.

흥분을 가라앉힌 후 주변을 돌아보니 성벽 문 앞에 기괴한 조각들이 양쪽으로 늘어서 있었다. 한쪽에 54개씩 즉, 모두 108개였다. 왼쪽은 악마이고 오른쪽은

신인데, 이들이 하고 있는 일은 이미 앙코르와트의 제3회랑 부조에서 본 것으로, 뱀의 왕 바수키의 몸통을 흔들어 우유의 바다를 휘젓고 있는 것이다.

앙코르톰은 동서남북 각각 약 3킬로미터의 성벽(높이는 8미터)과 넓이 100평방미터의 인공못인 해자로 둘러싸여 있었다지만, 지금은 해자도 모두 메워졌고 그 옛날 화려했던 모습은 사라졌다.

이 위대한 도성에는 동쪽에 2개, 그리고 나머지 방향에 각각 1개씩 등 모두 5개의 성문이 있는데 현재 보통 관광객이 통과하는 성문은 남쪽 문이다.

이 도성 안에는 바욘 사원, 왕궁을 중심으로 한 유적지, 피메아나까스 사원, 바푸온 사원 등이 있는데 처음 위대한 도성, 즉 앙코르톰을 세웠던 이는 야소바르만 1세였으나 정확히 이 장소는 아니었고 또 폐허가 되었다. 현재의 앙코르톰

은 12세기 후반에서 13세기 초반에 걸쳐 자야바르만 7세에 의해서 만들어진 것이다. 전성기 때에는 인구가 1백만 명에 달했지만, 15세기 중반 태국 시암 족의 침공으로 앙코르톰을 버리고 똔레삽 호수 너머로 피신한 후, 그 영광을 되찾지는 못했다.

바욘 사원

모터바이크를 타고 앙코르톰의 남문을 통과해 계속 들어가다 꺾인 길을 돌아가는데 멀리 사원이 보였다. 모터바이크 운전사는 근처의 그늘에서 쉬기로 하고 나 혼자 그 폐허를 향해 걸어갔다. 입구에서 하얀 천을 대충 두른 노인네가 연기가 피어오르는 향을 주며 사원에 대고 인사를 하라는 시늉을 했다. 눈빛이 날카로워 기분이 섬뜩했다. 나는 얼떨결에 그에게 지폐 두어 장을 꺼내주고 두 손을 합장한 채 사원을 향해 절했다. 그러자 노인이 만족스럽다는 듯 웃었다.

천천히 사원의 중심을 향해 발걸음을 뗐다. 한 걸음씩 가까이 걸어가다가 그만 온몸에 소름이 쫙 끼쳐왔다. 멀리서 보면 마치 녹아버린 촛농처럼 볼품없는 돌무더기였는데, 가까이 다가갈수록 형상이 차차 드러나면서 성문에서 보았던 머리는 하나되 얼굴은 네 개로 동서남북을 바라보는 아발로키테슈바라의 사면 얼굴상이 뚜렷이 보였다.

크기가 집채만 한 머리들이 쑥쑥 솟아오른 그 기괴한 풍경 속에 계단이 나 있었다. 천상의 신들이 마법에 걸려 이렇게 된 것은 아닐까? 나는 그 기괴한 아발로키테슈바라들의 '얼굴 숲' 속으로 걸어 들어갔다.

정말 묘했다. 네 얼굴들은 가까이서 보면 무표정하고 의미없는 차가운 돌덩어리들이었지만 거리를 두고 보면 자비롭게 웃고 있는 조각들이었다. 세상에 태어나서 이런 형태의 사원은 본 적이 없었다. 나는 조금 걷다 말고 경이로움에 사로잡혀 한동안 넋을 잃은 채 계단에 주저앉을 수밖에 없었다. 아발로키테슈바라의 숲이었다. 수십 개의 석상들 사이로 들어서니 마치 돌의 정글로 들어온 듯, 하늘은 거대한 얼굴들 사이로 가물가물 보였다.

아발로키테슈바라. 불교의 연민과 자비의 화신 관세음보살을 일컫는 이름이었다. 관세음보살은 속세의 고통받는 불쌍한 중생들이 다 깨닫기 전까지 해탈을 미룬 채 속세에 남아 자비로 중생을 인도하는 존재로 대승불교에서 역할이 강조된 보살이다. 원래는 왼손에 연꽃을 든 젊은 미남자로 표현되었는데 10세기쯤에

중국에서 자비의 여신처럼 형상화했다고 한다. 그래서 나는 늘 관세음보살을 여성으로만 연상하고 있었는데 바욘 사원의 관세음보살인 아발로키테슈바라는 강건한 남성의 얼굴을 하고 있었다.

계속 올라갈수록 아발로키테슈바라들은 많아졌고 그 네 얼굴들은 어느 쪽에서 보아도 공평하게 한 치의 틀림도 없이 웃고 있었다.

바욘(Bayon) 사원의 첫인상은 그렇게 아발로키테슈바라에 의해 압도당했다. 의미, 구조는 그후의 일이었다. 모든 생각과 느낌이 어디론가 사라지고 머릿속이 하얗게 비어버린 기분이었다. 그 공백을 수없는 아발로키테슈바라의 얼굴이 채웠다.

첫 방문 때는 그렇게 충격적인 인상과 간단한 의미만을 가슴에 간직한 채 떠났다. 그리고 1년 후, 나는 다시 바욘에 와서 차분한 마음으로 준비한 자료를 참고하며 돌아보았다.

바욘 사원의 양식 또한 우주의 중심인 메루 산을 형상화한 것이다. 다만 앙코르와트와는 달리 입구가 동쪽을 향해 있었다. 또한 바욘 사원은 위대한 도시, 앙코르톰의 가장 중심에 자리잡고 있었다.

첫째 문을 통과하니 수많은 기둥이 양쪽으로 늘어서 있었고, 그 기둥들에는 요염한 압사라들의 부조가 있어서 눈길을 끌었다. 한쪽 발을 들고 엄지와 검지를 모은 채 팔을 흔들며 살포시 미소를 짓고 있는 압사라들도 보였는데 앙코르와트의 사원들에서 본 압사라들보다 더 아름다웠다.

첫째 문을 나와 둘째 문을 통과하기 전, 오른쪽은 공사중이어서 왼쪽으로 돌아가니 회랑의 벽이 아직 남아 있었다. 이곳이 동쪽 회랑의 남단이었다. 이곳의 부조들은 베트남의 참 족과 전쟁을 치르는 크메르군, 즉 앙코르 왕국군의 전투 모

습이 묘사되어 있었다. 근대 캄보디아가 베트남과 태국의 사이에 끼여 괴롭힘을 당했듯이, 앙코르 왕국도 베트남의 참 족, 태국의 시암 족과 전투를 벌여왔다.

1170년경 참 족은 똔레삽 호수를 거슬러 올라와 앙코르 왕국을 공격했는데, 이들을 물리친 이가 바로 자야바르만 7세였다. 그는 참 족을 물리친 후, 1183년경 왕이 되었는데 바욘 사원뿐만 아니라, 앙코르톰, 쁘레아칸, 니악뽀안, 따쁘롬 등 지금도 인기 있는 근사한 사원들을 모두 세웠다. 그는 1200년대 초 그토록 앙코르 왕국을 괴롭혔던 베트남의 참파국을 복속시켰고, 태국 북부 지역도 다스렸으며, 라오스의 위앙짠 부근에서도 그의 비문이 발견될 정도로 세력을 확장했다. 자야바르만 7세는 이처럼 군사력, 정치력에서 탁월했을 뿐만 아니라 자신을

관세음보살과 일치시키며 신격화시킬 정도로 능력 있는 왕이었다.

그는 그전까지 왕실에서 믿어온 힌두교 대신 대승불교를 신봉했다. 그래서 바욘 사원도 불교 사원이고, 불교에서 자신을 자비의 화신인 아발로키테슈바라와 동일시했던 것이다. 즉, 수많은 아발로키테슈바라 상은 자야바르만 7세 자신의 얼굴인 것이다.

앙코르톰에서 발견된 일명 '문둥이 왕'이라 이름 붙여진 조각 때문일까, 그가 나병 환자라는 얘기도 떠돌았다.(사실은 죽음의 신 야마 조각이라 한다.) 또한 주달관은 『진랍풍토기』에서 앙코르 왕국에는 나병을 앓는 환자들이 많았고, 이전의 국왕도 나병을 앓은 적이 있기 때문에 이 병을 혐오하지 않았다고 기록했

다.(전설에 의하면 야소바르만 1세도 문둥병에 걸렸다.) 주달관은 아마도 앙코르 사람들이 성행위를 한 후 물로 뛰어들어 몸을 씻어서 나병이 생기지 않았을까라는 추측을 덧붙이기도 했다.

하지만 자야바르만 7세가 나병 환자라는 것은 신빙성이 없는 얘기이며, 그는 스스로 중생을 구제하는 관세음보살 역할에 충실하기 위해 많은 병원을 세우고 구제 사업을 벌였다고 한다.

부조를 찬찬히 들여다보는데 어디선가 아이들이 나타났다. 초등학교 고학년 정도 되는 아이들은 자칭 가이드라며 앞장서기 시작했다. 그 아이들의 설명은 그다지 깊이 있는 내용이 아니고 단편적이었지만, 미리 준비해간 자료와 현장의 부조를 맞춰보는 데 도움이 되었다. 서당개 3년이면 풍월을 읊는다고 매일 학교가 끝나면 이곳에 와서 살다시피 한 아이들은 대표적인 몇몇 건축물과 부조가 무얼 나타내는지 정도는 알고 있었다.

갑자기 아이들이 아우성을 쳤다.

"이건, 중국 병사고요, 저건 앙코르 군사예요!"

가만히 보니 앙코르 왕국 편에 서서 참전한 중국 병사들은 조그만 귀에 턱수염이 있었고, 앙코르 왕국 병사들은 긴 귀를 가지고 있었다. 물론, 내가 가진 자료에도 있었지만 아이들이 손으로 콕콕 집어주니 훨씬 이해하기가 쉬웠다.

"이건, 자야바르만 7세예요."

아이들이 가리키는 곳을 보니 코끼리를 탄 장군이 있고 조금 왼쪽 가장 높은 곳에서 파라솔 아래 말을 타고 앉아 있는 사람이 보였는데, 그가 바로 자야바르만 7세였다. 왼쪽으로 조금 더 가면 병사들 뒤에 황소가 끌고 있는 수레가 있고 거기에 식량이 실려 있는 모습이 보였다. 머리에 바구니를 인 여자들도 보이고 아이를 목에 걸친 사람들도 있었다.

나를 계속 따라다니는 자칭 가이드 어린이들은 그 여자들이 피난민들이라고 외쳐댔지만, 피난민이라고 하기에는 석연치 않았다. 아이를 안은 여자도 창을 들고 있으니 말이다. 총력전을 표현하고 있는 것은 아닐까?

아이들은 자기들 말에 대꾸하지 않고 자꾸 자료를 들여다보며 침묵 속에 빠져 있는 내가 신통치 않았는지 어디론가 사라져버렸다.

그 옆에 불을 피우는 사람도 보이는데 병사들 뒤에 따라오는 이런 사람들은 모두 뒤에서 지원하는 병참부대원인 것 같았다.

벽을 따라 오른쪽으로 꺾어지니 남쪽 회랑이 나타났다. 이곳 회랑의 부조는 해전을 벌이고 있는 광경이었다. 똔레삽 호수에서 벌어진 참족과의 해전인데, 밑에는 물고기들이 노닐고 화살을 든 병사들과 배 밑으로 떨어져 죽는 병사들을 물어뜯는 악어들이 눈에 들어왔다. 물고기를 뜯어먹는 악어, 오리들도 보였다. 더운 날씨에 물 풍경을 보니 가슴이 시원해졌다.

조금 더 가보니 재미있는 일상생활이 펼쳐져 있었다. 요리를 만드는 사람, 동물의 공격을 받고 나무 위로 피신하는 사람, 머리의 이를 잡아주는 여인들도 보였다. 상체를 뒤로 젖힌 여인을 뒤에서 부축하는 여인들의 모습도 보이는데 이는 아기를 출산하는 장면을 묘사한 듯했다.

남쪽 문을 지나 계속 나아가니 부조의 가운데에 호수에서 싸움을 벌이는 해군들의 모습이 보이고 아래칸에는 훈련하는 병사들은 물론 닭싸움을 시키는 장면들도 보였다. 그리고 육지에서의 전투 모습, 사람들이 돼지를 거꾸로 들어 끓는 솥에 넣는 장면, 평화로운 표정으로 음식을 나르는 장면도 보였다.

야자나무에서 열매를 따먹는 원숭이도 보이는데 전투의 승리와 평화를 축하

하기 위해 잔치를 벌이는 광경인 듯하다. 이런 부조는 남쪽 회랑 끝쯤 가면 위쪽은 완성되지 않은 채 밋밋하고 기둥마다 압사라들만 보였다.

벽을 끼고 돌아 서쪽으로 가니 계속 전투하는 모습이 새겨져 있기는 한데 새까맣게 그슬려 보기가 힘들었다. 인적 드문 시커먼 서쪽 회랑을 따라 끝까지 간 다음, 오른쪽으로 꺾어지자 다시 부조가 나타났다. 이곳에는 자야바르만 7세가 왕이 되기 전인 1170년경 쳐들어온 참 족에 패배해 도망가는 크메르 병사들의 모습이 새겨져 있다는데, 아쉽게도 공사중이어서 볼 수가 없었다.

그러니까 나는 거꾸로 돈 셈이었다. 시계 반대 방향으로 돌면 사건이 벌어진 순서가 맞는데 공사를 하고 있어서 반대로 돌았던 것이다. 시간 순서대로 하면, 참 족의 침략으로 전투가 벌어지고 앙코르 왕국군이 패배했지만 계속 전투가 이어지다 마지막에 동쪽 회랑(내가 처음 보았던 곳)에서 자야바르만 7세가 참 족을 무찌른 후, 승리의 행진을 하는 것이다.

결국 바욘 사원의 회랑은 불교 사원임에도 불구하고 온통 참족과의 전투와 자야바르만 7세의 위대함을 칭송하는 내용으로 채워져 있는, 매우 정치적인 의도가 엿보이는 사원이었다.

회랑을 돌아보고 계단을 따라 올라가 둘째 문을 통과했다. 갑자기 계단이 가팔라지며, 조금 망가진 기괴하고 거대한 아발로키테슈바라의 얼굴이 위에서 내려다보고 있었다. 그 밑의 어두컴컴한 방 안에는 불상이 모셔져 있고 기둥들에는 압사라들이 새겨져 있었다.

불상이 놓인 방 앞에서 오른쪽을 보니 링가가 보였다. 힌두교 사원이 아닌 불교 사원에서 힌두교 시바의 상징인 링가를 보니 감회가 새로웠다. 링가는 인도에서 숭배되는 남근상으로 인도 여행 때 숱하게 보았던 것들이다. 그런 사상과 조형물은 수천 년 전부터, 아니 그 이전부터 나타난 것으로 추측되는데 지금까지 사라지지 않고 흔적을 남기고 있다.

링가가 있는 곳으로 가다 왼쪽에 컴컴한 길로 조금 더 들어가니 왼쪽으로 깊은 우물이 보였다. 그곳에서 손전등을 빌려주고 우물 물까지 떠주는 사내가 있었다. 관광객들은 우물 물을 마시는 것이 아니라 손을 씻었다. 그 사내는 나에게 의사도 묻지 않고 웃으며 두레박에 물을 떠주었는데 은근히 웃는 모습이 돈을 바라는 것 같아 약간의 돈을 주었다. 그는 그곳에서 자신의 직업을 창출하고 있었다.

계단을 오르지 않은 채 이리저리 다니다 보니 이곳저곳에 배수로가 보였다. 링가가 있는 곳에서 위를 쳐다보니 뻥 뚫린 공간으로 하늘이 드러났다. 그렇게 서성이던 곳이 바로 관세음보살들의 얼굴상 아래였다.

철계단을 올라 셋째 문을 통과하자 확 트인 하늘이 보였다. 미로를 통과한 것처럼 시원했다. 기괴하고 거대한 사면체 관세음보살 얼굴들이 정글의 나무들처럼 곳곳에 버티고 서 있었다. 사람들은 지성소를 중심으로 빙글빙글 돌면서 이쪽저쪽에서 사진을 찍었다. 자신의 몸보다 훨씬 거대한 얼굴 석상이 빙긋 웃는 모습을 배경으로 사진을 찍는 것은 특별한 체험일 것이다.

중앙에는 탑이 솟아 있었다. 그곳이 사원의 핵심인 지성소였다. 지성소로 올라오는 계단은 동쪽에 2개, 서남북에 각각 하나씩 모두 5개였다. 다만 동쪽은 2개이다 보니 문들이 정동이 아니라 정동을 기준으로 옆으로 있는 셈이었다. 도성인 앙코르톰도 동쪽에 문이 2개, 서남북에 각각 하나씩이라고 하니 그것과 일치하는 것이다.

넷째 문을 통과해 지성소로 들어가는 길은 동서남북에 있는데 동쪽에서 들어가는 길이 가장 길고, 중간에는 링가가 모셔져 있었다. 네 문 사이에는 각각 세 개의 조그만 방들이 만들어져 있고 그곳에는 많은 불상들이 놓여 있었다. 그리고 주변의 벽에 춤추는 압사라들이 새겨져 있는 것으로 보아 불교 사원이지만 힌두교 영향을 그대로 받았음을 알 수 있었다.

드디어 지성소 안으로 들어가니 정동쪽을 향해 앉아 있는 불상 앞에서 캄보디아 사람들이 향을 피우고 절을 하고 있었다.

바욘 사원의 입구는 동쪽을, 앙코르와트는 서쪽을 향하고 있었지만, 구조는 똑같았다. 지금은 비록 메워졌지만 도성 밖의 해자는 우주의 대양을 의미하며, 그 도성의 가장 중앙에 있는 바욘 사원은 세상의 중심으로, 신과 절대자가 살고 있는 수미산을 의미한다.

주달관의 『진랍풍토기』에 의하면 이 바욘 사원에는 금탑이 있었고 방 안에는 금 불상들이 있었다는데 모두 사라지고 지금은 남아 있지 않다. 정상에 오르니 그렇게 높지도 않은데 마치 속세를 떠나 높은 산을 올라온 기분이 들었다. 내가 아는 내용과 부조의 내용을 하나하나 맞춰보고 쉬면서 올라오느라 두어 시간이 흘러가버렸다.

해는 이미 중천에 떠올랐고 몸 안의 수분이 모두 빠져나오는 것 같았다. 한낮의 앙코르 유적지가 점차 달궈지기 시작했고 내 정신도 몽롱해졌다. 서 있기조차 힘들어지자 나는 그늘 밑, 아니 관세음보살 아래 누워서 잠시 잠을 잘 수밖에 없었다.

얼마나 잤을까, 태양이 이동하면서 그늘도 움직였다. 할 수 없이 일어나 나오는데 좀전에 자칭 가이드라던 꼬마들이 어디선가 나타나 돈을 요구했다. 그래도 약간의 도움을 받았고 즐거웠기에 돈을 주기로 했다.

"얼마를 주면 되겠니?"

"십 달러 주세요."

약간 나이가 먹은 녀석이 통 크게도 10달러를 요구했다.

허허, 웃음이 나왔다. 일부러 눈을 크게 뜨며 겁을 주었다.

"뭐야, 십 달러! 너희들 아까 사라졌잖아. 그리고 정식 가이드도 아니면서……."

아이들은 이내 겁을 먹었다. 그걸 보니 내가 너무 야박한 사람이 되는 것 같아 약간의 돈을 주었다. 사실, 아이들의 노력에 비하면 과한 보상이었지만, 어린 내 조카 생각도 났고, 캄보디아에 와서 그만한 또래의 헐벗은 아이들을 보면 자꾸 안쓰러웠다.

몇 년 지난 다음에 갔을 때는 그런 아이들을 만나지 못했지만 종교 행사를 목

격할 수 있었다. 종교란 참으로 끈질기다. 러시아, 동유럽, 중국, 베트남, 캄보디아 등 과거 공산주의 국가였던 나라는 물론, 여전히 공산당이 정권을 잡고 있는 나라에서도 종교는 살아 있었는데 캄보디아도 마찬가지였다. 폴 포트 정권의 철저한 탄압에도 살아남았으니 말이다.

2월 어느 날이었다. 거대한 바욘 사원 주변을 수천 명의 사람이 둘러싸고 경건한 표정으로 음식물이 담긴 비닐 봉지를 든 채 누군가를 기다리고 있었다. 바욘 사원에 몇 번 드나들었지만 처음 보는 광경이었다.

이윽고 황색 승복을 걸친 승려들이 나타나자 사람들이 모두 합장한 채 절을 하며 음식을 바쳤다. 평소에 볼 수 있는 탁발공양이 아니라, 무슨 날을 기념하기 위한 특별한 의식 같았다. 승려들의 긴 행렬은 끝이 보이지 않았다.

아니…… 이곳에 이렇게 많은 승려가 남아 있었던 말인가?

그 옛날 불교가 성행했을 때의 광경이 재현되고 있었다. 승려들은 계속 신도들 앞을 행진했고 신도들은 여러 가지 음식을 커다란 그릇인 '바리' 안에 넣었다. 그러다가 바리가 넘치면 그 옆에서 시중을 드는 청년들이 큰 푸대자루에 음식을 담았다. 그 행사는 내가 그 끝을 볼 수 없을 정도로 몇 시간이나 이어졌다.

한때 영광스러웠으나 이제는 수많은 폐허만 남겨놓고 사라진 줄 알았던 불교가 아직도 이 땅에 뿌리 깊게 남아 있었던 것이다. 아마 앞으로도 종교는 살아남을 것이다. 고통 속에서 사는 인간들이 사라지지 않는 한, 종교는 사람들의 삶 속에 남아서 영원히 지속될 것이다.

왕궁과 그 주변의 유적들

앙코르톰 안에는 왕궁 터가 있었다. 말이 왕궁 터지 지금은 아무것도 없는 폐허였다. 예전에 이 왕궁은 긴 베란다와 회랑이 사통팔달로 통해 있었고 황금으로 치장되어 있었다고 한다. 국왕이 정사를 돌보는 곳에는 금으로 장식된 창문이 있었는데 왕은 공식 접견을 할 때 2층 높이의 창문에서 아래층 접견실을 굽어보았고 신하나 외국 사절들은 그 밑에서 머리를 조아렸다고 한다.

그런데 그 모든 것이 사라졌다. 목재로 만들어서 다 소실되지 않았을까 추정하고 있을 뿐이다.

왕궁 바로 앞에는 코끼리 테라스(The Terrace of Elephants)라는 낮은 축대처럼 생긴 단이 남아 있었다. 350미터나 이어진 긴 연단 밑에는 실제 코끼리 크기와 비슷한 코끼리들의 부조가 새겨져 있었다. 왕은 이 테라스(연단) 위에서 백성들을 모아놓고 연설했으며 병사들과 코끼리, 말을 탄 기병들과 전차들을 사열했을 것이다. 아마도 이런 풍경이 아니었을까?

참 족과의 전투에서 승리한 병사들은 사기 충천하여 화려한 군복과 창칼로 무장하고 상기되어서 테라스 앞에 정렬해 있다. 그중에는 보병, 말을 탄 기병, 그리고 코끼리를 탄 부대도 있다.

백성들은 멀찌감치 떨어져 이 광경을 구경하고 코끼리 부조가 새겨진 단 위에서는 곧 나올 국왕을 위해 신하들이 좌석을 정비하느라 바쁘다.

거대한 대들보와 기둥으로 받친 지붕은 장관을 이루었고 꼭대기의 기와는 금색을 띠었다. 국왕이 정사를 돌보는 청사에는 금으로 장식된 창문이 있고 거대한 네모꼴의 수십 개 기둥이 건물을 떠받치고 있다. 또한 네모꼴 기둥에는 40~50개의 면을 이루는 거울이 박혀 있어 햇빛을 받으면 화려하게 반사되었다.

드디어 왕이 등장했다. 왕은 보석을 박은 황금 갑옷을 입은 끝이 뾰족한 원추형 황금 왕관을 썼다. 손목과 발목, 손가락에는 금반지, 팔찌로 치장했다.

드디어 행진이 시작되었다. 먼저 깃발을 들고 음악을 연주하는 병사들이 북을 치고 피리를 불며 씩씩하게 앞장섰고, 뒤이어 화려한 옷을 입고 머리에 꽃을 꽂은 수백 명의 궁녀들이 촛대를 들고 뒤따랐다. 그 뒤를 아름답게 장식한 궁중의 마차, 금으로 장식된 소가 끄는 수레가 뒤따랐고, 다음으로 말이나 코끼리를 탄 왕비와 후궁들이 양산을 쓴 채 뒤따랐다.

마지막으로 국왕이 코끼리 위에 우뚝 선 모습으로 나타났는데 손에는 황금 검을 쥐고 있다. 왕이 타는 코끼리의 상아는 금으로 장식되어 있었고 금으로 만든 양산도 쓰고 있었다. 코끼리 부대가 왕을 호위했고 군마도 뒤따랐다.

백성들은 왕이 나타나자 무릎을 꿇고 이마를 땅에 조아리며 복종의 표시를 했다.

주달관의 『진랍풍토기』에 의거해 약간의 상상력을 가미해서 복원해본 풍경이다.

황금으로 장식된 왕궁, 위풍당당한 행렬은 이제 지나간 꿈이 되었다. 코끼리 테라스에 앉아 부조로 새겨진 왕과, 말과, 코끼리가 모두 살아 튀어나오는 광경을 상상하며 그 시절의 풍경을 그려보았지만 힘들었다. 날씨가 뜨거웠기 때문이다. 쨍쨍 내리쬐는 햇볕 아래 서 있으려니 몹시 견디기 힘들었다. 앙코르 유적지를 돌아보려면 우기 때 빼놓고는 항상 이 따가운 햇살과 무더위와 갈증에 대비해야 한다.

코끼리 테라스에서 북쪽으로 연결된 곳에는 '문둥이 왕 테라스(Terrace of Leper King)'라고 불리는 곳이 있다. 이곳에는 왕을 나타내는 조각 두 점이 있다. 생식기가 없는 이들 중 하나는 목이 잘려나가고 하나는 온전한데 모두 복제품으로, 진품은 프놈펜 국립박물관에 있다. 캄보디아인들은 이 조각을 '문둥이 왕'이라고 불렀는데, 10세기 전후로 영토를 크게 넓히고 프놈바켕의 사원과 최초의 도성을 세운 야소바르만 1세가 문둥병에 걸렸다는 전설도 있고, 12세기 후반에 참족을 물리쳤고 바욘 사원을 건설하여 앙코르 왕국의 위세를 크게 떨쳤던 자야바르만 7세가 문둥병에 걸렸다는 전설도 있지만 확인된 것은 없다. 다만 이곳에 왕족들의 화장터가 있었기에 이 조각들은 '문둥이 왕'이 아니라 죽음의 신 야마를 나타낸 것이라는 추측도 있다.

왕궁 주변의 낮은 산에는 피메아나까스(Phimeanakas)가 있다. 산스크리트어로 '하늘의 왕궁'이란 뜻인데 사실은 왕궁이 아니라 힌두교 사원으로 이 역시 우주의 중심 메루 산을 의미한다.

뙤약볕을 받으며 그곳으로 올라가는 길을 찾는데 쉽게 찾을 수가 없었다. 그때 아이들이 다가와 안내를 자청했다. 하여튼 앙코르 유적지의 아이들은 모든 것을 알고 있다. 그들을 따라서 올라가보니 폐허가 나왔다. 문과 성벽은 일부만 남았고 피라미드형의 폐허 같은 사원이 있었다. 앙코르의 여느 사원처럼, 여기도 계단이 매우 가팔라서 난간을 잡고 오르게 되어 있었다.

발을 조심하며 계단을 올랐다. 원나라 사신 주달관이 남긴 기록에 의하면 이 사원의 탑은 금탑이었고 그 탑 가운데는 머리가 아홉 달린 뱀이 살고 있었는데 밤이면 여인이 되어 나타났다. 국왕은 그 여인과 동침했으며, 하루라도 함께 자지 않으면 재앙이 내렸다고 한다.

학자들은 이런 전설을 그들의 국가 기원 신화에서 찾는다. 즉, 머리가 아홉 달린 뱀의 이야기는 아마도 초기의 푸난 왕국의 사람들이 뱀의 왕 나가(혹은 용)를 숭배했고 그와 관련된 신화의 영향을 받아 나온 것이라 추측하고 있다.

3층의 지성소는 몇 사람만 들어가도 꽉 찰 것 같았는데 그곳을 둘러보다 문득, 전설이 아니라 실제로 왕은 무당 같은 여인과 동침을 했던 것은 아닐까라는 생각이 들었다. 그 실화에 의거해 그런 전설이 퍼진 것은 아닐까? 물론 나의 개인적인 상상이다.

지성소에서 내려다보니 작은 연못 2개가 있었다. 아이들이 무심하게 물놀이를 하고 있는 풍경이 초라해 보였다. 신화와 전설의 '현장'은 원래 그렇다.

왕궁으로 다시 내려와 옆에 있는 바푸온(Baphuon) 사원을 가려 했지만 복원 사업중이었는데, 몇 번을 와도 늘 복원 사업중이었다.

거기에는 이유가 있었다. 바푸온 사원은 바욘 사원보다 2백 년 정도 앞서서 만들어졌던 곳으로 힌두교 파괴의 신 시바를 모시던 곳이다. 중심부에는 피라미드 형태의 탑이 솟아 있었는데 폐허가 된 사원을 복원하기 위해 프랑스인들은 모든 돌에 번호를 매긴 후 해체시켰다고 한다.

그런데 폴 포트에 의해 캄보디아가 점령당하자 프랑스인들은 전부 철수해버리고 여기에 참여했던 캄보디아 기술자들은 폴 포트 정권에 의해 거의 다 살해되었다고 한다. 그후 캄보디아가 자체적으로도 복구작업을 할 수 없었으며 프랑스인들도 다시 오지 않았기 때문에 지금은 그냥 흩어진 돌들만 방치되어 있는 상태인 것이다.

왕궁 근처의 세 유적지는 세워진 시기가 모두 달랐다. 피메아나까스 사원은 라젠드라바르만(944~968) 왕 때 세워졌고, 그 다음 왕궁이 자야바르만 5세

(968~1001) 때 만들어졌다. 그리고 코끼리 테라스는 위대한 도시 앙코르톰을 건설한 자야바르만 7세에 의해서 12세기 말에 만들어진 것이다. 그러나 약속이나 한 듯이 모두 폐허가 되어 있었다. 특히 현재 태국의 조상인 시암족의 공격을 받고 초토화되었다고 한다.

그후 앙코르 왕국은 기울었고 그때까지 미미했던 시암 족은 번성해서 지금 태국은 국력이 급속하게 성장하고 있고, 앙코르 왕국의 후손인 캄보디아는 여전히 가난을 벗어나지 못하고 있다.

쁘 레 아 칸

모터바이크 운전사는 나를 쁘레아칸(Preah Khan) 서쪽 문에 내려주면서 동쪽 문에서 만나자고 했다.

'길을 잃어버리면 어쩌라고?'

쁘레아칸에 들어가니 정말 길을 잃을 것 같다는 생각이 들었다. 길이 복잡해서라기보다 그 풍경이 기괴했기 때문이다.

다리 앞에는 여느 사원처럼 고개를 바짝 쳐든 나가가 방문객을 노려보았다. 또한 앙코르톰 남문에서 보았던 것처럼 데바 54명과 아수라 54명이 바수키의 몸통을 잡고 양쪽으로 늘어서 있었다. 어느 사원엘 가나 영원불사의 감로수를 얻기 위해 우유를 휘젓고 있는 것이다.

문을 통과해 눅눅한 나무 냄새를 맡으며 안으로 걸어 들어가는데 어디선가 새소리가 들려왔다. 먼 과거의 세계로 빨려 들어가는 것만 같았다.

쁘레아칸은 '신성한 칼'이란 뜻으로 바욘 사원을 건설한 자야바르만 7세가 12세기 말에 자신의 아버지를 위해 세운 불교 사원이다. 구조는 다른 사원과 비슷했다. 해자가 있고 4개의 문이 있었으며 중심에는 지성소가 있는 것으로 보아 메루 산을 표현한 형상이었다.

그 요소들이 갖춰져 있어도 건물의 고도가 그리 높지 않아 사원으로서의 강렬한 인상은 부족한 듯했다. 그럼에도 나는 이곳에서 매우 인상적인 음산한 기분을 맛보았다. 그곳은 허물어져가는 폐허 직전의 분위기로 돌들이 흩어져 있는 것이, 마치 일부러 방치해놓은 것 같았다. 머리를 숙이고 참배로를 걸어가면서 보니 머리 위의 문기둥에 한 발을 들고 춤을 추는 압사라들의 부조가 있었다. 그런데 이 압사라들은 앙코르와트나 바욘 사원에서 본 것과 전혀 달랐다. 음산한 폐허의 분위기 때문일까? 마치 악마들이 춤을 추는 모습 같았다. 또 허물어진 기둥 사이로 굴러다니는 검게 탄 돌들은 마치 전사한 병사들의 시체처럼 느껴졌다.

그런데 모퉁이를 돌아서다 기가 막힌 광경을 보았다. 마치 해저의 거대한 문어가 먹이를 꽉 움켜쥔 것처럼 거대한 나무뿌리가 무너져가는 사원의 담을 움켜쥐고 있었다. 처음 보는 나무라 이름도 알 수 없었고 그저 충격을 받은 채 둘러보았는데 현지인들은 '스뼁'이라고 부르고 있었다.

나중에 돌아와 이런저런 자료를 찾아보니 나무 이름이 여러 가지로 표기되어 있었다. 1901년에 이곳을 방문했던 피에르 로티라는 사람은 *Siam*이란 책에서 무화과(Fig Tree)의 작은 씨앗이 돌 틈에서 싹을 틔우다 점점 뿌리를 내려 담을 뒤덮었다고 묘사하고 있다. 그런가 하면 1932년에 이곳 앙코르 유적지를 여행한 엘리 포르라는 여행자는 앙코르 유적지를 뒤덮은 거대한 나무들을 벵골보

리수로 기록하고 이곳을 통치하는 신의 표상이라고 표현하고 있다. 그래서 이런 것을 부분적으로 번역해 인용한 한국 책들 중에서 어떤 책은 무화과나무, 어떤 책은 벵골보리수라고 표현하고 있는데 내가 조사한 바에 따르면 앙코르 유적지의 나무들은 대체로 무화과나무(Fig), 비단솜나무(Silk-Cotton Tree), 테트라멜레스 누디플로라(Tetrameles Nudiflora)의 세 종류이다.

비단솜나무(Silk-Cotton Tree)는 판야(Panja)나무, 혹은 케이폭(Kapok)나무라고 부르는데, 열매가 대단히 가볍고 탄성이 있는 솜 같은 섬유가 들어 있다. 원산지는 아메리카로 인도네시아 자바 섬이 케이폭 나무의 주산지고, 중남미, 동남아시아, 아프리카에 널리 퍼져 있다. 중남미의 마야 문명에서도 상징적인 나무였는데 다 자라면 높이가 60~70미터, 지름이 3미터 정도로 거대해진다.

테트라멜레스 누디플로라는 학명인데 한국어로는 무엇이라 불러야 하는지 모르겠다. 다만 인도인들은 팃폭(Thitpok), 태국인들은 솜뽕(Sompong)이라 부르고 인도, 말레이 지방에 널리 퍼져 있으며 높이는 45미터, 지름이 3미터 정도인 거대한 나무다.

나무에 대해서 잘 모르는 나로서는 비슷비슷하게 보이는 거대한 나무들이 잘 구별되지 않는다. 현지인들이 '스뻥'이라 부르는 것은 태국어 '솜뽕'에서 영향을 받은 것은 아닐까? 태국이 앙코르 유적지가 있는 지방을 1794년부터 1907년까지, 그리고 1941년부터 1946년까지 모두 약 120년간을 지배했으므로 영향을 받았을 것 같은데 확신할 수는 없다.

어쨌든 몇백 년 전 이런 나무들의 씨들이 바람에 날려와 담장 사이에 우연히 뿌려졌을 것이고 차차 싹이 트며 뿌리를 내려 성벽을 감쌌을 것이다. 앙코르 왕국이 망한 후 돌보는 이들이 없었고 또 승려들이 남았다 하더라도 돌볼 여력이 없었기에 나무들은 수백 년 동안 자라서 온 사원을 뒤덮어버린 것이다.

또한 앙리 무오에 의하면 앙코르 유적 인근의 사람들은 자연에 정령이 있다고 믿어 두려워했다니 그들이 함부로 나무를 자를 리 없었다. 그렇게 방치된 나무들은 한없이 자랐고 근대에 와서는 내전중이라 더더욱 방치되어 있었다. 그 세월 속에서 돌보지 않은 나무들이 저렇게 괴기스럽게 자라버렸고 이제는 제거하는 것이 더 위험하므로 그냥 보고 있을 수밖에 없다고 한다.

몇 개의 문을 들어가니 링가 혹은 불상을 모셔놓았던 단이 보였고, 이어서 링가(남근)와 요니(여근)가 합쳐진 형상의 결합체가 보였다. 캄보디아 사람들이 그 앞에서 향을 피우며 기도하고 있었다. 캄보디아는 현재 불교국가이지만 지금까지 이어져온 힌두교의 전통은 민간신앙처럼 남아 있는 것이다.

그 너머가 지성소였다. 지성소에는 불상이 모셔져 있었고 그 주변에 또다시 링가와 요니가 보였다. 불교와 힌두교가 자연스럽게 결합된 현장이었다. 그동안 흔하게 보던 것이어서 잠깐 머물다 밖으로 나와보니 다시 오른쪽으로 어마어마하고 억센 힘줄 같은 나무뿌리가 사원의 벽을 통째로 감싼 채 땅으로 뻗어 있었다.

'아…… 앙코르 유적지에는 앙코르와트와 바욘 사원만 있는 줄 알았는데 전혀 다른 세계가 있었구나.' 정말 소름 끼칠 정도로 인상적인 곳이었다.

마치 수백 년 전의 세월 속으로 갔다 온 기분에 젖어 있는데 어디선가 다시 새가 울었다. 순간 등골이 오싹해졌다. 저쪽에서 나를 기다리는 모터바이크 운전사가 반갑게 느껴졌다.

따쁘롬

쁘레아칸 사원에서 충격을 받은 나는 따쁘롬(Ta Prohm) 사원에 들어가는 순간, 얼이 빠져 한동안 그 자리에 서 있었다. 영화 〈인디아나 존스〉 2편에 나오는 것과 비슷한 풍경이었다.(나중에 영화 〈툼 레이더〉를 여기서 촬영했다고 한다.)

다 허물어진 데다 이끼로 뒤덮인 벽들을 돌아 안으로 들어가는 기분이 마치 울창한 정글로 탐험을 온 듯했다. 들어가자마자 쁘레아칸에서 본 거대한 나무뿌리가 나타났고 이곳에서도 역시 문어발처럼 사원 벽과 탑을 곳곳에서 꽉 움켜쥐고 있었다. 이미 허물어진 것이나 다름없는 조그만 탑은 그나마 나무뿌리 덕에 겨우 지탱하고 있는 듯했다. 이곳에서도 기분 나쁜 새소리가 들려왔고 잠시 후 사방이 고요해지자 내 발소리만 귓가에 울렸다.

무너진 통로 사이로 내려앉은 돌무더기를 보다가 마침 뚫린 길이 있어 고개를 숙인 채 간신히 들어가보았다. 흙냄새, 이끼 냄새가 코를 찌르며 숨이 턱턱 막혀왔다. 계속 들어가다가는 깊은 사원의 돌무더기 속에서 길을 잃을 것 같다는 생각이 드는 순간, 갑자기 저쪽 통로에서 누군가가 튀어나왔다. 서양 여행자였다. 깜짝 놀라는 나를 보고 씩 웃는 그도 조금은 놀랐다는 표정이었다. 혹시 이 돌들이 와르르 무너져내릴지도 모른다는 공포감이 온몸을 덮쳐와서 이리저리 헤매다 밖으로 빠져나왔다. 환한 햇빛이 반가웠다.

쁘레아칸 사원도 이런 분위기이지만 그곳은 어느 정도 복구되어 길이 무너질 염려는 없어 보였다. 그런데 따쁘롬은 달랐다. 전혀 복구되지 않은 곳이어서 재수 없으면 기어 들어가다 돌이 무너져 압사당할 수도 있어 보였다.

어디선가 앙코르 유적지에서 흔하게 보았던 악마 조각들, 그리고 천상에서 춤

춘다는 선녀 압사라가 보였다. 그런데 이곳의 압사라는 분위기 때문인지 영 기분이 안 좋았다. 기괴하게 보이면서 떼를 지어 나타나 나를 집어삼킬 것만 같은 느낌이 들었다.

따쁘롬은 12세기 중엽에서 13세기 초에 자야바르만 7세가 어머니를 위해 만든 불교 사원인데, 본래는 사실 엄청나게 큰 규모의 사원이었다. 이곳에서 발견된 산스크리트어 비문에 의하면, 약 3천 개의 마을이 따쁘롬 사원 관할하에 있었고, 승려, 공무원, 보조자, 무용수들을 포함하여 약 8만 명의 사람들이 이 사원에 딸려 있었다. 또한 이 사원은 5백 킬로그램이나 나가는 황금 접시, 35개의 다이아몬드, 40,620개의 진주와 4,540개의 귀금속을 갖고 있었다고 한다. 그리고 260좌의 신상과 39기의 탑이 있었다고 하니 그 당시 따쁘롬의 화려함은 대단

했을 것이다.

세월은 그 모든 것을 앗아갔지만 무너지고 사라져가는 폐허에서 오는 묘한 매력이 감돌았다. 기분 나쁘고, 음침하고, 소름끼치는 분위기지만 올 때마다 꼭 들르게 되는 사원이었다.

그런데 모든 게 변했다. 1990년대 후반의 비수기 때는 사람들이 별로 없어서 그런 음산한 분위기를 즐길 수 있었지만, 요즘 들어 성수기 때 가보니 전혀 다른 세계였다. 관광객들로 장사진을 이루고 길이 막혀 교통체증을 일으킬 정도였다. 음산한 게 아니라, 소리지르고 웃고 떠드는 여행객들 때문에 마치 시내 한복판에 온 것만 같았다. 거기다 물건 파는 아이들은 단체 관광객을 쫓아다니고…… 그런 난감한 사태를 바라보며 왠지 모르게 씁쓸해졌다. 물론, 워낙 유명하니 많

은 사람이 오는 것은 당연할 것이다. 그러나 옛날의 그 쓸쓸하고 음산한 분위기를 기억하는 나로서는 뭔가 어색하기만 했다.

그 와중에도 나를 반갑게 해주는 이가 있었다. 웬 노인이 뭔가를 팔고 있었는데 배낭여행자들의 가이드북인 '론리 플래닛' 표지를 들고 있지 않은가? 내가 관심을 갖고 바라보자 옆에 있던 서양 남자애들도 흥분해서 속삭이기 시작했다.

"맞아, 맞아, 바로 그 사람이야!"

그는 바로 론리 플래닛 캄보디아편(4판) 겉표지에 찍힌 노인이었다. 겉표지에서는 따쁘롬의 나무뿌리로 뒤덮인 사원 건물 아래서 비를 들고 마당을 쓸던 삭발한 노인이, 이제는 여행객들에게 겉표지를 보여주며 뭔가를 팔거나 사진 모델이 되어준 대가로 약간의 돈을 받고 있었던 것이다.

서양 친구들은 흥분해서 같이 사진을 찍고 난리들이었다. 나는 그렇게까지 흥분하지는 않았지만 그래도 반가웠다. 그 노인이 마치 예전의 앙코르 유적지처럼 친근하게 다가왔기 때문이다. 저 노인은 이곳의 변화를 다 지켜보았을 것이다. 앙코르 유적지가 유럽에 알려지면서 몰려들기 시작한 6, 70년 전의 서양 관광객들, 캄보디아의 식민지 시절, 내전, 폐허가 된 앙코르 유적지의 쓸쓸함, 적막함, 그리고 서서히 늘어나기 시작한 외국 관광객들을 본 시대의 증인일 것이다.

나의 첫 추억을 잃은 쓸쓸함은 있었지만 저 노인이 다시 이 따쁘롬과의 인연을 지속시켜줄 것 같은 예감이 들었다. 언제나 오래된 나무처럼 따쁘롬 사원 어느 한구석에 앉아 있을 저 노인.

그런데…… 저 노인이 세상을 떠나면…….

반 띠 아 이 스 레 이

앙코르 유적지에서 북동쪽으로 25킬로미터 더 가면 '여인들의 성곽'이라는 뜻의 반띠아이스레이(Banteay Sray)라는 유적지가 있다. 1990년대 중반까지도 크메르루주 반군 때문에 가기 힘든 곳으로 알려져 있었다. 그런데 지금은 누구나 갈 수 있다. 다만, 돈이 더 들 뿐이다. 이곳에 가자면 모터바이크나 택시 운전사들은 돈을 더 요구한다.

비록 웅장함이나 신비함은 앙코르와트나 바욘 사원에 비할 바가 못 되지만, 사원의 정교한 조각과 부조의 아름다움은 최고라며 반띠아이스레이 사원에 대해 칭찬을 아끼지 않는 사람들이 있다.

그러나 이미 인도를 여행하며 남인도에서 정교하고 아름다운 사원들을 수없이 본 사람들은 그렇게까지 감탄하지 않을지도 모른다. 사원의 양식은 인도 쪽과 가까운데 조각의 정교함은 그것에 비해 떨어지기 때문이다. 그래서 나는 앙코르와트, 바욘 사원, 쁘레아칸, 따쁘롬 등을 훨씬 더 좋아한다. 하지만 내가 처음 이곳에 갈 때는 약간 흥분되어 있었다. 얼마나 잘 보존되어 있고 아름다운 곳일까라는 기대 때문이었다.

이 사원은 10세기 후반, 라젠드라바르만 2세 때 세워진 것으로 힌두교 파괴의 신 시바를 위한 사원이었는데, 그 다음 왕인 자야바르만 5세의 스승이었던 브라만 계급의 사제에 의해 지어진 것으로 알려져 있다.

여행자들이 별로 없는 텅 빈 사원은 고요에 싸여 있었다. 동쪽에 있는 정문을 따라 들어가다 보니 사원을 둘러싼 해자의 흔적이 보였다. 다른 힌두교 사원들과 비슷한 양식으로 중앙에 지성소가 보였다. 여기서는 아기자기한 각종 부조와 조각을 감상하는 맛이 있었다. 특히 도서관(종교 의식에 필요한 제기 혹은 지적인 자료를 보관하는 기능을 가진 건물을 칭함) 건물 위에 정교한 부조가 새겨져 있었다.

여러 개의 팔과 머리를 가진 악마 라바나가 카일라샤 산을 뽑아들고, 그 산 정상에는 시바와 그의 아내 파르바티 여신이 앉아 있다. 악마 라바나는 인도의 대서사시 『라마야나』에 나오는 악마인데 시바의 관심을 끌어 더 높은 능력을 얻고자 시바가 살고 있는 카일라샤 산을 뽑아들어 던지려고 하는 장면이다. 그 산에 살고 있는 동물들은 공포에 질린 모습을 하고 있고, 그 근처에서 손을 들고 서 있는 원숭이는 『라마야나』에 나오는 하누만으로 라마를 돕고 있다.

이 건물 뒤쪽에 가면 또다른 부조가 보이는데 이는 사랑의 신 카마가 카일라샤 산에서 명상을 하고 있는 시바에게 화살을 쏘는 장면이다. 그 옆에는 앞으로 그의 아내가 될 파르바티 여신이 있는데, 그녀는 시바가 자신을 사랑하게 해달

라고 카마에게 부탁했다. 그래서 카마는 사랑의 화살을 시바에게 쏘고 있는 중이다.

다른 도서관 건물에도 머리가 세 개 달린 코끼리 전차가 보인다. 그 위에 타고 앉은 신이 천둥과 번개의 신인 인드라다. 비가 내리는 가운데 뱀이 그 속을 뚫고 하늘로 올라가고 있으며 아이는 인도인에게 사랑받는 유명한 크리슈나와 그의 동생 발라라마다. 뒤쪽, 즉 서쪽 정문 위쪽에 보면 크리슈나가 보이고 그가 그의 잔인한 삼촌, 캄사 왕을 죽이는 모습도 있다. 이처럼 부조마다 매우 풍부한 얘기가 깃들어 있다.

반띠아이스레이 사원은 인도의 영향을 가장 많이 받은 사원으로 인도 신화의 내용과 그 상징, 의미를 잘 모른 채 보면 맛이 반감되는 사원이다. 어쨌든 여느 앙코르 사원과 달리 아담하고 예쁜 분위기여서 이곳을 매우 좋아하는 사람들도 많다. 오죽하면 프랑스의 소설가 앙드레 말로가 이곳에 있던 여신상을 훔쳐서 밀반출하려다 걸렸을까. 아무리 그래도 훔치는 것은 비열한 짓이다. 모든 문화재는 제자리에 있어야 더 빛이 나는 법이다.

앙코르 초기의 사원들

그외에도 앙코르 유적지에는 수많은 사원이 있다. 다는 아니지만 나는 웬만한 사원들은 거의 돌아보았다. 그러나 굳이 이 여행기에 모든 사원에 대해 자세하게 쓸 필요는 없을 것 같다. 사실 특별한 사건이 있거나 인상적인 것도 아닌데, 이건 언제 어떻게 만들고, 어떤 의미가 있으며…… 이런 식의 얘기를 나열한다면 독자들이 피곤할 것 같다.

사실 나도 피곤했다. 처음 앙코르 유적지에 와서 앙코르와트, 바욘 사원 등을 구경하기 시작할 때는 입이 떡 벌어졌고 따쁘롬, 쁘리아칸을 볼 때는 충격을 받았다. 그러나 계속 비슷한 것을 관람하다 보니 피로감이 몰려왔다.

박물관 피로증이란 게 있다. 박물관의 전시물을 똑같은 눈높이로 계속 관람하다 보면 금방 피로를 느낀다는 것이다. 앙코르 유적지도 비슷했다. 그리고 그런 식의 서술은 글을 쓰는 사람이나 읽는 사람이나 금방 싫증 나고 피곤해지게 마련이다.

그외의 사원들에 대한 기본적인 정보는 요즘 나온 좋은 가이드북이나 인문서, 그리고 인터넷에 맡기고, 인상적인 사원과 초기 유적지 들만 간단하게 언급할까 한다.

우선 프라삿 니악뽀안(Prasat Neak Pean). 그냥 니악뽀안이라고도 하는데 '똘똘 감은 뱀들'이란 뜻이다. 12세기 말 자야바르만 7세가 건립한 불교 사원으로 여느 앙코르 유적지와는 달리, 5기의 탑이 아니라 5개의 연못으로 이루어진 사원이어서 눈길을 끌었다.

중앙의 사각형 연못을 동서남북의 사각형 연못들이 둘러싸고 있는데, 건기여서인지 물이 없어서 들어가서 거닐다 나온 적이 있었다.

따께오(Ta Keo) 사원은 개인적으로 좋아하는 곳이다. 우선 성수기 때라도 사람이 없어서 좋았다. 경사가 7, 80도나 되는 매우 가파르고 폭이 좁은 계단을 따라 올라간 후, 텅 빈 사원의 그늘에 앉아 탁 트인 평원을 바라보는 맛이 일품이었다.

따께오는 10세기 말에서 11세기 초에 세워지고 시바 신에게 바쳐진 미완성의 사원이다. 미완성의 이유는 아직 밝혀지지 않았지만, 매우 단순하되 힘차고 위풍당당한 느낌을 주었다. 만약 완성되었더라면 매우 인상적인 사원이 되었을 것이라는 평판을 얻은 매력적인 곳이다.

그리고 시엄리업에서 남동쪽으로 15킬로미터(앙코르 유적지에서는 23킬로미터) 떨어진 곳에 롤루오스 그룹(Roluos Group)이라 이름 붙인 초기 유적지가

있다.

거리가 꽤 멀어 거기까지 가자면 운전사들이 웃돈을 요구한다. 특별한 관심이 없는 사람들은 잘 가지 않지만, 초기의 소박한 모습을 간직하고 있어서 앙코르 문명이 어떻게 시작되었는지 알고 싶은 사람에게는 도움이 될 만한 흥미로운 곳이다.

이곳은 9세기 후반부터 10세기 초반(905년)까지 앙코르 왕국의 수도였고 현재는 바꽁(Bakong), 롤레이(Lolei), 쁘레아꼬(Preah Ko) 등의 힌두교 사원들이 남아 있다.

바꽁 사원은 인드라바르만 1세 때인 881년 세워진 시바 신을 위한 사원인데, 현재는 오른쪽에 근래 세워진 불교 사원도 있어 가끔 종교 행사를 벌이고 있었

다. 이 사원 역시 우주의 중심인 메루 산을 형상화한 것으로 나중에 나타나는 본격적인 앙코르 사원의 초기 형태라 할 수 있다. 해자가 주변에 있고 가파른 계단 등 앙코르와트와 비슷한 구조지만, 평지에 동서남북 방향으로 각각 2기의 탑들이 있는 것이 조금 달랐다.

또한 올라오는 계단 코너에 코끼리 조각들이 눈에 띄었다. 앙코르와트나 바욘 사원에서 흔히 보이는 뛰어난 부조들은 볼 수 없지만 단순하고 강건한 느낌이 들어 인상적이었다.

롤레이 사원은 9세기 말에 영토를 크게 확장한 야소바르만 1세가 세운 것으로, 지성소가 따로 없고 탑을 4기 세웠는데 그의 부모와 외할아버지, 외할머니를 위한 탑이라고 한다.

뻬레아꼬 사원은 바꽁 사원과 롤레이 사원 중간에 있는데 시바 신에게 바쳐진 힌두교 사원으로 9세기 후반에 세워졌다. 인드라바르만 1세의 부모와 조상, 그 전 왕인 자야바르만 2세와 왕비의 화장을 위한 사원이기도 했다는데, 그런 목적 때문인지 다른 신들을 모신 사원들과는 달리 지성소가 1개가 아니라 6개나 있다는 것이 특징이었다.

앞줄의 3기는 부계 쪽의 조상을 위한 탑이고, 뒤쪽의 3기는 모계 쪽의 조상을 위한 탑이다. 재미있는 것은 뒤쪽 3기의 탑 중 오른쪽 탑 2기가 붙어 있는데, 아마도 생전에 두 사람이 매우 사랑했기 때문에 그렇게 붙여서 지은 것이 아닐까라고 추측하고 있다고 한다.

이곳을 돌아보고 있으려니 아이들이 놀다가 여행객들을 보고 쫓아왔다. 물건을 팔려는 아이도 있었지만 대부분 순수한 호기심에 몰려들었다.

그 순간, 눈에 익은 글자가 보였다. '○○ 유치원.'

어떤 아이가 입고 있는 셔츠에 그런 한글이 쓰여 있었다. 구호물품인 것 같았다. 누군가 무심코 버린 재활용 헌옷이 바다 건너 여기까지 온 것이다. 그런 옷을 불쌍한 아이들이 입고 있었다.

프 놈 바 켕

앙코르 유적지를 보고 나서 대개 마지막 코스로 잡는 곳이 프놈바켕(Phnom Bakheng)이다. 프놈은 언덕이란 뜻인데, 문자 그대로 프놈바켕 사원은 해발 약 60미터의 언덕 위에 세워진 사원이다. 일몰과 앙코르 유적지의 전경도 함께 보

기 위해 모두 저녁나절에 오르게 된다.

889년에 왕이 된 야소바르만 1세는 이곳에 프놈바켕 사원을 세우고 수도였던 롤루오스(Roluos)에서 이 근처로 도성을 옮겼다고 한다. 도성 건설을 위해 이곳의 돌을 파냈다는데, 현재 도성은 파괴되었고 프놈바켕 사원만 남아 있다.

처음에 이곳에 왔을 때는 저녁나절이었고 사람들은 대개 걸어서 올라갔다. 그러나 몇 년 뒤에 와보니 코끼리들을 타고 산으로 올라가는 단체 관광객들도 보였다.

나는 계단을 걸어 올라갔다. 꽤 힘이 들었다. 드디어 정상에 오르니 시야가 확 트이면서 밑으로 밀림 속에 펼쳐진 앙코르 유적지 전경이 드러났다. 푸른 나무들로 뒤덮인 벌판 속에서 앙코르와트의 5기의 탑이 어렴풋이 보였다.

〈표 18〉 프놈바켕 사원

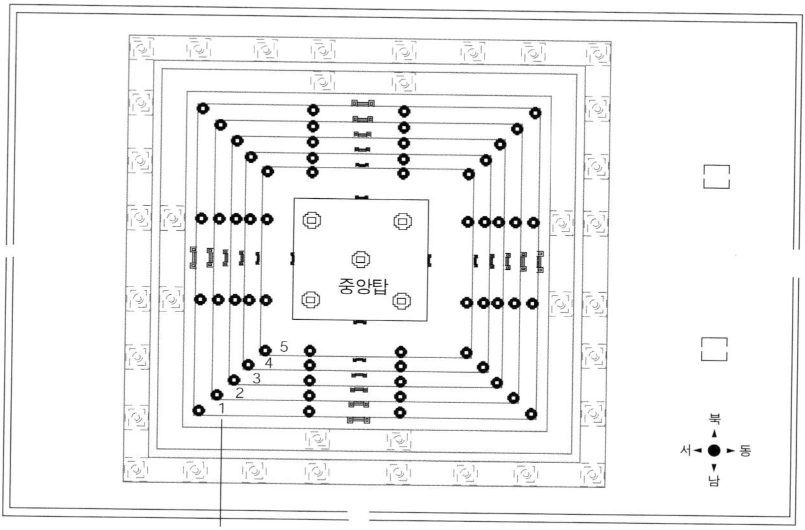

정상에는 5기의 작은 탑들이 중앙탑을 중심으로 배열되어 있으며,
그 아래 단마다 12기씩의 탑이 있다(황도십이궁을 상징).

이곳은 많이 유실되었지만 여느 사원에 비해 특징이 뚜렷했다.〈표 18〉 중앙에 5기의 탑이 있는 것은 앙코르와트와 비슷했다. 지성소인 중앙탑이 있고 사방에 4기의 탑이 둘러싸고 있었다. 그런데 중앙탑 밑으로 사방으로 계단이 난 다섯 층이 있고 층마다 벽돌로 쌓은 작은 탑이 12기씩 주욱 늘어서 있었다. 12라는 숫자는 해가 지나는 길, 즉 황도대에 있는 12개의 별자리를 의미한다.

그리고 지금은 많이 사라졌지만 프놈바켕에는 총 108기의 탑이 있었다고 한다. 앙코르와트 등의 사원의 수치 속에 숨어 있던 신비의 숫자 108이 여기서도 나타나는 것이다. 앙코르와트 사원에서 살펴본 것처럼 108은 많은 의미와 상징을 갖고 있는데, 여기서는 아마도 앙코르인들이 음력으로 계산한 한 달의 날수 27의 4배수를 상징하는 것으로 추정한다. 즉, 108탑은 달의 기운, 층마다 세운 12탑은 해의 기운을 상징하고, 이것을 주관하고 있는 절대자가 중앙탑에 존재하는 것이다.

이렇게 의미와 상징이 모여 있는 곳에서 그것을 음미하는 사람도 있겠지만, 대부분은 앙코르의 일몰을 감상하기 위해 올라온다. 물론, 해는 서쪽에서 지기 때문에 프놈바켕에서 바라볼 때 대부분의 유적지가 있는 동쪽 벌판을 벌겋게 물들이는 광경을 볼 수는 없지만, 앙코르를 구경하느라 거대한 돌 사이를 하루 종일 걸어다니다, 드넓은 푸른 숲 뒤로 넘어가는 붉은 해를 바라보면 가슴이 탁 트인다. 그리고 문득, 생의 무상함을 느끼게 된다.

약 1천1백 년 전 만들어진 산 위의 사원에 서서, 약 8, 9백 년 전에 만들어진 사원들을 내려다본다. 저 위대한 사원들을 만든 사람들은 어디론가 사라졌다. 하지만 거대한 상징과 의미로 가득찬 돌들은 1천 년 후에도, 2천 년 후에도 남아 있을 것이다. 물론 지구의 격변기가 오면 저것들도 다 흙 속에 파묻힐지도 모른다. 모든 것이 무상하다.

10억 년 전이나, 1만 년 전이나, 1천 년 전이나, 늘 같은 모습으로 지는 태양이 무심하게 하루를 접고 있었다. 그 광경이 아름다웠다. 그래서 앙코르 사람들은 그토록 모든 건축물에 태양과 달의 흔적을 남겼는지도 모른다.

그러나 프놈바켕에서 내 가슴속에 오랫동안 남은 흔적은 유적지도 아니고 풍경도 아닌 어느 소녀다. 처음 앙코르에 왔을 때다. 우기여서 오후에 비가 한바탕 쏟아졌는데 다행히 일몰 때쯤 개었다. 프놈바켕에 올라가 지는 해를 보기로 했다.

가파른 언덕 위로 서양인 몇 명이 올라가고 있었다. 언덕은 가팔랐으나 곧 끝났다. 언덕을 오르니 평지가 나왔고 다시 계단이 보였다. 그때 갑자기 양동이를 든 여인들이 나에게 달려들며 외쳤다.

"콜라, 콜라."

나는 그들을 무시하고 계단을 향해 걸어갔다.

"비어, 비어."

여인들은 끈질기게 달라붙었다. 내가 계단을 오를 때도 계속 따라왔다. 정상에 오르니 해가 지려면 좀 기다려야 할 것 같았다. 아까 나를 그토록 쫓아오던 음료수 파는 여인들은 이제 서양인들을 쫓아다니고 있었다. 모두 힘겨운 표정을 짓고 있었다. 그러다 방금 새로운 서양 관광객들이 올라오자 다시 그들에게 다가갔다. 사 마시는 사람도 있지만 대부분은 거절했다.

그때 눈에 띄는 아이가 있었다. 어린 소녀였다. 그 아이는 아까 올라온 금발의 사내에게 다가갔는데 바람결에 간간이 '엉, 뒤' 등의 말이 들렸다. 숫자를 나타내는 불어였다. 흥정을 하다가 한참 만에 금발의 사내가 손사래를 치며 화를 냈다. 비싸다는 것 같았다. 소녀는 그래도 웃으면서 물러나지 않고 끈질기게 흥정을 했다. 그러나 금발의 사내가 여전히 사지 않는 것으로 보아 소녀는 값을 깎아주지 않은 모양이었다.

대화는 끊어졌고 적막한 기운이 언덕 위에 감돌기 시작했다. 해는 조금씩 기운을 잃고 가라앉고 있었다. 금발의 사내는 카메라를 만지작거리며 옆에 앉은 금발의 여자와 웃고 떠들었다. 소녀는 옆에 쪼그리고 앉아 그들을 물끄러미 바라보았다.

나는 나지막하게 소녀를 불렀다. 소녀는 못 알아듣다가 세번째에야 내 소리를 알아듣고 반가운 표정을 지으며 다가왔다. 꾀죄죄한 슬리퍼가 털럭거렸다. 분홍

색 옷은 때에 찌들어 있었고 얼굴이 가무잡잡했으며 쌍꺼풀 진 큰 눈이 처량해 보였다.

"이거 다 일 달러에 팔래?"

내가 양동이를 들며 묻자 아이는 깜짝 놀라다 이내 까르르 웃었다.

"주 도루(10달러)."

소녀는 내가 일본인인 줄 알았는지 일본어로 말했다.

"주 도루?"

"하이, 주 도루."

"난, 일본 사람이 아니니까 영어로 해."

"그래요?"

소녀는 이번에는 영어로 말했다.

"저 사람들 프랑스 사람이지?"

내가 금발을 가리키며 물었다.

"예."

"너, 영어, 프랑스어, 일본어를 다 할 줄 알어?"

"조금밖에요."

소녀가 수줍다는 듯 웃었다. 아마도 물건 파는 데 필요한 몇 마디만 익혔을 것이다.

"넌 학교 안 다녀?"

"오후 한시에 끝났어요."

"저기 여자가 너의 엄마야?"

"아뇨, 엄마는 아파요."

소녀는 순순히 대답했다.

"너, 매일 와서 이것 파니?"

"예."

소녀는 이것저것 물어보는 나를 호기심 어린 눈초리로 바라보았다. 양동이 안을 들여다보니 물이 반쯤 차 있고 그 속에 미네랄워터 한 병, 콜라 세 캔, 맥주 한 캔이 들어 있었다.

"이 타이거 비어는 얼마야?"

"이 달러입니다."

시내 식당의 두 배 정도 가격이었다.

"이 콜라는?"

"일 달러요."

식당에서는 1천8백 리엘(60센트)이었으니 1천2백 리엘(40센트) 정도를 더 받는 것이었다.

"비싸구나?"

비싸다는 생각은 들지 않았지만 짐짓 물어보았다.

"그렇지 않아요……."

소녀는 뭔가 더 설명하고 싶은 듯했으나 단어가 생각나지 않는지 난처한 표정을 지었다.

"너 매일 여기서 일하니?"

소녀가 고개를 끄덕였다.

"너 몇 살이니?"

"열 살이요."

아…… 열 살, 열 살.

내 어린 여자 조카가 아홉 살인데, 한두 살 더 먹은 애가 아픈 엄마를 위해, 아니 생계를 위해 학교가 끝나면 이렇게 양동이를 들고, 금발과 흑발 사이를 돌아다니며 애걸하고 놀림을 받아가며 콜라와 맥주를 팔고 있었다.

소녀는 나에게 콜라를 팔려는 생각을 잊기라도 한 듯 물끄러미 나를 바라보았다. 맑고 순진한 눈빛이었다. 그 눈빛을 담고 싶어 사진을 찍었다. 그리고 콜라 한 캔과 맥주 한 캔을 샀다. 소녀는 기쁜 듯 활짝 웃었다. 돌아선 소녀는 이제 얼마 안 남은 떨이를 팔려고 방금 올라온 서양 사람들을 향해 뛰어가기 시작했다.

그 소녀의 뒷모습을 한참 동안 바라보고 있자니 가슴이 아파왔다. 정글 너머로 해가 서서히 몸을 숨겼고 희미한 붉은 노을이 슬프게 피어올랐다.

콜라 파는 여인들과 소녀들은 아까와는 다른 서양인들 앞에서 양동이를 든 채 웃고 있었다. 관광객들은 열심히 사진을 찍었고 두 여인과 한 소녀는 크게 웃었지만 어딘지 어색하게 들렸다. 그리고 하나라도 더 팔기 위해 그들의 비위를 맞추려는 듯 포즈를 취하는 것 같았다.

갑자기 나도 그 소녀의 사진을 찍었다는 사실에 스스로 화가 나기 시작했다.

그냥 조용히 사 마실 걸…… 소녀는 내 카메라 앞에서 무슨 느낌이 들었을까?

콜라를 판 그들은 희미한 어둠을 헤치고 사원 밑으로 내려가기 시작했다. 물끄러미 그들을 바라보고 있는데 아까의 소녀가 뒤를 돌아보더니 나에게 손을 흔들었다. 그 모습이 가슴속에 깊이 박혀왔다.

뒤늦게 언덕에서 내려오자 모터바이크 운전사가 기다리고 있다가 물었다.

"왜 이렇게 늦게 내려옵니까?"

"…… 해가 늦게 져서요."

엉뚱한 나의 대답에 그는 어이없다는 듯이 웃었다.

모터바이크를 타고 달리는데 얼마 안 가 그 여인들과 소녀가 걸어가는 모습이 보였다.

"저 사람들 프놈바켕에 매일 오나요?"

"누구요?"

"저 콜라와 맥주를 파는 사람들."

"매일 오지요."

"시내보다 비싸던데요?"

"비쌀 수밖에요…… 양동이에 저걸 들고 높은 곳에 올라다녀야지요…… 시내에서 또 실어서 날라야지요…… 또 세금을 내야 합니다."

"세금이라뇨?"

"합법적으로 내는 세금이 있고 비합법적으로 내는 세금이 있지요."

"비합법적이라뇨?"

"왜 있잖아요…… 경찰들에게 주는 것 말입니다."

아, 그랬구나. 그렇게 힘들게 팔았는데 경찰들이 또 돈을 뺐는구나…… 아, 벼룩의 간을 빼먹지.

그리고 금발의 사내에게도 화가 났다. 시내보다 비싼 1달러짜리 콜라를 안 사 마시는 것까지는 좋다. 그건 그의 '자유'니까. 그러나 그걸 파는 사람에게 화를 내진 말아야지. 이 땅을 식민지로 만들고 착취한 그들이 지금 캄보디아에 와서, 그 산에서 파는 1달러짜리 콜라가 비싸다고 화낼 '권리'는 없지 않은가.

물론 서양인들이 다 그런 것은 아니다. 인도주의적 사고방식을 가진 멋진 여행자들도 있으니 인종차별적인 시선을 갖고 싶지는 않았다. 하지만 그런 풍경을 바라보는 것은 참으로 서글픈 일이었다.

2부 앙코르 너머의 캄보디아

SHARP
SHARP

내 가짜 배표를 보고 자기 일처럼 걱정하며 도와주려 했던 숙소의 여주인, 늘 즐거운 웃음으로 손님을 맞던 사장의 음식점 종업원들, 정성스럽게 발마사지를 하던 해맑은 소녀들, 한적한 집에 앉아 지나가는 행인을 고요한 눈빛으로 바라보던 노인…… 나를 행복하게 해주던 사람들은 여전히 많았다. 그리고 관광객을 상대로 악착같이 돈을 버는 이들을 보며 '이제 얼마 안 있으면 절대 빈곤은 벗어나겠구나'라는 생각이 들기도 했다. 악착같음, 그것이야말로 생존하고자 하는 의지가 아닌가, 우리가 그렇게 살아왔고, 이제 이들도 그렇게 살아가고 있다.

시엄리업과 주변지역

똔레삽 호수

앙코르에 온 사람들이 빼놓지 않고 보는 곳이 똔레삽(Tonle Sap) 호수다. 프놈펜에서 배를 타고 온 사람들이라면 굳이 다시 가서 볼 필요가 없겠지만 방콕 쪽에서 육로로 와서 다시 그곳으로 가는 사람들은 일부러 시간을 내어 들러보게 된다.

'똔레삽'은 크메르어로 '신선한 큰물'이라는 뜻으로 건기때와 우기 때의 풍경이 다르다.

캄보디아는 11월부터 1월까지는 건기지만 간간이 비가 오는 시원한 계절이다. 그러나 2월부터 4월까지는 비가 거의 없는 바짝 마른 건기다. 이때는 비 한 방울 내리지 않고 날씨는 덥다. 그래서 호수의 수위가 낮아진다. 이때 호수에 가면 바짝 마른 느낌이 든다. 호수도 별로 넓지 않고 주변 풍경도 삭막하다. 호수 주변에 낡은 오두막집들이 보이는데 빈민촌을 보는 것 같아서 낭만도 별로 없고 삭막하기만 하다.

반면 우기인 5월에서 10월은 인도양에서 불어오는 바람이 엄청난 폭우를 동반한다. 대개 오전에는 오지 않고 오후에 갑자기 한바탕 쏟아붓다가 그치거나 밤새 오는 경우도 있다.

건기 때는 3천 제곱킬로미터 정도인 호수의 규모가 우기 때는 1만 제곱킬로미터에 육박해서 세 배로 넓어진다. 그 이유는 강수량과 강 때문이다.

똔레삽 호수에서 흘러나가는 똔레삽 강은 프놈펜 인근에서 메콩 강과 만나는데 메콩 강은 중국 칭하이 성(青海省)의 고원지대에서 시작되어 티베트를 거쳐 윈난 성(雲南省)을 지나 미얀마, 라오스, 태국, 캄보디아를 통해 베트남으로 가는 길고 긴 강이다. 여름에는 히말라야와 티베트 고원지대의 눈 녹은 물이 이 강으로 흘러들어 강물이 엄청나게 붇는데 우기라 비까지 내리니, 7월에서 10월까지는 메콩 강이 이 엄청난 수량을 감당할 수 없게 된다.

결국 엄청난 메콩 강물은 간신히 내려오다 똔레삽 강과 합쳐지는 부분에서 일부분이 똔레삽 강으로 역류한다. 그 물이 똔레삽 호수를 세 배로 불리고 바다처럼 만드는 것이다. 우기 때 심한 바람에 똔레삽 호숫물이 일렁거리면 배를 타고 가다 뱃멀미를 할 수도 있다.

그러나 호숫가에 살거나 물 위에 사는 수상족들에게 이때의 호수는 풍요롭다. 그물을 던지면 물고기가 그득하게 걸린다. 특히 해뜨기 전의 호수는 그림처럼 아름답다. 허름한 배들이 점점이 떠 있고 얕은 곳에서는 어부들이 허리 높이까지 물에 들어가 그물을 힘차게 던진다. 짙푸른 호숫물에는 파란 하늘이 비치고 그 위에 뜬 고기잡이 배들이 한데 어우러져 한 폭의 풍경화처럼 낭만적으로 보인다.

13세기에 이곳을 방문했던 중국 원나라 사신 주달관도 우기 때는 나무 꼭대기만 보일 정도로 수위가 높아지나, 건기 때는 깊이가 1, 2미터 정도밖에 안 된다고 기록했다.

여러 번 똔레삽 호수를 보았지만, 나는 어떻게 변했을까 궁금해서 2004년 2월에 다시 한번 가보았다. 시내에서 모터바이크를 대절해 갔는데 변한 게 한 가지 있었다. 예전에는 호수에서 보트를 타려면 직접 가서 배 주인과 흥정했는데 이번에는 아예 길목에 경찰들이 지키고 앉아서 입장권을 팔고 있었다.

아니, 호수 들어가는데 입장권이라니?

사실은 입장권이라기보다는 배표였다. 설명인즉, 배 주인들이 예전에 직접 손님들을 상대하다 보니 가격경쟁이 붙어 문제가 생기자 아예 나라에서 통합 관리를 한다는 것이었다. 모터바이크 운전사의 얘기로는 여기서 표를 사서 들어가면 배를 탈 수 있고, 배 주인들은 나중에 여기서 걷은 돈을 공평하게 분배받는다고 했다(물론, 표를 팔고 있는 관리, 혹은 경찰들이 중간에서 뜯겠지만).

그런데 문제가 있었다. 배 하나에 여러 사람이 탈 수 있으므로 네 사람이 가든, 다섯 사람이 가든 20달러짜리 표 한 장만 사면 되지만, 일행이 없는 나는 어쩔 수 없이 배삯을 모두 혼자 지불해야 한다는 것이었다.

나는 이 말을 액면 그대로 믿지는 않았다. 어쩌면 요금은 10달러 정도이고, 나머지 돈을 모터바이크 운전사와 관리들이 나누어먹을지도 모른다는 생각도 들었다. 그러나 그냥 따르기로 했다. 예전 같으면 항의하든, 타협하든 깎아서 들어갔겠지만 이제는 귀찮았다. 그런 일에 '에너지'를 낭비하고 싶지 않았다.

그렇게 해서 나는 똔레삽 호수에 '입장'할 수 있었다. 부두에 가니 사람들은 나를 어느 배에 태웠고 소년이 올라탔다. 십대 중반의 소년은 자신을 '보이'로 불러달라고 했는데 인상이 좋았다.

프놈펜에서 똔레삽 호수를 거쳐 시엄리업으로 가는 배

보이는 수로를 따라 호수 한가운데로 나가기 시작했다. 그런데 코끝에 아주 고약한 냄새가 스쳤다. 생선 젓갈 썩는 냄새였다.

캄보디아나 베트남에서 식생활에 없어서는 안 될 것이 피시 소스(Fish Sauce), 즉 젓갈이다. 그들은 이 짭짤한 젓갈을 찍어 먹기도 하고 밥에 비벼 먹기도 한다. 우기 때 물이 불었다가 빠져나간 후에 물고기들이 엄청나게 잡히면 그것으로 생선 젓갈을 많이 담근다는데, 바로 내가 갔던 2월이 그 시기였다. 시골 농가에 가면 메주 띄우는 냄새가 풍기듯이, 똔레삽 호수 주변은 젓갈 곰삭는 냄새로 뒤덮여 있었다.

냄새는 넓은 호수 한가운데로 나오자 사라졌다. 보이는 나를 베트남인 수상가

옥, 한국에서 기증했다는 수상학교, 병원, 경찰서 등으로 데리고 다니며 구경시켰다. 그리고 호수 한가운데 뜬 수상 상점으로 데려갔다.

여기서는 식사를 하거나 차를 마실 수 있었는데 보이와 나는 새우 한 접시를 먹기로 했다. 한 접시에 1달러였는데 접시에 아주 작은 익힌 새우가 담겨 나왔다. 새우를 같이 까 먹으며 이런저런 얘기를 나누었다. 보이의 아버지는 프놈펜에 살고 자기는 시엄리업에서 어머니, 누나와 함께 살고 있다고 했다. 그가 이 부두에서 일하고 받는 한 달 월급은 15달러. 그래도 늘 밝은 웃음을 잃지 않는 듯했다.

계단을 따라 2층으로 올라가니 바다처럼 펼쳐진 똔레삽 호수가 한눈에 들어왔다. 태양은 서서히 서녘 하늘로 기울어지는데 구름이 끼어 좋은 일몰은 보지 못할 것 같았다.

보이가 한쪽을 가리키며 말했다.

"저기가 밧땀방이에요. 우리는 원래 거기서 살았어요. 저쪽을 볼 때마다 여자친구가 생각납니다."

"보고 싶겠군."

"예…… 나는 여자친구가 두 명입니다."

보이는 자랑스러운 듯 말했다.

"뭐라, 두 명? 플레이보이 아냐?"

보이는 크게 웃음을 터뜨렸다.

밑을 내려다보는데…… 어, 저게 뭔가? 웬 남자아이가 큰 대야를 타고 우리 주변을 왔다갔다하는 게 아닌가. 아니, 저러다 빠지면 어쩌려고. 하지만 아이는 무심하게 손으로 호숫물을 가르며 우리 주변을 떠다녔다. 저녁 바람에 파도가 쳐서 울렁울렁하는 그 호수 위를. 기가 막혔다.

"재는 베트남 애예요. 저쪽에 가면 베트남 사람들이 모여 사는 수상가옥이 있는데, 저러면서 노는 거에요. 가끔 관광객들이 돈이나 볼펜 좀 주지 않을까 바라면서."

"위험하지 않나?"

"글쎄요. 호숫물이 그렇게 깊지는 않지만 그래도 위험하겠지요. 하지만 뭐, 대야가 있으니까."

아이는 대야를 타고 드넓은 호수 위를 둥둥 떠다니고 해는 구름 속에 가려 서서히 가라앉고 있었다. 호수 위에 집이 있고 학교가 있으며 주유소도 있다. 그리고 저렇게 대야를 타고 노는 아이도 있다. 무심한 호수 위에서 사람들의 삶은 끈질기게 이어지고 있었다.

모든 것은 변한다

소박하고 한적했던 앙코르 유적지 근처의 삶은 7년 사이에 급격하게 변해갔다. 숙박업소가 크게 늘어났고 한국인이 운영하는 게스트 하우스들도 생겨났다. 예전에 한국인은 드물었는데 이제 시엄리업은 한국 여행자들로 넘쳐나고 있었다. 음식점과 술집도 많아졌고 중심지에는 마사지 업소까지 늘어서 있었다. 들어가보니 퇴폐적인 곳은 아니었다. 공개된 장소에서 해주는 7달러짜리 발마사지는 여행의 피로를 풀기에 좋았다.

발마사지를 받으며 이런저런 생각이 들었다. 우리의 예전 모습이 이랬겠지. 서양인, 일본인들 앞에서 한푼이라도 더 벌려고 애쓰던 여인들. 가난했던 시절, 이렇게 돈 벌어서 시골에 있는 부모에게 돈을 보내고, 남동생 학비를 대었을 것이다.

돈이 없어서 공부를 조금밖에 못 한다면서 포장마차에서 불을 밝힌 채 공부하던 예전의 그 소녀는 어찌 되었을까? 7년 전의 일이다. 그 아이도 이런 데서 일하고 있을까? 그런 생각을 하며 내 발을 주무르는 소녀의 맑은 눈빛을 보니 영

마음이 불편했다. 내가 이들에게 마사지를 받는 것이 이들에게 조금이라도 도움이 되는 것이 아닐까라는 생각도 들었지만 그래도 여전히 마음은 편치 않았다.

마티니 클럽은 더욱 격세지감이었다. 이미 나의 첫 방문 후 1년이 지난 1998년에도 클럽 입구에서 늘씬한 베트남 처녀가 내게 다가와 같이 들어가자고 팔짱을 끼는 바람에 놀란 적이 있다. 가까스로 거절하고 안으로 들어가니 무대에는 몸에 착 달라붙는 야한 옷차림의 여인들이 춤을 추고 있었다. 업소에 고용된 여자들 같았다. 그리고 여자 매니저가 와서 여자를 앉혀라, 데리고 놀아라 하며 성가시게 했다. 1년 사이에 이렇게 변한 것일까, 아니면 처음에 왔을 때도 그랬는데 내가 몰랐던 것일까?

2004년에는 어떻게 변했을까라는 호기심을 안고 갔다가 입구에서 그냥 발길을 돌렸다. 완전히 외국인을 상대하는 여인들로 가득 찬, 컴컴한 '바'처럼 변해버린 것이다.

유흥업소만 변한 것은 아니었다. 숙소에서 하루 종일 나를 태우고 모터바이크를 운전해주었던 매우 선량해 보이는 운전사는 여러 가지 명목으로 조금씩 돈을 '삥땅' 치려 했고, 프놈펜행 배표를 사는 데에서는 내 뒤에 서서 매표소 직원에게 비수기 때면 23달러 정도면 가능한 표를 25달러에 팔라고 열심히 손짓을 하며 신호를 보냈다. 나는 매표소 직원의 당황한 눈빛과 표정을 보고 뒤에서 그가 무슨 짓을 하는지 금방 간파할 수 있었다.

결국 여기서 표를 안 사고 길거리에서 좀더 싸게 판다는 여행사를 찾아갔는데 그곳의 젊은 주인은 영어도 잘했고 매우 선량해 보였다. 그러나 다음날 아침이 되자 나를 부두까지 픽업해줄 차가 오질 않았다. 나중에 알고 보니 이 친구는 운행하지도 않은 옛날 배표를 팔았던 것이다.

이쯤 되면 여행자들은 십중팔구 허겁지겁 표를 들고 차로 30분쯤 떨어진 거리에 있는 부두까지 갈 것이고, 그곳에서 가짜 표라는 것을 알게 된 이들은 잠시 부들부들 떨다가, 할 수 없이 새 표를 사서 프놈펜까지 갈 확률이 높았다. 결국 여행사의 젊은 주인은 그렇게 되리라는 것을 뻔히 알면서도 고의로 그런 가짜 표를 판 것이 틀림없었다.

나는 배를 포기하고 여행사 문이 열리기를 기다렸다. 잠시 후 여행사를 찾아가니 마침 한 젊은이가 청소를 하고 있었다. 표를 들이밀며 얘기하자 2층에서 자고 있는 주인에게 갔다 오더니 돈을 들고 나와 건네주었다. 괘씸한 주인 녀석

을 요절을 내줄까 하다가 그냥 돌아섰다. 결국 배를 포기하고 근처의 여행사 앞에서 곧 떠나는 버스를 타고 프놈펜으로 올 수 있었다.

시엄리업이 이렇게 변한 것이다. 앞으로도 더 변할 것이다. 가슴 아픈 일이다. 그들만의 탓도 아니다. 돈냄새를 풍기며 몰려드는 여행자들 때문에 그렇게 변질되는 것이다. 돈냄새가 사람을 환장하게 만드는 것이다. 캄보디아만 그런 게 아니라 베트남은 훨씬 더하고, 그 선량하던 라오스도 몇 년 사이에 급격하게 맛이 가고 있다는 소문이 들려오고 있다.

그래서 가난한 나라를 여행할 때면 나는 늘 거지처럼 여행했다. 돈냄새를 풍기지 않으니 거지 같은 나를 인간으로 대접해주는 이들이 많았었다. 그런데 이제 시엄리업은 그런 것이 통하지 않을 것 같았다.

이제 지구촌은 하나가 되어간다. 이렇게 위대한 유적지에 수많은 여행자가 몰리는 것을 어떻게 막을 수 있겠는가. 그들이 풍기는 돈냄새의 유혹을 현지인들이 극복하기란 그리 쉬운 일은 아닐 것이다.

그러나 여전히 희망은 있었다. 내 가짜 배표를 보고 자기 일처럼 걱정하며 도와주려 했던 숙소의 여주인, 늘 즐거운 웃음으로 손님을 맞던 시장의 음식점 종업원들, 정성스럽게 발마사지를 하던 해맑은 소녀들, 한적한 집에 앉아 지나가는 행인을 고요한 눈빛으로 바라보던 노인…… 나를 행복하게 해주던 사람들은 여전히 많았다. 그리고 관광객을 상대로 악착같이 돈을 버는 이들을 보며 '이제 얼마 안 있으면 절대 빈곤은 벗어나겠구나'라는 생각이 들기도 했다.

악착같음. 그것이야말로 생존하고자 하는 의지가 아닌가. 우리가 그렇게 살아왔고, 이제 이들도 그렇게 살아가고 있다.

여행을 처음 떠났거나 초기에 몇 년 정도 할 때는 즐겁고 행복하다. 그러나 계속 정착하지 않고 여행하는 삶, 뭔가를 찾아 떠도는 삶은 그리 즐겁지만은 않다. 학창시절이라면 몰라도 자신의 삶을 자기가 책임져야 하는 상황이 오면, 그때는 '돈'이 목을 죄기 시작하고, 여행과 자유가 삶 속에서 자꾸 등을 돌리려고 한다. 내 경우에는 여행이 힘든 게 아니라 그것과의 싸움이 힘들었다.

꼼뽕짬과 끄라쩨

몽롱한 도시

프놈펜에서 북서쪽으로 120킬로미터 떨어진 곳에 캄보디아 제3의 도시 꼼뽕짬(Kompong Cham)이 있다. 내가 이곳에 간 이유는 끄라쩨(Kratie)라는 도시를 가기 위해서였다.

프놈펜의 중앙시장 부근에서 표를 샀는데 버스는 그곳에서 떠나지 않았다. 일단 조그만 미니버스에 타고 나가, 10분 거리에 서 있던 큰 버스로 갈아탔다. 버스는 나름대로 괜찮았다. 그러나 티켓의 좌석이 중복으로 발행되어 혼란이 생겼다. 나만 그런 게 아니라 몇 사람이 그랬다. 그러나 아무도 항의하지 않고 실실 웃기만 했다. 결국 플라스틱 의자 몇 개를 더 갖다놓고 통로에 앉아 가는 것으로 결말이 났다.

꼼뽕짬으로 가는 7번 국도는 캄보디아에서 가장 좋다는 길이었는데 보통 아스팔트 길이었다. 이런 평범한 길이 가장 좋다니 다른 도로는 거의 다 비포장도로라는 애기였다.

한 시간 반쯤 가다 잠시 쉬는데 길거리에서 웬 여인이 쟁반에 시커먼 것을 담아들고 팔고 있었다. 가까이 가서 보니 거미였다. 거미치고는 엄청나게 커서 마치 게처럼 보였다. 맛이 어떨까 궁금해 조금 샀다. 다리를 떼어내고 씹어보니 양념 맛과 하얀 다리살이 섞여 고소하고 달착지근했다. 이걸 보고 징그럽다고 생각할 사람도 있겠지만 음식이란 게 익숙해지면 뭐든 괜찮은 법이다. 서양인들은 내가 어릴 적에 좋아하던 번데기를 보고 얼마나 질겁을 하는가.

캄보디아인들이 거미를 먹게 된 데에는 슬픈 사연이 숨어 있다. 폴 포트의 치하에서 기아에 시달리던 사람들은 참다못해 생존을 위해 거미라도 먹어야 했고 그렇게 생겨난 것이 거미요리였다. 집안에 기어다니던 거미들을 잡아서 양념을 치고 볶아서 먹기 시작했는데, 그게 지금까지 남아서 사람들에게도 간식으로 팔리고 있는 것이다.

그런 길을 세 시간 정도 달린 후에야 꼼뽕짬에 도착할 수 있었다. 메콩 강변에

있는 메콩 호텔이란 곳에 짐을 풀었는데 숙박비는 5달러로 싼 편이었다. 이보다 더 싼 곳도 있겠지만, 5달러의 호사를 부려보기로 했다. 괜찮은 호텔은 아니었는데 이상한 것은 가이드북에서도 언급한 것처럼, 복도가 엄청나게 넓어서 축구를 해도 될 만했다. 왜 이렇게 만들었을까? 아무리 생각해도 이해가 되지 않았지만 내가 낯선 곳에 와 있다는 즐거움을 주는 넓디넓은 복도였다.

꼼뽕짬은 캄보디아에서 셋째로 큰 도시라지만 한나절이면 걸어서 다 둘러볼 수 있을 만큼 작았다.

본격적인 건기가 시작되는 2월 초의 날씨는 뜨거웠고 자꾸 졸음이 왔다. 온 도시에 몽롱한 기운이 감돌고 있었다. 건물도, 사람들도, 짐승도 모두 꼬박꼬박 졸고 있는 한낮의 분위기였다. 주변에 불교 사원과 파고다가 있다지만 나는 별로 구경하고 싶지 않았다. 식당에서 새우볶음밥에 앙코르 비어를 마신 후, 낮잠을 잤다. 깨어보니 밤 8시였다. 밖으로 나와 메콩 강변의 노천 식당에서 볶은라면을 먹었다.

날씨는 여전히 더웠지만 그래도 메콩 강에서 불어온 바람 덕에 조금은 시원했다. 조용했다. 사람도 별로 없고 메콩 강은 죽은 듯이 흘러가고 있었다.

이 조용한 도시가 캄보디아 제3의 도시라니…….

이곳은 강과 육로의 중간에 위치하는 도시다. 프놈펜에서 이어진 좋은 길은 끝나고 좋지 않은 길이 끄라쩨까지 뻗지만, 여기서부터 끄라쩨까지는 메콩 강을 거슬러 올라가는 배를 타고 갈 수 있다. 그래서 라오스 혹은 베트남을 오가는 여행자들이 꼼뽕짬을 거쳐간다.

이런 지리적 조건으로 전시에는 전략적 요충지인 동시에 갈등의 현장이기도 했다. 베트남전이 한창일 때, 오히려 아군인 공산 크메르루주군과 북베트남군 사이에서 갈등이 빚어진 것이다.

그 당시 크메르루주를 지원해주던 북베트남군은 우월한 위치에서 영향력을 행사했다. 그러자 크메르루주의 지원하에 꼼뽕짬 마을 사람들은 1972년 여름, 반베트남 시위를 일으켰다. 해묵은 민족 간의 감정은 이데올로기보다도 더 강했다. 1970년 3월에도, 론놀 정권이 시아누크를 축출하자 이곳에서 반 론놀, 친 시아누크 시위가 일어났었다. 이렇게 조용한 도시에서도 정치 바람이 불면 사람들은 달라지는 것이다.

저녁을 먹고 골목길을 돌아보았다. 높은 건물은 없었고 2,3층짜리 건물 아래층에 가게들이 들어서 있었는데, 의자들이 모두 TV를 향해 돌려져 있었다. 사람들이 모여앉아 TV를 보고 있는 풍경이 우리의 1960~70년대의 모습과 많이 닮아 있었다. 그 시절에는 TV가 있는 집으로 사람들이 몰려가 마당에 앉아 이웃들과 함께 보곤 했는데, 이곳은 가게를 중심으로 그런 광경이 연출되었다.

이렇게 조용한 도시에서 흥겨운 곳이 한 군데 있었다. 'Mekong Crossing'이라는 간판을 내건 술집으로 그곳에서는 계속 팝송이 흘러나왔고 몇몇 서양 손님들만 있었다. 그외에도 술집이 여럿 있다는데 그다지 티가 안 나는 매우 한적한 분위기였다.

그런데 밤이 되자 분위기가 완전히 바뀌었다. 그날이 토요일이었는데 밤 늦은 시간부터 가라오케에서 노래 부르는 소리가 들려오기 시작했다. 맺힌 한을 풀기라도 하듯이 하염없이 이어지던 노랫소리는 새벽 2시나 되어서 끝이 났다.

잠 못 자며 침대에서 뒹굴던 시간이 악몽 같았다.

메콩 강의 여행자들

아침 7시 30분, 배는 꼼뽕짬에서 메콩 강을 거슬러 올라가기 시작했다. 하늘에 구름이 잔뜩 껴서 햇볕은 약했고 선선한 기운이 강을 감싸고 있었다.

배에는 갑판이 없었지만 많은 사람이 배 지붕 위로 기어 올라갔다. 나도 지붕 위에 올라가 흘러가는 메콩 강의 풍경을 바라보았다.

인도차이나의 젖줄이자 어머니 같은 메콩 강은 평화로웠다. 강변에서 물소를 목욕시키는 이가 보였고 낚싯배도 간간이 보였다. 조금 더 가니 야자나무 숲들이 강변에 펼쳐졌다.

물론, 지금 가고 있는 이 강에서 그런 전투가 벌어진 것은 아니었지만, 베트남과 동부 캄보디아의 메콩 강변은 미군의 폭탄이 엄청나게 많이 떨어진 현장이었다.

승객은 대부분 캄보디아 사람들이고 대여섯 명의 서양 여행자들도 있었다. 옆에 앉은 서양 여인이 자기가 먹던 '리치'라는 과일을 나눠주었다. 붉은 껍질을 벗기면 하얀 속살이 나오는데 매우 달콤한 과일이었다. 고마웠다. 알고 보니 네덜란드 사람이었다. 그전부터 느낀 것이지만 네덜란드에 갔을 때나 여행중에 만난 네덜란드 사람들은 매우 우호적으로 스스럼없이 사귈 수 있는 분위기였다. 이내 말문이 트여 얘기를 나누었다. 40대 초반 정도 되어 보였다.

"어디 가요?"

"끄라쩨요. 당신은?"

"우리는 라오스로 가는 길이에요. 메콩 강 따라 계속 거슬러 올라가지요."

반바지 차림에 머리가 헝클어진 그녀의 남편은 영국인이라는데, 피곤한 기색으로 옆에 앉아서 강을 바라보고 있었다. 가만히 보니 여인도 그리 밝은 표정은 아니었다. 1개월 휴가를 얻어 인도차이나를 여행하고 있다고 했다.

그동안 여행했던 얘기를 나누다 인도 얘기가 나왔다.

"아, 인도 좋지요."

그녀는 한때 인도에서 살기도 했다고 말했다. 여행을 꽤 많이 한 듯했는데, 그녀와 내가 이런저런 얘기를 나누는 동안에도 남편은 계속 침묵을 지키고 있었다. 그렇다고 자기 부인과 얘기를 계속 나누는 나에게 불쾌한 표정을 짓는 것도 아니고 그냥 뭔가 수심에 젖어 있었다.

"내 남편은 아이를 원치 않아요. 나도 원치 않고요. 그러나 우리집은 대가족이에요. 크리스마스 날 모이면 정신이 없지요…… 당신 아내는 어디 있어요?"

"집에요."

"왜 여행을 같이 하지 않아요?"

"아, 종종 같이 했어요. 이번엔 바빠서…… 그리고 가끔 떨어져 있는 것도 좋잖아요?"

그러자 여자는 남자가 너무 좋아하고 달려들면 오히려 싫어한다는 여자의 심리를 귀띔해주며 확실히 여자는 금성에서 왔고, 남자는 화성에서 온 것이 틀림없다는 얘기도 덧붙였다. 옆에서 듣던 남자는 피식 웃을 뿐 역시 아무 말도 하지 않았다.

얘기를 나누던 중 도넛을 파는 캄보디아 여인이 와서 달라는 소리도 안했는데 덜컥 한 봉지를 들이밀었다. 엉겁결에 얼마냐고 물었다.

"천 리엘!"

"오백 리엘어치만 줘요."

그러자 여인은 눈을 흘기며 화를 냈다. 기가 막혔다. 산다는 말도 하지 않았는데 안겨놓고는…… 그 기세에 눌려 한 봉지를 다 사주었다. 내가 말했다.

"캄보디아에서 저런 사람 처음 보네요. 캄보디아 어때요?"

"사람들이 참 온순해요. 베트남 사람들에 비하면……."

그런 얘기를 나누는 가운데 배는 서서히 끄라쩨에 다가가고 있었다. 그런데 왠지 모르게 이들이 안되어 보였다. 글쎄, 사연은 모르겠지만 남편은 침묵으로 일관했고 여인의 얼굴에도 수심이 끼어 있었다. 무슨 사연이 있을까? 아이가 없어서 그러나? 권태기? 혹은 여행을 너무 오래 해서?

여행을 처음 떠났거나 초기에 몇 년 정도 할 때는 즐겁고 행복하다. 그러나 계속 정착하지 않고 여행하는 삶, 뭔가를 찾아 떠도는 삶은 그리 즐겁지만은 않다.

학창시절이라면 몰라도 자신의 삶을 자기가 책임져야 하는 상황이 오면, 그때는 '돈'이 목을 죄기 시작하고, 여행과 자유가 삶 속에서 자꾸 등을 돌리려고 한다. 내 경우에는 여행이 힘든 게 아니라 그것과의 싸움이 힘들었다.

이들도 그런 것일까? 무슨 이유가 있겠지만 물을 수는 없었다. 내가 먼저 인사했다.

"여행 잘 하세요."

"네, 당신도."

그들의 뒷모습이 쓸쓸해서 공연히 나도 우울해졌다.

민물 돌고래

끄라쩨에 온 것은 민물 돌고래를 보기 위해서였다. 많은 이가 그런 목적으로 오는지, 도착하자마자 모터사이클 운전사들이 달라붙었다. 선착장에서 계단을 올라와 메콩 강변에 있는 호텔까지 걸어오는데 모두 '돌펀(돌고래)'을 외쳐댔다.

'아, 빨리 돌고래를 봐야지 내가 자유롭겠구나.'

나의 마음은 그렇게 급했지만, 우선 점심을 먹고 시내를 한번 돌아보았다. 끄라쩨도 조그만 마을이었는데 꼼뽕짬보다 훨씬 더 활기찼다. 관광객들이 종종 와서 그런지 그들을 향해 접근하는 이들도 몇몇 있었고 현지인들도 더 바빠 보였다. 그리고 중심지에는 입장료를 내고 들어가면 비디오를 틀어주는 곳도 보였는데 극장 역할을 하는 것 같았다.

점심을 먹고 나서 모터바이크 운전사와 흥정을 한 후, 돌고래를 보기 위해 15킬로미터 떨어진 깜뻬(Kampi)란 곳으로 향했다. 모터바이크 운전사는 영어를 잘 못했지만 중간에 불교 사원에 안 가느냐고 물었다. 다들 그곳에 들렀다 간다는 얘기였지만 별로 관심 없던 나는 곧바로 깜뻬로 향했다.

깜뻬에 도착하니 사람이 별로 없었다. 입장권을 파는 사람이, 한 사람이 타든 두 사람이 타든 한 시간에 2달러를 내라고 했다. 마침 도쿄에서 왔다는 일본 학생이 있어서 같이 타기로 했다.

뱃사공은 조금 이상한 친구였다. 열여덟 살이라는데 겉보기에는 열서너 살 정도밖에 안 되어 보였고 굵고 쉰 목소리는 사오십대 중년 같았다.

소년 뱃사공은 잔잔한 메콩 강을 노를 저으며 나아갔다.

"돌고래는 갑자기 올라와요. 잘 보세요."

잔뜩 긴장한 채 강을 돌아보는데 갑자기 저만치서 둥근 등이 쑤욱 올라왔다 내려갔다. 돌고래였다. 일본 남학생은 연신 카메라를 눌러대며 흥분했다. 하지만 나는 조금 실망했다. 나는 강으로 나가면 돌고래들이 이쪽저쪽에서 마구 솟구칠 거라고 상상했던 것이다.

한동안 적막이 흘렀다. 소년은 천천히 한 곳을 맴돌며 시간을 보냈지만 돌고래는 나올 기미가 보이지 않았다. 그러다 갑자기 불쑥 저만치서 돌고래가 나왔다가 들어갔다. 돌고래는 종종 그렇게 나와서 우리를 잠시 즐겁게 해주었다.

"우기 때 돌고래들이 더 많이 보여요. 그때는 뱃삯도 올라서 삼 달러를 받아요."

노인 같은 소년 뱃사공은 그렇게 천천히 말했다.

메콩 강에 사는 민물 돌고래는 약 150마리 정도라고 한다. 이곳 말고 인도의 바라나시에 가도 운이 좋으면 갠지스 강에 사는 돌고래를 볼 수 있다.

계속 한 군데서 맴돌던 소년 뱃사공은 슬며시 눈치를 보며 우리에게 말을 붙였다.

"저기 물이 콸콸 흐르는 곳에 안 가볼래요?"

가리키는 쪽을 바라보니 바위가 있어 물살이 부딪치면서 퀄퀄 소리를 내는 곳이 있었다.

"새해가 되면 저기에 많은 캄보디아인이 와서 목욕을 하고 놀아요."

"그럼 가볼까?"

"그런데 일인당 일 달러씩 더 내야 해요."

소년은 매우 영악했다. 부드럽게 말하면서도 돈 버는 방법을 알고 있었다. 우리는 쉽게 합의를 해주었다.

"영어는 어디서 배웠니, 관광객에게?"

실제로 소년은 영어를 잘했고 발음이 영국식이었다.

"아뇨, 우리 늙은 선생한테서 배웠어요."

소년은 천천히 어른스럽게 말했는데, '늙은'이란 말을 강조해서 웃음이 나왔다.

"이곳에 관광객이 종종 오나?"

"예. 예전보다 늘고 있어요…… 우리는 가난한데 관광객은 돈이 많지요."

그 말을 듣는 순간, 가슴이 조금 뜨끔했다.

결국 여기도 점점 그렇게 되어가는 것이다. 확실히 이곳은 꼼뽕짬보다 좋게 말해서 활기가 넘쳤고, 나쁘게 말해서 관광객을 상대하는 사람들의 적극성, 활발함이 피부에 와 닿는 곳이었다.

그곳에 가보니 바위가 튀어나온 곳으로 별것 아니었다. 그래도 우리는 배를 잠시 세워두고 바지를 걷은 채 들어가서 놀았다. 좀 싱겁기는 했지만 시원해서

좋았다. 놀다가 다시 선착장으로 오는 길에 돌고래를 두어 마리 더 보았다.

조용한 돌고래 투어를 마친 후 끄라쩨로 돌아오는 길에 나의 모터사이클 운전사는 서툰 영어로 물었다.

"당신, 붐붐하러 안 갈래요?"

아, 여기도 그런 게 있나. 붐붐이라면 섹스를 말한다.

"나는 베트남 사람 '우읍'입니다. 우리 베트남 사람 사는 데 가면 붐붐할 수 있어요."

그가 나에게 이런 권유를 하는 것은 그것으로 어떤 커미션을 챙길 수 있기 때문일 것이다. 내가 '붐붐'의 실태를 조사해서 '보고서'를 제출하는 임무를 띠고 왔다면 모를까, 그곳에 갈 이유는 없었다.

끄라쩨는 전쟁 당시, 캄보디아에서 크메르루주군이 가장 먼저 '해방'시킨 도시라고 한다. 하지만 사실은 북베트남군이 이곳에 먼저 들어왔다고 한다. 전쟁 당시, 북베트남군은 무기와 식량을 뗏목에 실어 라오스 남부 지역의 메콩 강 지류를 따라 내려온 다음, 트럭이나 우마차 등을 이용해 끄라쩨까지 운반했다고 한다. 여기 모인 물자는 밤을 틈타 메콩 델타 지역 등의 베트콩에게 전달된 것이다. 그러다 보니 전통적으로 베트남인들의 입김이 세어졌고 갈등도 있었는데 지금 친베트남 정권이 들어섰으니 문제는 없는 것 같았다. 어쨌든 그런 끄라쩨가 이젠 라오스, 베트남으로 들어가는 여행자들의 길목이 되었고, 거기엔 돈과 붐붐이 굴러다니고 있었다.

호텔에 들어와 이른 저녁을 먹는데 웬 일본 중년 사내가 다가와 아는 체를 했다. 그러다 내가 한국인이라는 것을 알고 깜짝 놀랐다.

"아, 나는 당신이 일본 사람인 줄 알았어요. 콧수염을 길러서."

거기까지는 좋았다. 그런데 다음 이어지는 말이 조금 기가 막혔다.

"하긴, 요즘 한국 가보니 콧수염 기른 사람들이 종종 보이더군요. 좋은 현상입니다."

좋은 현상이라니…… 내 비록 콧수염을 기르고 있지만, 그럼 안 기른 사람들은 나쁜 현상 속에 있단 말인가. 한국의 획일적인 성향이 이제 다양화되었다는 것을 말하는 것이겠지만 그걸 한국인인 내 앞에서 이러쿵저러쿵 말하는 것이 기분 나빴다. 예전 같으면 나도 은근히 일본을 비꼬는 얘기를 해주었겠지만 지금은 그런 부정적인 데 에너지를 쓰고 싶지 않았다.

그는 주한미군 얘기, 오키나와 얘기, 북한 얘기를 늘어놓으며 자꾸 대화하고 싶어했다. 그러나 나는 적당히 피하다 다른 쪽으로 화제를 돌렸다.

"캄보디아 사람들, 어떻게 생각해요?

"캄보디아인도 여러 종류지요. 중국계, 베트남계 그리고 해외 교포 출신 캄보디아인…… 그러니까, 뭐라 한마디로…… 글쎄요. 순박하다고들 하는데 내 생각은 달라요. 지금 캄보디아 상권은 중국계에서 잡았어요. 지금 만다린(표준어)을 쓰는 중국인들이 많이 눈에 띈다는 것은 대륙이나 타이완에서 들어오고 있다는 증거인데……."

그의 말이 틀린 말은 아니었다. 순박한 캄보디아 사람도 있고 돈에 물든 야박한 캄보디아 사람도 있을 것이다. 또한 캄보디아에는 약 50만 명의 화교가 살고 있는데 경제권을 잡고 있고 베트남계도 40만 명 정도가 살고 있다.

그러나 내가 원한 것은 이런 캄보디아의 현실을 분석하고 토론하자는 것이 아니라, 여행자로서 느낀 이런저런 감회를 나누며 '두런두런' 얘기하는 것이었다. 따라서 그의 태도나 말의 내용이 점차 피곤해지기 시작했다. 순수한 여행자라기보다는 비즈니스를 목적으로 캄보디아에 온 사람 같았다.

언어가 통하되, 소통의 부재 현상은 어디나 있는 법. 이런 나를 곤경에서 구해준 것은 캄보디아 젊은 친구였다. 아까 낮에도 밥 먹을 때 아는 체하며 접근했다가 밖에 서양인이 지나가는 것을 보고 뛰쳐나가던 매우 말 많고 바쁜 친구였다. 이 친구의 영어 발음은 매우 우수했다. 호주식 발음이었는데, 제스처와 억양도 완전히 서양인 흉내를 내고 있었다. 영어 실력을 과시라도 하듯이 유창하게 얘기를 늘어놓기 시작했다. 이 친구의 전문 주제는 여자였는데, 물어보지도 않은 여자 얘기를 시작했다. 어떤 나라 여자는 어쩌고저쩌고…… 급기야 자기는 일본 여자친구가 있는데…… 어쩌고저쩌고.

그러자 일본 중년 사내의 안색이 안 좋아지더니 슬그머니 자리를 피해 사라졌다. 나도 이때다 싶어 자리를 빠져나와 방으로 돌아왔다.

TV를 보는 중에 갑자기 돼지 비명이 들려왔다. 창문을 열고 밖을 내다보니 삼륜차에 실린 돼지를 사내들이 꽁꽁 묶어 잡아내리고 있었다. 장대에 매달린 돼지는 꽥꽥 비명을 질러댔다. 사내 네댓 명이 장대를 메고 강변으로 내려갔고 식칼을 든 이도 뒤따라갔다.

하나의 생명이 그렇게 가고 있었다. 평화로운 메콩 강변에서. 이래저래 기분이 꿀꿀한 날이었다.

그때 누군가 내 팔을 잡고는 길을 건너기 시작했다. 우비를 걸친 사내였는데 그냥 웃기만 했다. 그는 차량 행렬 속으로 뛰어들어 서서히 길을 만들어나갔다. 그렇게 나를 도와준 사내는 손을 한번 휙 흔들고는 다시 왔던 곳으로 길을 건너갔다. 그는 시클로 운전사였는데 거리 구석에서 쉬고 있다가 내가 길 한가운데서 안절부절못하는 것을 보고는 와서 도와준 것이다. '아, 프놈펜은 사람이 살 만한 곳이로구나!' 갑자기 온몸에 전류가 흐르는 듯한 느낌에 비오는 거리를 달리고 싶은 충동이 일었던 순간이었다.

프놈펜

카오스의 도시, 프놈펜

30여 년 전, 수많은 인명이 학살당한 비극의 땅 캄보디아. 이 땅을 생각하면 가슴이 아프다. 비참한 역사의 수레바퀴 밑에서 생존하고 절대 빈곤 속에서 살아가는 사람들이 처량할 정도로 순박하기 때문이다.

1975년 4월 17일 크메르루주 공산군이 캄보디아를 '해방'시킨 후, 약 4년 동안 그들에게 학살당한 주민들의 숫자에 대해서 말들이 많다.

"이백만 명이다."

"아니다. 미군의 폭탄에 의해 죽은 이가 삼십만 명에서 팔십만 명 정도이니, 이런저런 것 빼고 나면 대략 백만에서 백오십만 명 정도가 아닐까?"

"터무니없는 숫자다. 서방 언론의 왜곡으로 인한 과장된 보도다. 실제로 공산 정권하에서 직접 학살당한 이들은 수십만 명이고 그외의 사람들은 미국의 봉쇄 정책에 따른 기아와 질병 때문에 사망했다."

이처럼 많은 이야기가 있지만 정확한 숫자는 아무도 모른다. 그러나 피해 인원을 최소한으로 잡아 크메르루주 정권에 의해 학살된 사람이 2,30만 명이라 치자. 그럼 용서받을 수 있을까? 2백만 명에 비해 덜 미친 짓인가?

물론 프랑스, 미국 등 서방의 제국주의자들이 원초적인 죄를 지었다. 프랑스 식민주의자들이 캄보디아를 탄압하고 착취했으며, 미군은 애꿎은 캄보디아인들에게 무자비하게 폭탄을 퍼부어댔다. 그들이 침략하지만 않았어도 크메르루주가 그토록 잔악해지지는 않았으리라.

그러나 그렇다고 해서 크메르루주 지도자들의 학살 행위가 정당화될 수 있는가? 그 땅에 가서 '당한 사람들'의 얘기를 들어보면 안다. 공산주의 이상사회를 건설하려 했던 그 광기 어린 4년이 '지옥'이었다는 것을. 어떻게 '이상'이 학살, 기아와 질병, 과도한 강제 노동, 분열과 증오심으로 끝나게 되었을까? 세상의 모순 덩어리가 부글부글 끓었던 땅, 캄보디아에 오면 여전히 남은 모순과 슬픔이 가시처럼 살을 쿡쿡 찔러온다.

1997년 8월 중순, 첫번째 방문 때의 일이다. 라오스의 위앙짠을 떠난 지 한 시간 반 정도가 지나자 비행기는 프놈펜 상공에 도달했고 서서히 뽀쩬똥 공항을 향해 하강하기 시작했다. 비행기의 창 밑으로 푸른 논과 장난감 같은 집들이 보였는데 매우 귀엽다는 느낌이 들었다. 왠지 첫인상이 좋았다.

그러나 공항에서 입국 비자를 얻은 후 이민국에서 입국 수속을 밟을 때, 국방색 제복을 입은 이민국 관리는 서툰 영어로 나에게 돈을 요구했다.

"파이브 달러, 파이브 달러 엉, 흐흐흐."

묘한 웃음을 지으며 손가락을 비벼댔다.

'이 친구 봐라.'

여러 나라를 여행하며 갖가지 일을 겪었지만 공항에서 이민국 관리가 직접 돈을 요구하는 일은 처음이었다. 모르는 척 먼 곳을 쳐다보자 관리는 초조한 빛을 띠며 계속 돈을 요구했다.

"뭐야, 뭐가 잘못되었는데?"

결국 내 성질이 폭발하고 말았다. 안 들어가면 안 들어갔지 입국을 구걸하고 싶지는 않았다. 인상을 쓰며 노려보자 관리는 금방 꼬리를 내렸다. 그는 얼른 여권을 내주며 무안함을 감추기라도 하듯 이렇게 속삭였다.

"오케이, 오케이, 다음에, 다음에."

한숨이 나왔다. 그러나 불쾌한 기분은 공항을 나오자마자 단번에 날아갔다. 구름 낀 하늘이 손을 뻗으면 잡을 수 있을 것처럼 낮았다. 그 낮은 하늘 밑을 걷는 기분이 편안했다. 이상한 일이었다. 참혹한 내전을 겪은 나라에서 이런 평화로움을 맛볼 수 있다니…….

공항 밖으로 나오니 비가 오기 시작했다. 나는 시내까지 모터바이크를 타기로 했다. 허름한 모터바이크 끝에 매달리니 배낭이 뒤로 처져 조금 불안했다. 그래도 운전사는 묘기를 부리듯 빗줄기 사이를 질주했다. 낡은 모터바이크에 헬멧도 없고 게다가 빗길이다. 이러다 미끄러지면 곧바로 황천행인데…… 불안감에 가슴이 두근거렸다. 공항에서 시내까지는 약 7킬로미터. 무사히 그 길을 달려 프놈펜 시내로 들어서자 눈에 익은 풍경이 펼쳐졌다. 인도의 여느 중소도시에 온 듯한 느낌이 들었다

낡은 건물, 허름한 차림의 사람들, 시클로(자전거 인력거)와 모터바이크들로 어지러운 거리, 그리고 더욱 거세지는 빗줄기…… 차선도 없는 길에 차량의 행렬은 제멋대로였고 사람들은 눈치껏 길을 건너다녔다. 그 무질서하고 카오스적인 풍경을 바라보는 순간 갑자기 온몸에 힘이 솟구치기 시작했다.

내가 서울에 있다 이곳에 왔다면 이 도시는 혼란스럽고 누추하기 짝이 없는 도시로 다가왔을지 모른다. 그러나 나는 라오스의 수도 위앙짠에서 오지 않았던가. 그곳은 내가 가본 곳 중에서 가장 평화롭고 지루한 곳이었다. 지금은 그래도 많이 달라지고 활력이 생겼다고 하는데 그 당시에는 이틀 정도 시내 구경을 하고 나니 할 것이 없었다. 사람들은 순박해서 좋았지만 8월의 해는 뜨거웠고 시간은 지독히 느리게 흘렀다. 다른 여행자들도 마찬가지였다. 다들 졸기 일쑤였다. 타이완 사람, 아프리카 사람, 일본 사람 등등 대부분 태국 비자를 연장하기 위해 잠시 들른 사람들이었다.

여행자들은 펑크 난 자전거의 타이어를 때우느라 몇 시간을 보내거나, 아이들 게임하는 것을 아무 말 없이 쳐다본다거나, 하루 종일 지겨운 표정으로 엽서를 쓴다거나, 후텁지근한 강변의 노천 음식점에 앉아 미지근한 과일 주스를 마시며 허덕이거나, 콧구멍을 후비는 일로 시간을 때웠다.

허름한 숙소의 나무 벽에는 구멍이 송송 뚫려 있었는데 더 가관인 것은 그것을 휴지로 틀어막은 것이었다. 하도 지루하니까 남의 방 엿보는 재미로 버텼던 것일까?

그 지루함과 평화로움 속에서 푹 처져 있다가 프놈펜에 오니 살 것 같았다. 거리는 남루하고 대단한 볼거리도 없었지만 인간의 살고자 하는 욕망들이 꿈틀대고 있었다.

게스트 하우스에 짐을 풀고 나왔을 때도 비는 여전히 내리고 있었다. 빗속을 거닐며 온몸이 젖었지만 기분 좋았다. 언뜻 생각하면 동남아시아에서 우기가 나쁠 것 같지만 무더운 대지를 적시는 빗속을 거니는 것도 괜찮았다. 촉촉한 맛이 있었다.

그 빗줄기 속에서도 사람들은 바빴다. 시클로 운전사들은 열심히 페달을 밟으며 손님을 찾아 두리번거렸고 아이들은 흙탕물 사이를 뛰어다녔다. 사람들이 마치 비를 맞고 피어나는 꽃처럼 생기를 띠고 있었다.

사람들은 순박했다. 공항에서 타고 온 모터바이크 운전사에게 약간의 팁을 주니 매우 고마워했고 레스토랑의 직원, 가겟집 여종업원, 여행사 직원, 길을 달리던 아이들, 신문을 파는 소년 등의 표정이 맑았다. 아, 나는 왜 이리도 착하고 활기찬 사람들이 살고 있는 땅을 내전과 학살의 이미지로만 알고 있었던가.

프놈펜의 중심지에는 이상하게도 우리나라처럼 약국이 많이 보였다. 미장원이나 포켓볼 하는 곳도 종종 보였으며 문구점, 잡화점 등이 거리 곳곳에 있었다.

예전 우리나라의 청계천 거리 같은 분위기였다.

비를 맞으며 길을 건너려던 나는 끝없이 이어지는 차들 때문에 한동안 길 한가운데 서 있었다. 그러고 보니 프놈펜에서는 신호등을 본 기억이 별로 없다. 신호등이 있다 해도 잘 지키지 않는다. 그냥 알아서 적당히 길을 건너는 대단히 '인간적'인 시스템이다. 나는 인도나 동남아시아 등지의 이런 시스템을 좋아한다. 그러나 프놈펜에 처음 와서는 차량의 행렬이 끊기질 않아 건널 엄두가 나지 않았다.

그때 누군가 내 팔을 잡고는 길을 건너기 시작했다. 우비를 걸친 사내였는데 그냥 웃기만 했다. 그는 차량 행렬 속으로 뛰어들어 서서히 길을 만들어나갔다.

그렇게 나를 도와준 사내는 손을 한번 휙 흔들고는 다시 왔던 곳으로 길을 건너 갔다. 그는 시클로 운전사였는데 거리 구석에서 쉬고 있다가 내가 길 한가운데서 안절부절못하는 것을 보고는 와서 도와준 것이다.

'아, 프놈펜은 사람이 살 만한 곳이로구나!'

갑자기 온몸에 전류가 흐르는 듯한 느낌에 비오는 거리를 달리고 싶은 충동이 일었던 순간이었다.

과거의 흔적들을 찾아

프놈펜에도 볼 만한 과거의 흔적들이 있다. 그러나 태국의 방콕이나 베트남의 사이공에 있다 온 사람들은 은근히 실망하게 된다. 그 도시들의 유적지에 비하면 그리 화려하지 않기 때문이다. 그래도 가장 화려한 곳이 있다면 왕궁과 그 옆의 실버파고다(Silver Pagoda) 아닐까?

방콕에 왓 프라깨우(에메랄드 사원)가 있다면 프놈펜에는 실버파고다가 있다. 방콕에서 이미 왓 프라깨우를 본 사람이라면, 실버파고다를 보는 순간 어디서 많이 본 듯하다는 느낌을 받게 된다. 이 사원은 방콕의 왓 프라깨우를 본떠서 만들었기 때문이다. 1892년에 나무로 만들었다가 1962년에 다시 건축했는데 왕궁은 함부로 들어갈 수 없지만 그 옆의 실버파고다는 볼 수 있다.

1킬로그램짜리 은색 타일 5천 개가 뒤덮인 바닥 때문에 실버파고다로 불리고, 이 파고다 안에는 에메랄드 부처가 안치되어 있는데 이 불상은 9,584개의 다이아몬드로 장식되어 있다고 한다.

이 파고다 양식의 전 단계는 '꼭대기에 난 다발'이란 뜻의 스투파로, 뒷날 '꼭대기' 혹은 '무덤'이란 뜻으로 쓰였다. 스투파에는 두 종류가 있는데 하나는 육신을 화장한 후 남은 사리와 유골을 안치한 실제적인 무덤이고, 다른 하나는 성스러운 장소를 기념하기 위한 상징이다.

초기 불교 신도들은 이 스투파를 돌며 예배를 했다. 성스러운 부처님을 감히 형상화하지 못하고 스투파 주위의 기단에 연꽃, 수레바퀴, 발자국 등으로 부처를 상징하는 부조를 새겼다.

이런 스투파는 후일 스리랑카나 미얀마, 태국, 라오스, 캄보디아 등지에서 발전했다. 이들 나라에서는 무덤처럼 반원을 이룬 인도의 스투파 원형을 위로 길게 끌어올린 형태로 발전하는데 이것을 서양 사람들은 파고다라고 불렀다.

현재 동남아시아의 파고다는 세월이 흐르면서 단순히 부처의 사리가 묻힌 상징을 넘어서 세계의 중심축이며 우주의 축으로 신성시되고 있다. 파고다의 각 층은 천계로 올라가는 계단을 의미하며 위로 올라갈수록 뾰족해지고 작아지는 것은 무한 공간으로의 상승을 상징한다.

이렇게 신성시되던 파고다는 간다라 지방에서 헬레니즘의 영향을 받아 1세기 말에서 2세기 초에 불상이 탄생하고 신도들이 불상을 숭배하기 시작하자 밀리게 된다. 불탑 숭배가 불상 숭배로 바뀐 것이다.

실버파고다 주변의 벽에는 수많은 부조가 있다. 앙코르 유적지에서도 보았던 인도의 대서사시 『라마야나』에 대한 얘기다. 캄보디아는 이것을 번안해서 『리엄께르(Reamker)』라고 만들었는데 라마 대신 리엄이란 왕자가 등장하고 라바나 대신 립이라는 사악한 왕자가 등장하지만 내용은 비슷하다고 한다.

프놈펜에는 이런 화려한 왕궁과 실버파고다 외에 서민들이 주로 가는 불교 사

원 왓 프놈(Wat Phnom)이 있다. '프놈'은 언덕이란 뜻으로 이 사원은 언덕 위에 있다. 어느 해인가 홍수가 났는데 메콩 강 상류에서 4좌의 불상이 흘러 내려왔다. 독실한 불교도였던 뻰(Penh) 부인이 이 불상을 건져내 안치한 곳이 바로 왓 프놈이다. 여기서 '프놈펜(Phnom Penh)'이라는 도시의 이름이 유래했으며, 현재는 복을 빌거나 시험 잘 치게 해달라고 기도하러 찾아오는 사원이 되었다고 한다.

그외에 국립박물관과 작은 사원 몇 개를 찾아다녔는데, 주목할 만한 것이 없었다. 프놈펜에서 현란한 것을 찾으려면 실망한다. 특히 거대한 앙코르 유적지를 본 다음 프놈펜에 남은 과거의 흔적들을 보면 조금은 허전해진다.

빈곤과 삶의 체취

프놈펜은 빈곤하다. 상대적인 빈곤이 아니라 절대적인 빈곤이다. 사실, 남의 얘기가 아니라 우리나라도 몇십 년 전에는 그렇게 가난했었다. 한국전쟁을 치르고, 1960~70년대를 거치는 동안에도 우리의 화두는 '먹고 사는 것'이었다. 인권과 자유보다 먼저 목구멍을 채워야 했기에 사람들은 자식과 부모를 위해서 악바리처럼 일했고 비굴하게 처신했다.

그런데 이제 먹고 살 만해진 우리가 동남아시아를 다니면 대접을 받게 되었다.

1960년대만 해도 필리핀이 우리보다 잘 살았었다. 동네 친구 아버지가 '비율빈(필리핀)'에 갔다 오면 다 부러워하던 시절이었다. 1960년대의 태국, 베트남도 우리보다 잘 살았고 캄보디아도 마찬가지였다. 그런데 이제 한국인이 잘사는 나라에서 온 사람들로 대접받고 있다. 한류의 열풍 속에 TV 드라마에 비친 한국은 낙원이다.

하지만 나는 이들에게 대접을 받으면서도 별로 기분이 상쾌하지 않았다. 찢어지게 가난하던 우리의 과거 속에 깃든 슬픔이 이들에게 자꾸 겹쳐져서다. 캐피톨 게스트 하우스 옆 식당에 가만히 앉아 있으면 도처에 깔린 빈곤이 보였다.

저녁이었다. 얼마 안 떨어진 어두컴컴한 거리에서 아홉 살 정도 된 여자아이가 사탕수수 껍질을 벗기고 있었고 중학생인 듯한 여자애는 그 옆에서 책을 보고 있었다. 1950~60년대의 우리 풍경이다.

잠시 후, 열 살 정도 돼보이는 신문 파는 소년이 다가와 영자신문 캄보디아투데이 지를 내밀었다. 신문을 사자 소년은 웃었지만 그 미소가 서글프게 느껴졌다. 계속 앉아 있는 동안 많은 이가 찾아왔다. 웬 노인은 근처에 앉은 서양인에게 동

냥했다가 쌀쌀맞게 거절당하고는 나에게 왔다. 나까지 거절하면 너무한 것 같아 약간의 잔돈을 주었다. 그 서양인은 식당 종업원을 불러 이런 거지들을 왜 들어오게 하느냐고 항의를 했다.

글쎄, 항의를 한다고 고쳐질까? 여기는 뉴욕이 아니고, 베를린도 아니며, 파리도 아닌 것을…… 그런 시스템이야 그 동네에서 통하는 것이지.

잠시 후, 우리 어머니처럼 머리가 하얗게 센 노파가 배고프다는 시늉을 하며 손을 내미는데 모른 척할 수가 없었다. 또 조금 있다 아홉 살 정도 먹은 여자아이가 다가와 손을 내밀었다. 내 조카만 한 아이였다. 그러니 안 줄 수 없었다. 얼마 후, 다리 없는 청년이 와서 구걸했다. 캄보디아에는 내전중에 부상을 당한 상이용사들이 많다. 그래서 돈을 주고 나니 또 아기를 업은 아낙네가 다가왔다.

나는 그녀에게 돈을 준 다음 자리에서 일어설 수밖에 없었다. 거절하기도 힘들지만 언제까지나 돈을 줄 수도 없는 노릇이었다.

이런 처절한 절대 빈곤이 프놈펜에는 있었다. 그러나 프놈펜에 빈곤과 거지만 넘쳐흐른 것은 아니었다. 삶의 체취도 물씬 풍겼다. 어느 나라나 그렇듯이 이곳에서도 시장은 삶의 활기가 넘쳐흘렀다. 프놈펜에서 가장 큰 중앙시장은 둥근 돔으로 덮여 있어서 외형이 마치 원형 체육관처럼 보였는데 들어가니, 옷, 식료품, 문구류 등 생활 필수품은 물론이고 금, 은, 루비, 사파이어 등 보석 종류, 토속 조각, 그림, 접시 등 기념품도 팔고 있었다. 비록 멋지고 쾌적한 시장은 아니었지만 우리나라의 재래시장을 보는 것 같아 정겨웠다.

편의점도 있었다. 럭키 슈퍼마켓(Lucky Supermarket)이란 곳은 프놈펜의 상류층과 외국인 체류자들이 많이 드나들었는데 한국 식품, 술, 과자 들도 보였다. 그 옆에는 언제나 에어콘이 나오는 시원한 패스트푸드점이 있다. 이런 곳에서 프라이드 치킨을 먹고 나오면 근사한 외식을 한 기분이 들 정도로 프놈펜은 빈곤했다.

물론, 캄보디아의 상류층들이나 돈 많은 외국인들이 드나드는 최고급 호텔의 식당은 이런 곳과는 비교도 안 될 정도로 쾌적하고 음식 맛도 훌륭할 것이다. 하지만 대다수의 캄보디아인들에게는 '하늘의 정원'이다. 서민의 삶은 남루하고 문화생활도 별로 없다.

길을 걷다가 우연히 중심지에서 영화관에 들어간 적이 있다. 입장료는 1달러였는데 좌석 번호는 아무 소용 없었다. 여종업원이 손전등을 들고 안내해주었다. 중심지에 있는 멀끔해 보이는 극장도 들어가니 내부는 허름했다. 캄보디아인과 서양인들이 등장하는 영화였는데 어느 섬에 가서 뱀들한테 사람들이 계속

죽어가는 애기였다. 그때가 2004년 1월 1일이어서인지 지루하고 재미없는 그 영화를 보느라 극장은 만원이었다. 영화보다는 영화를 상영하기 전에 캄보디아 아이들이 해변가에 나와서 랩을 부르는 장면이 나의 관심을 끌었다. 몸짓이나 발음이 아주 어색했다. 하지만 이제 젊은이들은 그런 것을 좋아하는 것 같았다. 이제 캄보디아도 세계의 물결을 타고 있는 것이다.

거리에 어둠이 내려앉자 대로의 음식점들은 홍청거리기 시작했고 게스트 하우스 부근의 인터넷 카페들은 여행자들로 붐볐다. 비록 가로등이 밝지 않아 식당 주변만 벗어나도 짙은 어둠이 깔려 있었지만 삶의 체취만은 물씬 풍기고 있었다.

여행자 숙소

어느 도시든 여행자 숙소가 많이 모인 거리가 있다. 나는 이 거리만 오면 일단 안심이 된다. 이곳에만 가면 수많은 여행자를 만날 수 있고 싱싱한 정보를 얻을 수 있기 때문이다.

프놈펜에도 그런 곳이 있다. 프놈펜의 전통적인 여행자 숙소, 좀더 정확히 말하면 배낭족들의 소굴은 '캐피톨 게스트 하우스(Capitol Guest House)'다. 번역하면 '국회의사당 게스트 하우스'라는 묘한 뜻인데, 프놈펜의 모터사이클 운전사들은 '까피톨 겟 하우스'라고 부른다. 4, 5층짜리 허름한 건물 안에는 3, 4달러짜리 볼품없는 방들이 매우 많아서 세상의 배낭족들이 다 몰려들었다. 낡은 침대, 모기장, 기본적인 화장실, 샤워실이 딸려 있는 방들인데, 시내 중심에 있고 바로 옆에 식당과 여행사가 있어서 매우 편리했다.

나는 아무 정보도 없이 처음 이곳에 왔을 때 그곳에서 만난 여행자들과 이 숙소 옆에 딸린 식당에서 많은 정보를 얻을 수 있었다. 그러나 결코 낭만적인 곳은 아니다. 어둠침침하고 불결하며 그 옆의 식당은 기가 막힐 정도로 음식 맛이 없어서 깔끔한 이들은 쉽게 정을 붙일 수 없는 곳이다. 그러나 배낭 하나 달랑 메고 절약하면서 세상을 누비는 이들에게는 매우 고마운 곳이었다.

몇 번 드나드는 동안 요즘에는 프놈펜에서 많은 한국 젊은이를 만날 수 있었다. 방콕에서 시작해 앙코르 유적지를 거쳐 프놈펜까지 온 후 베트남으로 넘어가는 친구들, 중국 베이징에서 베트남을 거쳐 프놈펜까지 온 후 방콕으로 가는 여행자 등 수많은 여행자가 캐피톨 게스트 하우스를 거쳐간다.

이 게스트 하우스는 이제 옆 식당에 여행사까지 차리고, 자체적으로 시엄리업, 시아누크빌 등으로 가는 버스를 운행하고 있었다. 시엄리업까지 가는 보트 티켓도 팔고, 베트남의 사이공까지 연계된 버스, 보트 티켓, 상품도 개발해서 많은 배낭여행자가 이곳을 이용하고 있었다. 그래서 이곳에 앉아 있으면 어딘가에서 오고, 어디론가 가는 배낭여행자들로 늘 인산인해를 이룬다.

처음 이곳에 왔을 때, 이 식당에는 일본인들이 만들어놓은 여행 정보 노트가 있었다. 그게 부러워서 나는 문방구에서 노트를 사다가 '한국인 여행 노트'를 만들어서 앙코르 유적지 및 프놈펜에 관한 정보를 깨알같이 적어놓았다.

1997년이니 그 시절에는 캄보디아, 앙코르 유적지에 관한 정보가 우리에게 전무하던 시절이었다. 물론 외국 가이드북은 있었지만 그것도 매우 혼란스러운 이 나라에 관해서는 그리 정확하지 못했다. 그래서 혹시라도 뒤에 오는 사람에게 도움이 될까 적어놓았는데 그곳을 떠난 지 몇 개월 후에, 나하고 같이 그것을 만들었던 한국인으로부터 이런 얘기를 들었다.

"일본애들 참…… 내가 나중에 거기 들러보았더니, 거기에다 일본애들이 낙서하고, 욕하고…… 못된 놈들."

기가 막혔다. 나는 여행중에 만난 일본인들에 대해서는 높은 점수를 주는 편이었다. 그들은 대부분 예의바르고 남에게 폐 안 끼치는 친구들이었다. 그런데 어느 나라나 그렇듯이 이런 사람들이 종종 있는 것이다. 그러나 다 지나간 얘기다. 이제 우리 젊은이들이 발로 뛰어 만든 땀냄새 나는 가이드북들이 나왔다. 여행 문화도, 산업도 빠르게 진화하고 있다.

지금도 그곳에 앉아 옛 시절을 생각하노라면 쓸쓸하기도 하고 흐뭇하기도 하다.

마티니 클럽

프놈펜은 빈곤하지만 환락 또한 그들의 살아가는 풍경이라면 한번 가보고 싶었다. 그러나 1997년 8월의 프놈펜 밤거리는 몹시 위험했다. 밤이 되면 도시는 순식간에 컴컴한 동굴처럼 변했고 대로의 일부만 빼놓고 모든 것은 암흑 속으로 빨려 들어갔다.

마침 그곳에서 만난 한국인이 있어서 '마티니'란 나이트클럽에 같이 가기로 했다. 혹시 우리가 고용한 모터바이크 운전사가 갱의 끄나풀이라면 우리는 그대로 제삿밥이 되는 것이다. 캄캄한 밤에 우리를 그들에게 데려가 수수료를 받고 넘겨버리면 우리는 알거지가 되거나 죽게 된다. 약 열흘 전에 미국인 세 명이 밤거리에서 갱들과 싸우다 한 명은 머리에 총을 맞아 즉사했고 두 명은 병원에 입원했다는 얘기를 들었기 때문에 더욱 위험을 느꼈다.

우리는 숙소에 지갑과 여권을 넣은 배낭을 두고 자물쇠로 잠근 후, 만약 갱을 만날 경우 줄 돈 10달러와 그곳에서 마실 술값으로 5달러 정도를 주머니에 넣고 각각 모터바이크 뒤에 매달렸다.

쿠데타가 발생한 지 한 달 정도밖에 지나지 않았던 때라 거리에는 무장한 경찰과 군인들이 눈에 많이 띄었는데, 이들이 바로 잠재적 강도였다. 특히 내전중에는 관광객들에게 아무 이유 없이 돈을 요구하는 군인이나 경찰도 많았다고 한다.

프놈펜의 밤거리는 황량했다. 어둠 속을 달리는 동안 간간이 보이는 자동차 불빛이 비수처럼 찔러댔고 모터바이크는 요리조리 피하며 휘황찬란한 인터콘티넨털 호텔 앞까지 왔다. 그곳에서 우리는 운전사에게 밤 11시에 숙소로 돌아갈 테니 기다리라고 당부했다.

안으로 들어가보니 밤 8시 반경인데 사람이 거의 없고 아가씨 두 명만 거울 앞에서 현란한 춤을 추고 있었다. 허름하고 좁은 곳이었다. 나무로 만든 카운터가 초라한 중앙 무대를 중심으로 빙 둘러 마련되어 있고 사람들은 카운터에 걸터 앉아 술을 마시다 춤을 추고 싶으면 추는 그런 곳이었다. 즉, 캄보디아식 록카페 같은 곳이었다. 무대라고 해보았자 그냥 평평한 공간이었다.

밤 9시가 넘자 서서히 사람들이 들어오기 시작했다. 원래 서양인들이 많이 온다는데 쿠데타 때문에 사라졌는지 거의 캄보디아인이었다.

조그만 엉덩이를 깃발처럼 흔들며 춤을 추는 여자애들이 보였다. 몸집으로 보아 초등학교 5, 6학년 정도고 얼굴을 보면 중학교 2, 3학년 정도밖에 안 된 어린 아이들이었다. 그리고 대개는 고등학생 정도나 이십대 초반 나이의 남자, 여자들이었다. 캄보디아인들이 나이보다 어려 보이니, 실제로는 더 먹었을지도 모르지만. 여자들은 종종 우리에게 다가와 의미심장한 웃음을 짓다가 갔다. 영어는 한 마디도 못 하는 듯 그냥 웃기만 했다.

가난하고 혼란스러운 프놈펜을 잠시나마 잊어보려는 것일까, 그들은 미친 듯이 춤을 추었다. 낮에 보던 순박하고 부끄러움 많은 캄보디아인들이 아니었다. 비록 시설은 형편없었지만 서울의 록카페, 도쿄, 방콕의 디스코텍에서 보던 그런 열기가 가득 차 있었다.

맥주를 마시며 그 풍경을 바라보다 밤 11시쯤 밖으로 나오니 입구에서 기다리던 모터바이크 운전사들이 우리를 반겼다. 모터바이크는 가로등도 없는 밤길을 총알처럼 달렸다. 구석에 숨어서 고양이들처럼 거리를 쏘아보고 있는 푸른 제복들이 보였다. 헌병(MP)이었다.

"MP가 무얼 뜻하는지 압니까?"

갑작스럽게 모터바이크 운전사가 물었다.

"다른 나라에서는 MP가 Military Police 아닙니까? 하지만 캄보디아에서는 Money and Power지요…… 나쁜 놈들입니다. 공연히 트집잡아 돈이나 뺏는 놈들입니다."

말을 마친 운전사는 어둠 속으로 가래침을 뱉었다. 그러다 갑자기 'MP, MP'를 외치며 커브를 긋더니 다른 길로 꺾어 달렸다. 저 앞에서 차를 검문하고 있는 헌병들이 보였다. 운전사는 그 와중에도 큭큭 웃었지만 나는 가슴을 쓸어내렸다.

그로부터 7년이 지난 2004년 1월 1일 낮에 나는 마티니에 다시 가보았다. 옛날의 그 모습이 아니었다. 담도 생겼는데 안을 들여다보니 잡동사니들이 널려 있어서 마치 폭격을 맞은 듯한 모습이었다. 사람들에게 물어보니 2003년 송년 파티랍시고 광란의 밤을 보낸 여파라고 했다. 원래 그렇게 난리를 쳐서 그런지, 무슨 사고가 있었는지 이해가 안 갈 정도로 뒤죽박죽이었다.

그후 나는 프놈펜에서 밤거리를 쏘다니지 않았다. 그저 숙소 근처 식당에서 밥을 먹고 맥주 한잔 하는 정도로 시간을 보냈는데, 종종 야한 차림의 캄보디아 여자를 데리고 숙소 부근을 오가는 동양 남자를 볼 수 있었다. 일본인이거나 한국인 같았다.

프놈펜은 그때보다 많이 안정되어서 밤거리도 덜 위험해졌고 수많은 관광객이 몰려들었다. 그에 따라 환락산업도 더욱 발전했을 것이고 내가 모르는 곳에서 더욱 성행하고 있을 것이다. 그리고 7년 전 일본 학생이 말했던 것처럼 엑스타시를 먹고 어디선가 해롱거리며 춤을 추는 젊은이들도 많을 것이다. 킬링필드의 참혹함을 보는 것도 끔찍하지만, 이렇게 환락 속에 젖어가는 프놈펜의 밤풍경을 바라보는 것도 씁쓸했다.

그 처참한 학살을 겪고 나서 이제 이런 세상을 맞이하니 좋은가? 한때는 이데올로기의 수레바퀴에 깔렸고 이제는 돈의 수레바퀴에 깔리려고 한다. 약자의 서글픈 운명이다. 그렇다고 다시 예전으로 돌아갈 수는 없고.

과연 우리가 원하는 이상사회는 무엇인가?

평양냉면

입맛이 까다롭지 않은 나는 아무 음식이나 잘 먹는다. 캄보디아의 음식은 특별하게 기억나는 것은 없지만 그렇다고 꺼린 음식이 있지는 않았다. 가끔 더위에 입맛이 없으면 한국 음식점에도 갔다. 프놈펜에는 한국 음식점들이 종종 보이는데, 어떤 일본인은 북한 대사관 맞은편에 있는 어느 한국 음식점에 들어가려다 북한 사람이 운영하는 것으로 오해하여 지레 겁을 먹고 못 들어갔다고 한다.

프놈펜에는 평양냉면집이 두 군데 있는데 하나는 모니봉 거리에 있고, 또 하나는 마오쩌둥 거리에 있다. 나는 마오쩌둥 거리에 있는 곳을 가보았다. 모니봉 거리를 따라 내려가다 보면 마오쩌둥 거리가 나오고 거기서 오른쪽으로 꺾어지면 건너편에 평양식당이 있다.

식당에 들어가자 전형적인 평양 억양의 말투를 쓰는 여종업원이 친절하게 맞아주었다. 모니봉 거리에 있는 평양식당이나 여기나 모두 평양에서 나온 사람이 경영하는데 따로 독립적으로 영업을 하고 있다고 했다.

냉면이 나오기 전에 이런저런 얘기를 했는데 좋은 쪽이든 나쁜 쪽이든 가급적

정치 얘기는 피하려는 기색이 역력했다. 여기 사람들은 대부분 남쪽 손님들이라면서 적당히 화제를 끌고 나갔다.

이윽고 평양냉면이 나왔다. 그런데 그걸 들고 나오는 주방 아줌마를 보고는 깜짝 놀랐다. 첫눈에 영양실조 직전임을 알아차렸다. 핏기 없는 얼굴에 가느다란 손가락. 그런 모습으로 냉면 한 그릇을 쟁반에 받쳐들고 걸어오는데 넘어질까 걱정이 될 정도였다. TV에서나 보는 그런 바짝 마른 모습을 보며 나는 겉으로 티를 안 내고 속으로 충격을 삭이느라 애썼다.

"맛이 어떻습네까? 남쪽에서는 냉면을 잘라서 먹는다는데 우리는 메밀로 만들어서 그럴 필요가 없어요."

"좋네요. 담백하고."

겉치레 인사말이 아니라 진짜 맛있었다. 어떤 사람들은 평양냉면 맛을 별로라고 하는데 나는 좋았다.

"모두 조국에서 직접 가져온 것입네다. 그리고 이것도 들어보시라요."

여종업원은 시키지도 않은 청포묵과 김치와 땅콩을 주었다. 맛있게 먹으면서도 아까 냉면을 들고 나왔던 아줌마 생각이 머리에서 떠나질 않았다. 그 여인에 대해 물어보고 싶었지만 당황할까봐 참았다.

나올 때는 여종업원이 문 밖까지 따라나와 정중히 절을 했다. 마치 옛날 우리 여인들을 보는 것 같았다. 그 정성이 고마웠다. 냉면값은 5달러였다. 물론 팁 같은 것은 없었다. 베트남 사이공의 북한 식당에서도 그랬지만, 아직 북한 사람에게 팁이란 개념은 없는 것 같았다. 아마도 팁을 주면 당황했으리라.

1993년 베트남의 개방 초기에 사이공에서는 일상이던 팁이, 하노이에서는 아니었다. 팁을 주니 굉장히 당황하는 모습을 보인 여종업원들도 있었다. 그러나

10년이 지난 후 다시 하노이에 가보니…… 아, 싹 변했다.

길을 걷는데 자꾸 그 마른 여인이 생각났다. 북한의 기근이 정말 심각한 것 같았다. 눈앞에서 직접 그런 모습을 보니 마음이 착잡했다. 외모가 예쁘지는 않았다. 그러나 동포라고 따스하게 대해주는 그 눈빛, 예의바른 인사, 그리고 팁이나 챙겨볼까 하는 약삭빠른 속셈이 아니라 그냥 맛보라며 청포묵도 거저로 주는 후한 인심이 정말 기분 좋았다. 나는 그들에게 이렇게 말해주고 싶었다.

'이데올로기고 뭐고 간에, 돈 많이 버시고, 영양보충 많이 하시고, 건강하게 사시라요.'

프놈펜의 변화

프놈펜에 올 때마다 변화를 느꼈다. 프놈펜은 곧 안정되어갔으며 공항에서 이민국 관리들의 부패도 사라져갔다. 모든 것이 정해진 대로 착착 진행되어 기분이 좋았다.

다만, 가끔 '오버'하는 한국인이 이맛살을 찌푸리게 했다. 공항에서 비자를 받을 때 정해진 비자 수수료를 내고 규정대로 하면 될 것을 급행료를 내는 이가 있었다. 여행객인지 비즈니스로 온 사람인지는 몰라도 중년의 그 사내는 비자를 일찍 받아 나가며 슬쩍 다른 사람들을 쳐다보았다. 이곳 물정에 익숙한 사람으로서 다른 초보자들을 깔보는 것 같은 표정이었다.

10분의 차이였을 뿐인데 무슨 생각으로, 아니면 무슨 하자가 있어 그렇게 허겁지겁 뒷돈을 주었던 것일까? 그들이야말로 관리들의 부패에 일조하는 게 아닌가?

공항에 나오니 미터기는 아니지만 그래도 적절한 가격으로 시내까지 운행하는 택시가 생겼고 프놈펜은 여행자들로 넘쳐났다. 배낭족들의 소굴인 캐피톨 게스트 하우스는 여전했고 주변에는 비슷한 류의 게스트 하우스들이 우후죽순처럼 생겼다. 또 한글이 되는 인터넷 카페도 종종 보였다.

또 벙깍 호수 주변에는 중심지보다 더 싼 2, 3달러짜리의 게스트 하우스들이 성업중이었고 그곳을 중심으로 여행자촌이 형성되어 있었다. 이곳은 서민들의 가옥도 함께 어우러져 있었는데, 집 앞에 쪼그리고 앉아 연기를 피우며 생선 굽는 아낙네, 구슬치기를 하거나 모여앉아 무슨 놀이를 하는 아이…… 서민적인 삶의 체취가 물씬 풍기는 곳이었다.

그곳 못지않게 고급 호텔들은 번성했고 관광객들도 많이 보였다. 밤거리는 여전히 위험했지만 그래도 예전보다는 훨씬 안전해 보였다. 밤늦게까지 불을 밝힌 거리의 음식점들은 단체 관광객으로 흥청거렸고 여행자 거리 주변에는 술집도 늦게까지 문을 열었다.

골목길을 걷다가 기가 막힌 광경을 목격했다. 아이들이 뾰족한 돌과 굵은 자갈이 깔린 길에서 맨발로 축구를 하고 있었던 것이다. 어떤 아이는 발이 다쳐서 피가 나는데도 휴지로 닦아가며 뛰어다녔다. 아슬아슬해 보였다. 나도 어릴 때 맨발로 축구를 한 적은 있지만 그래도 평평한 땅이었다. 이렇게 척박한 환경에서 축구를 하는 아이들을 보니 안쓰럽고 처절하면서도 질긴 삶의 기운이 느껴졌다.

2004년 1월 1일 똔레삽 강변에서 새해를 맞았다. 새해지만 전혀 새해답지 않은 분위기였다. 낮은 하늘을 따라 길게 이어진 강에서 서늘한 바람이 불어왔고

강변은 조용했다. 중급 숙소들과 귀여운 카페들이 자리 잡은 강변에는 산책을 하거나 우두커니 앉아 강을 바라보는 사람들이 몇몇 눈에 띄었다. 고기잡이 배들이 일출을 배경으로 평화롭게 떠 있었다. 1월의 공기는 서늘하고 햇살은 따스했다. 평화가 넘쳐 흐르는 곳이었다.

다음날 다시 똔레삽 강변에 갈 때는 아침부터 부산했다. 6시 30분 정도 되었는데 이미 모터바이크와 자전거들이 정신없이 다니고, 사람들은 어디론가 바삐 움직였다. 베트남도 그렇지만, 캄보디아 등 동남아시아 국가 사람들은 아침에 일찍 활동하는 편이다.

학교 앞을 지나가는데 남색 바지 혹은 치마에 하얀 상의 교복을 입고 학교로 가는 아이들이 보였다.

'1월 2일인데 방학이 아닌가.'

비록 슬리퍼나 낡은 운동화를 신고 있었지만 아이들의 차림새가 깔끔해 보였다. 얼음과 콜라를 담은 봉지를 들고 걸어가는 아이도 있었고 직접 자전거를 타고 오는 아이들도 있었다. 부모나 다른 가족이 모터바이크로 데려다주는 아이들도 있었다.

프놈펜은 7년 만에 그렇게 활기차게 변해 있었다. 새로운 곳을 찾아가는 기쁨 못지않게, 갔던 곳을 몇 년 간격으로 다시 찾아가 그 변화를 보는 것도 즐거웠다. 마치 싹이 터서 쑥쑥 자라나는 나무를 보는 느낌이었다.

처음 이곳에 들른 사람들에게 프놈펜은 여전히 가난하고 암울한 도시처럼 보일지 모른다. 그러나 예전을 기억하는 나에게는 희망찬 도시로 다가왔다. 분명히 프놈펜은 밝게 변해가고 있었다. 어린 새싹들과 함께.

만약 크메르루주가 캄보디아를 공산화하지 못하고, 지금까지 계속 '안티'로서 존재했다면 어땠을까? 역사를 돌아보면 종교적, 정치적 이상은 '소수의 안티'로 존재할 때 세상의 빛과 소금이 되었지. 세상의 중심에 서서 권력을 잡고 나면 급속하게 부패했다. 고결한 이상일수록 더욱 독선적이 되었고, 그외의 다른 길은 '악'으로 치부되었다.

비운의 캄보디아 현대사 스케치

캄보디아의 불안한 독립

내 머릿속에 저장되어 있는 캄보디아의 국호는 서로 뒤범벅이 되어 매우 혼란스럽다. 나중에 확인한 정확한 국호 변천 과정은 다음과 같다.

캄보디아 왕국(The Kingdom of Cambodia, 1954~1970), 크메르 공화국(The Khmer Republic, 1970~1975), 민주 캄푸치아(Democratic Kampuchea, 1975~1979), 캄푸치아 인민 공화국(The People's Republic of Kampuchea, 1979~1989), 캄보디아국(The State of Cambodia, 1989~1993), 캄보디아 왕국(The Kingdom of Cambodia, 1993~현재).

그만큼 캄보디아의 근대사가 복잡하다는 얘기다. 가벼운 마음으로 여행한다 해도 캄보디아의 경우는 근대사를 알아야 현재가 이해가 된다.

캄보디아는 국토의 면적이 18만 제곱킬로미터로 그리 작은 나라가 아니다(한반도는 약 22만 제곱킬로미터). 그곳에 사는 인구는 현재 1천4백만 명 정도로 인구밀도가 낮아 어딜 가나 드넓은 평원이 펼쳐진다.

이런 평화로운 땅에 살던 캄보디아인들은 앙코르 왕국이 멸망한 후, 주변 국가로부터 고통을 받다가 1884년 프랑스의 식민지가 되었다. 여러 차례 저항운동이 일어났는데, 프랑스가 제2차 세계대전 때 독일에 점령당하고 일본군이 진주하면서 점령국이 바뀐다. 연합국과 싸우고 있던 일본은 캄보디아를 효율적으로 통치하기 위해 캄보디아를 프랑스로부터 독립시켰다.

하지만 일본이 패망하자 모든 것은 물거품이 되었고 '옛 주인' 프랑스가 돌아오면서 다시 식민지가 되었다. 힘이 없으니 모든 문서 조약은 휴지 조각이나 다름없었다. 캄보디아의 국왕 노로돔 시아누크(Norodom Sihanouk)는 외교적 타결에 대한 기대를 버리지 못하고 프랑스와 미국을 순회하며 독립을 호소했다. 그러나 서방 진영은 냉담했다. 오로지 자신들의 국익과 공산주의와의 싸움에만 혈안이 돼 있던 그들이 시아누크의 말에 귀 기울일 리 없었다.

그 당시 캄보디아 정계는 크게 시아누크 국왕을 중심으로 한 왕권 세력, 독립을 위한 반프랑스 민족주의 단체, 자생적 공산주의자, 베트남의 지원을 받는 공산주의자, 이렇게 네 그룹으로 나뉘어 있었다. 공산주의자가 아니었던 시아누크 국왕은 '독립'이라는 대의명분 아래 공산주의자들과 연합전선을 펴게 된다.

만약, 서방 진영이 '화끈하게' 민족주의자들의 의견을 받아들여 독립시켜주었다면 내전은 공산주의자들과 민족주의자의 대결이 되었겠지만, 그들이 독립을 무시함으로써 내전은 프랑스, 미국, 그 앞잡이들과 그에 맞서 독립을 원하는 캄보디아 민중의 투쟁이라는 구도로 전개되었다.

그런데 캄보디아의 독립은 베트남 전쟁에서 프랑스가 패하면서 갑자기 다가왔다. 1954년에 북베트남의 디엔비엔푸 전투에서 호치민 군대에게 패한 프랑스군은 인도차이나 반도에서 손을 떼게 되고, 결국 그해 7월 시아누크는 독립

을 선포하면서 국제적으로 인정받게 된다. 이때의 국호는 캄보디아 왕국(The Kingdom of Cambodia)이었다. 그러나 이 독립은 불완전한 것이었다. 베트남 공산주의자들의 승리에 의해 어부지리로 얻은 독립이었기에, 공산주의자들과 친베트남계는 막강한 영향력을 갖게 되었다.

이는 국왕 시아누크가 원하던 바가 아니었다. 이런 와중에 시아누크는 절묘한 외교술을 발휘한다. 그는 독립을 쟁취한 후 오히려 친미정책을 취했다. 국제 정세를 볼 줄 아는 그는, 나라를 근대화하려면 미국의 힘이 필요하다고 생각했던 것이다. 그의 이런 친미정책은 공산주의자와 민족주의자의 반발을 불러왔고 결국 그는 강력한 독재정치로 정국의 안정을 꾀했다. 그후에도 시아누크의 밧줄타기는 계속되었다. 1960년대 초에는 미국과 거리를 두고 공산화된 중국과 가깝게 지내며 공산주의자들과도 연합전선을 폈다.

이런 상황에서 시아누크는 미국의 경제적 지원도 잃었고 그에 상응하는 중국의 지원도 충분히 얻어낼 수 없었으며 우익과 좌익 모두에게 비난을 받았다. 실속 없는 정책으로 시아누크는 계속 표류했다.

1967년 공산당의 무장봉기가 일어나자 시아누크는 이번에는 우익 쪽으로 기울었고 미국과의 관계 개선을 시도했으나 미국은 그를 불신했다. 결국 1970년 3월 시아누크가 프랑스를 방문하는 사이 쿠데타가 일어났다. 미국의 사주하에 국회에서 시아누크 탄핵안이 가결되었고 새 정부 수반은 론 놀(Lon Nol) 장군이 되었다. 이때부터 캄보디아는 크메르 공화국(The Khmer Republic)으로 이름을 바꿨다.

크메르란 말은 원래 민족, 언어를 가리킬 때, 캄보디아는 나라를 가리킬 때 쓰는데, 쿠데타가 성공하고 난 시절에 중고등학교를 다녔던 나는 한동안 캄보디아보다 크메르라는 이름이 더 익숙했다.

분개한 시아누크는 베이징에서 캄보디아 공산당 지도자인 폴 포트와 함께 '캄푸치아 국민통일전선'을 세우고 자신이 수반이 되었다. 그러나 여기서도 시아누크는 세력이 없는 허수아비였고 실질적인 지도자는 폴 포트였다. 이때부터 시아누크와 폴 포트는 크메르 공화국에 대항하여 투쟁을 전개한다.

미국의 지원을 받은 론 놀이 그럭저럭 버티는 가운데 미군은 베트콩들을 공격한다는 명분 아래 캄보디아를 폭격하면서 수십만 명의 인명을 살상하고 국토를 파괴했다. 이런 상황 속에서 부패한 론 놀 정권과 군인들은 계속 밀리다가 베트남이 패망하기 약 2주 전에 먼저 패망하게 된다.

공산정권 후의 캄보디아

1975년 4월 17일, 크메르루주(Khmer Rouge)군은 프놈펜에 입성했다. 1967년 결성되어 농촌 지역을 중심으로 기반을 넓히며 무장 투쟁을 하던 이들이 드디어 정권을 잡은 것이다. 공산혁명을 상징하는 붉은색 천을 두르고 다녀 '붉은 크메르(루주는 프랑스어로 붉다는 뜻)'라고 불렸던 이들은 대개 가난했고 제대로 교육을 받지 못한 사람들이다. 크메르루주의 지도자들은 프랑스 유학을 다녀온 인텔리들이었지만 혁명의 광기에 사로잡혀 있었고, 무산계급인 혁명전사들은 증오심에 불타고 있었다.

이때부터 1979년 1월까지 민주 캄푸치아의 시대가 열렸고 실권자였던 폴 포트는 피비린내 나는 엄청난 변혁을 꾀했다. 전 도시민을 농촌으로 보내고 강제노동에 의한 식량 증산을 꾀했다. 과도한 노동과 기아와 질병, 그리고 정치 보복 속에서 수많은 캄보디아인이 죽어갔다. 그는 과거 정권에 협력했던 친미 성향의 인물뿐만 아니라 친베트남계 지식인들도 잡아다 고문한 후 즉결 처형했다.

크메르루주 정권은 같은 공산주의 정권인 베트남에 대해서도 적대적인 정책을 취했다. 1972년 말 베트남이 미국과 종전 협상을 맺고 나서 자신들에게도 그 협상 내용을 이행하도록 요구한 데서 배신감을 느꼈던 것이다.

이런 배신감은 예전부터 종주국 행세를 하려던 베트남에 대한 적개심에 불을 질렀다. 혁명의 열기에 사로잡힌 크메르루주는 급기야 과거 캄보디아 영토였던 베트남 남부 지역을 공격했으며, 이에 따라 베트남군은 1979년 초 캄보디아를 침공하여 프놈펜을 점령했다.

군사력이 열세인 크메르루주군은 태국 국경의 산악 지역으로 후퇴했고 민주 캄푸치아라는 국호는 사라졌다. 베트남의 지원하에 캄보디아에는 '캄푸치아 인민공화국' 정부가 수립되었다. 그 수반은 폴 포트의 숙청을 피해 베트남으로 피신했던 크메르루주 동부지역 사령관 헹 삼린(Heng Samrin)이었고 외무부장관은 특수부대 부연대장 훈 센(Hun Sen)이었다.

그러나 이 정부는 베트남의 꼭두각시 정부로, 온건한 정책을 취했음에도 불구하고 캄보디아 인민의 전폭적인 지지를 받지는 못했다. 이번에는 반베트남을 기치로 저항운동이 시작되었다. 1982년 시아누크 왕을 추종하는 캄보디아 국민전선, 론 놀 정권의 마지막 수상을 역임했던 손 산(Son San)이 이끄는 국민해방전선, 그리고 폴 포트가 이끄는 크메르루주 등이 모여 '민주 캄푸치아 연합정부'를 출범시켰는데, 이들의 군사력 중 폴 포트의 크메르루주가 4만여 명으로 가장 강대했다. 태국, 중국, 미국이 베트남을 견제할 목적으로 이 조직을 지원했는데, 기가 막힌 것은 크메르루주와 싸웠던 미국이 이번에는 크메르루주를 재무장시키고 식량 및 생필품을 지원했다는 사실이다. 정치란 그야말로 교활하고 냉정하다.

이렇게 하여 다시 복잡한 내전이 시작되었다. 중국, 미국, 태국은 '민주 캄푸치아 연합정부'를 지원하고 소련, 인도, 베트남은 이때 정권을 잡고 있던 '캄푸치아 인민공화국'을 지원했다. 캄보디아의 역사는 이렇듯 외세의 침입에 의해 더욱 복잡하게 얽혀왔다.

1989년 9월 베트남군이 철수하면서 크메르루주군은 총공세를 폈고 이에 따라 앙코르와트 유적지가 있는 시엄리업 지역과 서쪽의 밧땀방 지역 등, 북서부 일대를 크메르루주가 장악하게 된다.

이렇게 국토가 양분된 상태에서 '캄푸치아 인민공화국' 정부는 소련과 동구권이 몰락하면서 개혁, 개방의 길을 가자, 이들도 역시 그 길을 걷게 된다. 이를 주도하는 인물이 훈 센 총리였다. 캄푸치아 인민공화국 정부는 공산주의 정권의 이미지를 벗기 위해 국호도 '캄보디아국(State of Cambodia)'으로 바꾸고 사형제도를 폐지했으며 헌법에 불교를 국교로 명시하기도 했다. 또한 사유재산 제도를 인정하고 시장경제 체제를 도입했다.

이런 변화 속에서 국제사회는 반정부 투쟁을 하고 있던 세력과 정부 세력이 모두 참가하는 총선을 치르도록 종용하고, 그 전에 크메르루주를 중심으로 한 연합정부의 군대는 무장 해제를 한다는 협정을 맺는다. 평화유지군이 캄보디아에 주둔하고 있는 상태에서 국제연합 감시하에 1993년 5월 총선을 치르는데, 크메르루주는 선거에 참여할 경우 인민의 지지를 얻을 수 없다는 이유 때문에 선거에 참여하지 않고 무장 해제도 하지 않았다.

그러나 많은 사람이 투표에 참여하여 90퍼센트의 투표율을 기록했고, 결과는 시아누크의 아들인 노로돔 라나리드가 이끄는 캄보디아 민족통일전선(Funcinpec)이 약 46퍼센트의 지지를 얻어 1당이 되고, 훈 센이 이끄는 캄보디아 인민당(CPP)이 약 39퍼센트를 얻어서 2당이 된다. 그러나 군사력은 제2당인 훈 센의 인민당이 훨씬 강력했다.

이렇게 불안한 동거를 시작한 과도정부는 1993년 9월 21일 입헌군주제의 캄보디아 왕국을 출범시키며 시아누크를 상징적 왕으로 앉혔다. 이는 기반이 취약한 훈 센 정권이 시아누크 세력을 포섭하기 위한 전략이기도 했다. 결국 수많은 혼란 끝에 크메르 왕조의 마지막 왕이었던 시아누크가 23년 만에 다시 캄보디아의 왕으로 복귀한 것이다. 그러나 그는 실권이 없는 상징적인 존재였고 제1총리인 그의 아들 라나리드도 실권은 없었다. 실권은 친베트남파인 훈 센 제2총리가 쥐고 있었다.

훈 센 정부는 안정의 기틀을 다져갔고, 급기야 1996년 8월에는 태국과의 국경도시 빠일린(Pailin)에서 막강한 영향력을 행사하고 있던 전 민주캄푸치아(크메르루주)의 서열 3위였던 이엥 사리 부총리가 1만여 명의 크메르루주군을 이끌고 투항했다. 또한 폴 포트는 자기 부하인 크메르루주 총사령관 따 목(Ta Mok)에게 체포되어 국경 지역의 밀림에서 가택 연금되었다.

그런데 1997년 7월 5일, 제2총리 훈 센은 제1총리 라나리드가 외유중인 틈을 타 쿠데타를 일으켰다. 제1총리와 그의 당이 캄보디아 북서부 산악지대에 은거하고 있던 크메르루주군을 프놈펜으로 끌어들이고 있으며, 그들에게 줄 무기를 몰래 들여오고 있다는 것이 쿠데타의 명분이었다. 정부군의 화력은 우세했으며 곧 대세를 장악했다. 내가 프놈펜과 앙코르 유적지에 처음 갔던 때가 바로 훈 센의 쿠데타가 일어난 지 1개월 후였고 내전이 진행중이었다. 프놈펜과 시엄리업에서 전투는 벌어지지 않았지만 몹시 뒤숭숭한 분위기였다.

그후 1998년 4월 15일 크메르루주의 최고 지도자였던 폴 포트는 정글에서 자살했다고 한다. 그리고 그외의 지도자들이었던 키우 삼판(Khieu Samphan), 누온 치아(Nuon Chea), 따 목 등은 태국 접경 지역의 정글로 숨어들면서 크메르루주의 세력은 급격하게 쇠락했다.

그리고 1998년 7월 26일 총선에서 크메르루주를 도왔다는 죄목으로 기소되었던 제1총리 노로돔 라나리드는 사면받은 후 참여했다. 결과는 제1당이었던 노로돔 라나리드의 캄보디아 민족전선은 43석을 얻어 제2당으로 전락하고, 훈 센이 이끄는 캄보디아 인민당이 64석을 얻어 제1당이 되었다.

훈 센은 자신이 단독 수상으로 취임하고 노로돔 라나리드를 국회의장에 임명

했다. 그후 크메르루주군은 지리멸렬해지면서 1998년 말 정부군에 대거 투항하고 정부는 이들에게 사면령을 내렸다. 드디어 1998년 12월 25일, 빠일린에 은거하고 있던 전 민주 캄푸치아의 대통령 키우 삼판과 공산당 부서기장 겸 국회의장이었던 누온 치아는 훈 센 총리에게 투항하고, 자신들의 과거 행적에 대해 공개적으로 사과하게 된다. 그리고 1999년 3월 크메르루주군의 사령관인 따 목이 체포되면서 크메르루주는 소멸되어 역사 속으로 사라졌다.

훈 센의 정부는 더욱 안정되어갔고 2003년 7월 27일에 실시된 총선에서도 훈 센 총리가 이끄는 캄보디아 인민당이 47.35퍼센트의 득표를 얻어 제1당이 되었다. 제2당은 21.8퍼센트를 얻은 삼 라인시(Sam Rainsy)당, 한때 제1당이었던 캄보디아 민족전선은 20.75퍼센트의 득표율로 제3당이 되었다. 과반수 획득에 실패한 훈 센 정권은 연립정부 구성이 불가피하지만 여전히 베트남의 지원을 받고, 군사력을 쥐고 있는 제1당으로서 캄보디아를 이끌어가고 있다.

한편 상징적인 왕이었던 시아누크는 2004년 10월 베이징에서 왕위 이양을 발표하고, 10월 29일 그의 아들인 시아모니가 새 국왕으로 선출되었다. 정계를 떠나 있던 시아누크는 한때 북한에서 여생을 보내고 싶다는 뜻을 피력하기도 했지만, 2006년 6월에 캄보디아로 돌아왔다.

이제 캄보디아는 다시 국제사회 속으로 돌아왔고 훈 센 총리의 주도하에 발전하고 있다. 이제 아무리 혼란에 빠진다 해도 그때 같은 비극은 다시 오지 않을 것 같다. 이미 많은 캄보디아인이 급격한 이상만을 추구하는 정책과 분노와 증오가 어떤 결과를 낳는가를 처절하게 겪었기 때문일 것이다.

킬링필드

프놈펜과 근교에는 20세기 최대의 비극의 현장들이 곳곳에 있었다. 숙소 부근에서 만난 모터바이크 운전사를 한 명 고용해서 돌아보기로 했다. 그는 영어도 곧잘 하고 꽤 성실해 보여서 하루의 일정을 맡기기로 했다. 성격이 활달한 그는 모터바이크를 몰면서도 뒤에 탄 나에게 계속 말을 붙였다. 그는 내가 처음 만나는 한국인이라며 기뻐했다.

"한국은 아시아에서 일본 다음으로 잘사는 나라 아닙니까?"

나는 짐짓 딴청을 부렸다.

"난 캄보디아가 좋아. 사람들이 순박해."

"하하하. 많은 외국 사람이 그렇게 얘기하지요. 하지만 예전에 비해 인심이 각박해져가요. 예전에는 돈에 대한 욕심이 별로 없었는데 지금은 모두 돈, 돈, 돈입니다."

우리는 이런저런 얘기를 나누며 즐겁게 프놈펜 시티투어를 마친 후, 정치범 수용소로 갔다. '뚜올슬렝 박물관(Toul Sleng Museum)'이라 불리는 그곳은 학교를 개조해 만들었다는데 1층의 방들에는 낡은 철제 침대와 고문 기구들이 먼지 속에서 뒹굴고 있었고, 2층에는 돼지 우리보다 더 좁은 감옥들이 다닥다닥 밀집해 있었다. 20여 년 전, 조사를 받기 위해 정치범들이 갇혔던 곳이었다. 그 당시에는 끔찍한 고문과 죽음을 기다리던 암담한 곳이었지만, 지금은 창문 너머에서 야자나무들이 한가롭게 바람에 흔들리고 있었다. 사람 하나 간신히 누울 만한 그곳에서 고통스런 고문과 개, 돼지만도 못한 취급을 받다 킬링필드에서 죽어버렸던 그들은 무슨 생각을 하고 저곳에 누워 있었을까?

어디선가 닭이 울었다. 따가운 태양 아래 한낮의 정적이 감옥 전체를 감쌌다. 나와 모터바이크 운전사의 발소리만 터벅터벅 울렸고 먼지 냄새가 코를 찔렀다. 감옥을 빠져나와 옆 건물로 가니 수많은 고문 광경이 그림들로 전시되어 있었다. 사람을 통돼지 바비큐처럼 팔다리를 묶어서 나무에 메고 가는 그림, 손톱을 뽑는 그림, 물통에 거꾸로 처박아놓은 그림…….

그들을 고문하는 사람들의 눈빛은 잔인함을 넘어 즐기고 있는 것처럼 보였다. 그들은 분명 고문을 통해 쾌락을 느끼는 새디스트들이었을 것이다. 그것은 그들의 일상이었고 그런 하루 일과를 끝내고 집에 돌아가서는 자신의 아내와 아이들을 품에 안았으리라. 그게 제정신으로 가능한 것일까?

한 여인이 아이를 품에 안고 서 있는 그림이 있었다. 죄인의 모습이라기보다는 아이를 지키고자 하는 어머니의 강인한 모습이었다. 그러나 그 아이도 역시 같이 죽었을 것이다. 그 안에 갇히고, 킬링필드에서 처형된 수많은 사람의 명단과 사진들이 벽에 붙어 있었다. 그리고 수많은 해골이 캄보디아 지도 위에 빽빽이 붙어 있었다. 안식을 취하지 못한 채 사람들의 구경거리가 된 유골들을 보니 마음이 무거웠다.

모터바이크 운전사는 말이 많은 청년이었지만 감옥 안을 둘러보는 동안에는 아무 말도 하지 않았다. 감옥을 나온 후 모터바이크에 올라타고 나서야 말을 꺼냈다.

"미친 놈이지요."

"누가?"

"폴 포트 말입니다. 자, 이제 학살의 현장 킬링필드로 가겠습니다."

크메르루주의 실력자였던 폴 포트. 1975년 초 그가 캄보디아의 정권을 장악했을 때 나는 고등학생이었다. 그때 신문에서 크메르루주가 정치범을 몽둥이로 패 죽이는 사진을 보았다.

솔직히 그 당시 '반공정신'에 세뇌되었던 나는 공산주의가 두렵기도 했지만, 너무 강조되다 보니 은근히 의심과 반항심이 생겼다. 또한 대학 시절에는 캄보디아 학살의 현실을 다룬 영화 〈킬링필드〉를 본 적이 있다. 그 영화를 보며 끔찍하다는 생각도 들었지만, 이것은 서방 세계의 시각으로 본 것이고, 공산주의를 비판하기 위한 다분히 의도적이고 편협한 영화가 아닐까라는 의심도 들었다.

그런데 현장에 와보니 사실이었다. 현장에서 당한 이들이 영화보다 더 끔찍한 현실을 증언하고 있었다. 그 학살의 현장으로 가려니 20여 년 전의 과거로 돌아가는 느낌이 들었다.

"난 폴 포트를 만나서 물어보고 싶어요. 도대체 왜 그토록 많은 사람을 죽였는지 알 수가 없어요. 우리 아버지도 그들이 죽였어요."

"왜?"

"내가 뱃속에 있을 때인데, 안경을 쓰고 영어를 잘한다는 이유였답니다. 우리 아버지는 영어 교사였거든요. 그 당시에는 안경을 쓰거나 손이 고와도 죽는 시대였습니다. 크메르루주는 그런 사람들을 미치도록 증오했었지요. 게다가 우리 아버지는 영어까지 잘했으니 미제의 스파이라는 죄목으로 죽었습니다."

"그런 이유 때문에 바로 잡혀갔나?"

"아니요. 대개 어떤 명목으로든 잡혀가면 자술서에 자기와 연관된 최소한 세 사람의 이름을 써야 합니다. 그렇게 해서 잡혀온 세 사람은 다시 각각 세 사람의 이름을 또 써야 했고요. 우리 아버지는 마지막에 걸려들었대요. 단지 영어를 잘했다는 이유로 간첩이 된 겁니다. 도대체 무슨 놈의 세상이 그렇답니까?"

그 말을 끝으로 그는 입을 다물었다. 아버지가 바로 지금 가는 킬링필드에서 죽었냐는 물음에도 아니라는 뜻으로 고개를 가로저었을 뿐 침묵을 지켰다.

죽음의 들인 킬링필드로 가는 길은 아름다웠다. 드넓은 논 너머로 파란 하늘이 펼쳐져 있었고 하얀 뭉게구름이 솟구치고 있었다. 가끔 보이는 마을에서 아이들이 뛰어놀았고 나무 밑 그늘에 앉아 있는 노인들이 우리를 빤히 쳐다보곤 했다. 한없이 평화로운 그런 길 끝에 죽음의 벌판인 킬링필드가 있었다.

입장료 2달러를 내고 들어선 그곳에서 처음 눈에 띈 것은 풀을 뜯고 있는 누런 소 두 마리였다. 꼬리를 설렁설렁 흔들고 무심하게 씰룩거리며 풀을 씹다가 흘낏 우리를 쳐다보았다. 아무도 없었다. 조금 걸어 들어가다 오른쪽을 보니 하얀 탑이 우뚝 솟아 있었다.

"저 스투파는 이곳에서 죽은 영혼들을 위로하기 위해 세운 겁니다."

정면은 유리로 되어 있었고 안에는 해골이 수북하게 쌓여 있었다. 층마다 가득 찬 수백 구의 해골은 나를 바라보고 있었다. 움푹 들어간 시커먼 눈들과 하얀 이빨들.

기가 막혔다. 그 뙤약볕 아래서 무릎 꿇고 앉아 죽음을 기다렸을 그들. 아무도 그들의 죽음을 증언해주지 않고 구원의 손길은 없는 상황. 그때 그들이 바라본 하늘은 어떻게 다가왔을까?

"남자, 여자, 아이들 해골을 분류해놓았습니다. 처음에는 구덩이에서 발견된 해골들을 한 구석에 쌓아놓았어요. 이 스투파는 생긴 지 얼마 안 되었습니다. 이곳에서 유럽이나 일본 여자들은 종종 무릎 꿇고 울어요."

나는 한동안 넋을 잃고 해골 앞에 서 있었다. 근처에는 크고 작은 웅덩이들이 폭격 맞은 자리처럼 군데군데 있었다.

"정치범 수용소에서 고문을 받은 후 이곳에 끌려와 죽었지요. 총알을 아끼기 위해 총은 안 썼다더군요. 몽둥이로 패거나 도끼로 머리를 치거나 죽창으로 찔러 죽인 후 생매장을 했답니다. 임신부의 배를 갈라 죽이기도 하고, 사람을 모래 속에 파묻어놓고 죽을 때까지 내버려두기도 했다는군요."

그의 말이 이어지는 동안 어디선가 시원한 바람이 불어왔다.

"이곳에서 1975년 말에서 1978년 사이에 죽은 사람이 이만 명 정도라고 합니다. 킬링필드는 캄보디아 전역에 있어요. 이곳은 극히 일부분입니다."

이곳에서 2만 명이 그렇게 죽었다. 구덩이를 한동안 쳐다보던 나는 풀밭에 앉아 그에게 담배를 얻어 입에 물었다. 원래 담배를 피우지 않지만 여행할 때는 가끔 피웠다. 우리는 말없이 담배를 피우며 구덩이를 쳐다보았다.

"난, 폴 포트와 크메르루주 지도자들이 국제재판을 받아야 한다고 생각해요.

우리 캄보디아인의 수치지만 말입니다. 나는 그의 말을 듣고 싶어요. 그래도 한 때 자비스러운 부처님의 말씀을 들으며 승려 생활도 했고, 가톨릭계 학교에서 공부도 했으며, 프랑스에서 유학까지 했던 이가 왜 그토록 수많은 사람을 죽였는지 묻고 싶어요. 정말 어떤 마음으로 그런 결정을 내렸는지 말입니다. 우리 캄보디아 사람들은 그렇게 독한 사람들이 아닌데……."

"저 구덩이 안에서 죽어간 사람들은 다 어디로 간 것일까?"

느닷없는 나의 질문에 운전사는 나를 빤히 쳐다보다 피식 웃었다.

"글쎄요. 영혼이 있다면 다른 세계로 갔겠지요."

"영혼이 있다고 믿나?"

"모르겠어요. 깊이 생각해본 적이 없어요. 당신은 어떻게 생각합니까?"

"몰라. 나도 모르겠어…… 하지만 저들은 더이상 고통이 없는 곳으로 간 거라고 생각해…… 아버지 얼굴을 못 보았겠구먼?"

"보지 못했어요. 사진도 남아 있지 않으니까요…… 어머니에게 들은 기억밖에 없습니다."

"영어를 꽤 잘하는군. 대학생인가?"

"대학이라뇨? 대학 문턱에도 가보지 못했어요. 영어 학원에서 육 개월간 배웠습니다."

"육 개월간 배웠는데 그렇게 잘해?"

"모터바이크 운전을 하며 사귄 서양 사람들에게 많이 배웠고, 매일 반복하는 얘기니까요."

"아버지는 영어 때문에 죽었는데…… 이제는 영어를 배워야만 사는 시대군."

"그렇지요. 시대가 바뀌었어요. 영어를 하지 못하면 돈을 벌 수 없습니다. 한

때 미제국주의자들은 나쁜 놈들이라는 교육을 받고 자랐지만 지금은 달라졌어요. 달러를 벌어야 합니다…… 돈을 벌어서 어머니 모시고 동생들과 같이 행복하게 살고 싶은 생각밖에 없어요."

"어머니는 어디 계셔?"

"시골에 계세요. 남동생 둘과 함께. 돈을 좀 벌면 모두 프놈펜으로 부르고 싶어요. 동생들도 고등학교는 프놈펜에서 보내고 싶고…… 더 돈을 벌면 대학도 보내고 싶습니다."

"모터바이크 운전으로 그렇게 벌 수 있어?"

그는 멋적게 웃으며 나를 바라보았다.

"힘든 일이지요. 하지만 어떻게 합니까? 그런 꿈을 갖고 사는 거지요. 난 이 다음에 돈 벌면 조그만 여행사를 해보고 싶어요. 외국인들에게 프놈펜 시티투어와 앙코르와트 관람 같은 관광상품도 제공하고요. 재미있는 직업이 될 것 같습니다."

그는 신발 바닥에 담배를 부벼 끄며 말했다.

"지금 가는 게 좋겠군요. 비가 올 것 같아요. 우기 때는 늘 늦은 오후에 한바탕 비가 오거든요."

먹구름이 벌써 저만치 몰려와 있었다. 우리가 킬링필드를 빠져나올 무렵 먹구름은 하늘을 뒤덮었고 그가 도망치듯 액셀러레이터를 밟아대자 빗방울이 얼굴을 때리기 시작했다. 소를 몰고가는 농부가 뛰기 시작하자 소도 뛰었고 어떤 이들은 처마 밑에 숨어서 비 내리는 하늘을 쳐다보고 있었다.

나는 운전사의 허리를 두 손으로 꽉 잡았다. 빗물이 흘러내리는 안경 너머로 푸른 논들이 부옇게 흐려지며 내 시야에서 모두 뒤죽박죽이 되어가고 있었다.

킬링필드는 점점 그렇게 멀어지고 있었는데, 문득 20여 년 전 이 길에서 개돼지처럼 '죽음의 들'을 향한 사람들의 행렬이 내 눈앞을 스치는 것 같았다.

크메르루주

킬링필드와 그 당시 폴 포트에 대해 알려면 30년 전의 상황으로 돌아가야 한다. 검은 샌들과 불그죽죽한 스카프를 목에 두른 크메르루주 병사들은 프놈펜을 점령한 1975년 4월 17일, 당일 오후 전투에서 부상당한 정부군 환자들, 일반 시민들을 끌어내어 농촌으로 보내기 시작했다.

구름 한 점 없는 건기의 뜨거운 날씨, 식량과 약품의 부족으로 인해 가는 도중 사망자가 속출했고 불평불만자는 즉결처분되었다. 또한 그들은 전직 고위관료들을 대부분 처형했고 사유 재산, 이동의 자유를 철폐했으며 화폐의 사용까지 금지했다. 이후 4년 동안 캄보디아는 외부세계와 철저히 단절되었다. 가끔 태국으로 넘어오는 탈주자들이 그 소식을 전해줄 뿐이었다.

크메르루주에 의해 죽은 사람들의 정확한 숫자는 아무도 모른다. 다만 대략 1백만~1백50만 명으로 추산하는데 적게 잡아 약 1백만 명으로 친다면, 그 당시 인구가 8백만 명 정도이므로, 전체 인구의 약 8분의 1이 죽은 것이다. 비율로 따지면 남한의 인구 4천만 명 중에 5백만 명이 자기 정부 치하에서 죽은 꼴이다.

부양가족을 4인으로 친다면 죽음의 아픔을 공유한 사람은 약 4백만 명, 즉 전인구의 반에 이른다. 아니, 부양가족이 보통 4인보다 많으므로 반을 훨씬 넘을 것이다. 그래서 캄보디아 여행을 하다 보면 그런 아픔을 갖고, 크메르루주에 대해 치를 떠는 사람들을 많이 만날 수 있다.

물론 기아와 질병으로 죽은 사람들을 빼고 나면 고문과 학살로 인해 죽은 사람은 그보다 훨씬 적을 수도 있다. 하지만 기아와 질병으로 사망한 사람도 무리한 정책에 따른 과도한 이동과 강제노동에 시달리다 그렇게 된 것이니 전적으로 크메르루주의 책임일 것이다. 혁명의 이상을 실현하기 위한 고통이었다느니, 미국의 경제 봉쇄 때문에 그랬다느니 하는 말은 순전히 변명에 불과하다. 외부의 지원이 있지도 않았지만, 크메르루주 정부는 주체적으로 이상적인 사회를 건설하고자 했기에 외부의 지원 자체를 거부했다.

그런 사회를 건설하기 위해 이런 비참한 상황을 연출한 크메르루주 정치 지도자들은 과연 어떤 사람들일까? 그들은 대부분 인텔리들이었고 개인적으로는 온순한 사람들이라고 한다. 예를 들면 민주 캄푸치아에서 대통령을 지냈던 키우 삼판은 프랑스 파리에서 경제학 박사 학위까지 받았던 사람이다. 그의 사위이자 민주 캄푸치아에서 부총리를 지낸 이엥 사리 역시 프랑스에서 공부했었다.

크메르루주의 최고지도자 폴 포트는 지식인이었고 종교인이었다. 아버지가 부농이었던 그는 어렸을 때 캄보디아의 전통에 따라 불교 사원에 들어가 행자 생활을 하며 불교의 교리를 공부하기도 했다. 또한 후일 프랑스계 가톨릭 초등학교에 들어가 기독교 교리에 대해서 공부한 적도 있다고 한다.

그는 예의바르고 성실한 학생이었는데 프랑스 유학 시절 유고슬라비아에 간 적이 있다. 그당시 유고슬라비아는 소련에게 밉보여 경제 봉쇄를 당해 어려운 처지에 놓여 있었으나 결집된 힘으로 재건운동을 펼치고 있었다. 그때 폴포트는 이곳에서 자원 봉사를 하며 인간의 결집된 의지가 사회를 어떻게 바꿔놓을 수 있는가에 대해 깊은 감명을 받는다.

그후 학업을 마치지 못하고 캄보디아로 돌아와 공산주의 운동에 참여하다 잠시 프놈펜의 한 고등학교에서 교편을 잡았는데 불문학에 조예가 깊었고 검소하며 성실했다고 한다.

그러나 시대적 상황은 폴 포트를 그렇게 한가하게 놓아두지 않았다. 그는 1960년대 초부터 도시 지역을 중심으로 하는 공산당 활동에 깊이 개입하기 시작했고 실력자가 되어갔다. 시아누크의 공산당 탄압이 더욱 심해지자 그는 1967년 무장 투쟁을 선언했다. 그러나 1969년 시아누크가 론 놀의 쿠데타로 실각하자 이번에는 시아누크와 연합하여 론 놀 정권에 맞서 투쟁한다.

그후 그는 1975년 4월 17일, 꿈에도 그리던 승리의 기쁨을 맛보고, 프놈펜을 점령하자마자 그 속에 잠재해 있던 광기를 드러내기 시작한다. 그에게는 원대한 집념이 있었다. 앙코르 제국이 멸망한 후 태국과 베트남 사이에서 늘 고통받았던 조국 캄보디아를 강대한 나라, 이상적인 공산주의 국가로 만들려는 열망에 불타고 있었던 것이다. 거기에 길고긴 투쟁 생활에서 형성된 잔혹함, 냉정함, 증오심이 더해졌다.

그를 포함한 크메르루주 지도자들의 이상사회는 키우 삼판의 논문인 「캄보디아의 경제와 산업발전*Cambodia Economy & Industrial Developement*」에서 엿볼 수 있다. 그는 이 논문에서 캄보디아의 힘은 전체 인구의 90퍼센트 가량이 거주하고 있는 농촌에 달려 있고, 도시는 다만 소비지역일 뿐이라고 말했다. 따라서 캄보디아가 세계경제에 통합되는 것은 국가 발전을 저해할 뿐이라고 주장했다. 우선 농업이 발전해야 하며, 부가 축적되고 다양한 형태의 교역이 이뤄지면 그제야 소비만 하는 도시지역이 사업활동에 종사하도록 하는 단계적 발전론을 제시했다. 쉽게 얘기해서 도시와 농촌을 균형 발전시키는 게 아니라, 농촌 위주의 사회를 먼저 건설하고, 그후에 도시를 발전시킨다는 논리였다.

그는 논문에서 자본주의 경제와의 통합은 지주들의 부만 더욱 늘릴 뿐이며 여태껏 정부는 그들을 위한 정책만 폈다고 비판했다. 국가의 모든 경제정책은 부유층과 외국인들의 입맛에 맞게 바뀌어갔고, 전체 수입품 가운데 40퍼센트 이상이 부유층을 위한 사치품이었으며, 생산에 필요한 물품 수입은 고작 4퍼센트에 불과하다고 주장했다. 이렇게 도시지역은 기생적인 생활만을 반복하고 있기 때문에 캄보디아 사회를 재편하기 위해서는 도시 거주민들을 농촌 등 생산현장으로 이주시켜야 한다고 주장했다.

프랑스와 미국 자본가들의 착취, 그들을 위해 활동하는 제국주의 앞잡이들, 서양인들을 흉내내는 캄보디아 부유층의 혼이 나간 사치, 베트남의 오만함 등을 몰아내기 위해 투쟁했던 그들로서는 당연히 가질 수밖에 없는 사상과 정서였다. 그리고 논리적으로도 일견 그럴듯해 보였다.

그러나 이상과 현실은 따로 놀았다. 그들의 계획을 실제로 집행하는 크메르루주의 중간 세력들은 지식과 이상에 따라 싸운 것이 아니라, 자신들의 빈곤과 울분을 떨치기 위해 총을 잡은 사람들이었다. 그들의 증오심과 무지와 충동이 결합되면서 현실에서 엄청난 비극이 저질러졌다.

농촌으로 끌려간 시민들이 그곳에서 한 일은 식량 증산 운동이었다. 아마도 폴 포트는 자신이 젊은 시절 보았던 유고슬라비아에서의 경험을 캄보디아에서 다시 한번 실현하고 싶었을 것이다.

그후 잘 알려진 대로 기아와 질병으로 많은 이들이 희생되었는데, 그것이 모두 폴 포트 정권의 실책만은 아니며 조짐은 시아누크 국왕 시절부터 이미 나타나기 시작했다. 1963년 시아누크 국왕은 미국의 원조를 거부하고 중국식 자력

갱생 정책을 취했는데 그 과정에서 농작물의 흉작, 비능률, 부정부패 등으로 경제가 침체하기 시작했다. 이에 견디다못한 시아누크 국왕은 1969년 경제 자유화 정책을 취해 외국 자본을 받아들였지만, 1970년부터 내전을 겪으면서 농작물 생산은 급감했다.

이런 식량난을 극복하기 위해 도시에서 끌려간 신출내기 농민들은 하루에 10~12시간씩 노동을 했으며, 결국에는 굶주림과 더위에 시달리다 말라리아, 질병에 걸려 죽어가는 사람들이 속출했다. 그러나 시민들이 가장 견디기 어려웠던 것은 크메르루주의 냉혹하고 잔인한 대접이었다고 한다. 크메르루주 병사들 중에는 15세 미만의 젊은 소년들도 많았는데 그들은 가난에 찌든 무산계급으로 자산가와 도시민들에 대한 증오심으로 똘똘 뭉쳐 있었다. 그들에게 하얀 손에, 안경 쓰고, 영어 할 줄 아는 도시민들은 증오의 대상이지 동포가 아니었다. 그들은 일을 잘 못하거나 불평을 하는 사람들을 색출해서 쥐도 새도 모르게 처치했다.

그러나 기대하던 쌀 증산은 이루어지지 않았다. 1년 후 캄보디아는 더 심한 기근에 직면했고 전체 인구의 절반 가량이 강제 노동과 굶주림을 겪게 되었다. 이런 불만을 억누르기 위해 혁명 구호는 더욱 강화되었고 가족관계는 파괴되었으며 모든 관계의 중심에 당과 선전, 선동이 있었다.

한편 폴 포트는 1년이 지난 후 자기를 수반으로 하는 새로운 정부가 구성되자 숙청을 시작했다. 이번에는 내부의 적을 색출했다. 베트남과 연계된 공산주의자들부터 숙청하고 또 반혁명 분자들, 전직 관리, 군인들, 지식인들을 더욱 샅샅이 색출해 숙청하고 감옥으로 보내 고문을 한 후 처형했다.

또한 폴 포트는 사이가 안 좋았던 공산 베트남과 분쟁을 시작했다. 1975년 정권을 잡자마자 시작된 영토분쟁은 확대되어 급기야 전쟁으로 번졌고, 1979년 1월 초 베트남군이 프놈펜에 진격하면서 폴 포트의 황금기는 끝났다. 일시에 권좌에서 쫓겨난 폴 포트는 서북부 지역의 밀림에서 19년간 은거하다가 1998년 4월 15일 자살했다고 전해진다.

그러나 과연 그가 자살한 것이 사실일까? 여기에 대해서는 설이 많다. 국제사회와 훈 센 정권이 킬링필드 학살의 원흉으로 크메르루주 지도자들에게 계속 압력을 넣자 희생양으로 폴 포트를 훈 센에게 넘기겠다고 했고, 이에 충격을 받은 폴 포트가 자살했다는 추측도 있고, 따 목이 폴 포트를 죽인 후 모든 죄를 사라진 그에게 뒤집어씌우기 위해 그랬다는 설도 있으며, 폴 포트는 죽은 게 아니라 죽은 척하고 어디엔가 은닉해 있다는 설도 있다.

외부와의 접촉이 끊긴 밀림 속에서 일어난 일을 누가 정확히 알 수 있으랴? 폴 포트의 시신은 재빨리 화장되었고 이제 흔적조차 없어졌다고 한다. 폴 포트는 1928년생으로 그가 죽었다는 1998년에 일흔 살이었다. 만약 지금까지 살아 있다면 일흔여덟 살. 자연사할 수도 있는 나이다. 어쨌든 폴 포트는 사라졌고 이제 남은 이들은 그의 주변에 있던 사람들뿐이다. 그런데 그들은 모두 발뺌을 하고 있다.

크메르루주가 정권을 잡은 지 정확히 30년째 되는 시기인 2005년 4월 21일에 발행된 주간지 『한겨레 21』에 매우 흥미로운 기사가 실렸다. 정문태 국제 분쟁 전문기자가 그들을 직접 인터뷰한 내용을 정리한 것으로 다음과 같다.

키우 삼판 전 민주 캄푸치아 대통령

나는 나의 청렴성 때문에 의전 대통령이 되었을 뿐이다. 그냥 공항에 가서 손님 접대나 했을 뿐이다. 비서도 한 명 없는 대통령 보았나?

민주 캄푸치아 시절의 밝은 면은 농업 중심 사회인 캄보디아에 농민을 조직해 국가의 독립성을 지켰다는 것이고, 어두운 면은 사회를 운영할 준비를 제대로 못 한 채 집권해서 실수가 있었다는 것이다.

그러나 프놈펜 시민 이주와 학살은 내가 지시한 것이 아니다. 나는 중앙위원회였지만 8명의 정치 상임국에 끼지 못해서 정책결정 과정에서 배제되었다. 나는 학살이 있었다는 사실을 1988년에야 알았다. 그런데 국가 독립 문제가 걸린 상황, 전쟁 상태에서 어떻게 인권만 강조하나?

누온 치아 전 민주 캄푸치아 공산당 부서기장 겸 국회의장

집권하자마자 프놈펜 시민들을 농촌으로 보낸 것은 미군의 폭격이 두려워서였다. 전시에 엄청난 폭격을 맞았던 우리는 프놈펜 점령 후 엄청난 미군의 폭격이 있을 줄 알았다.

강제 노동으로 많은 사람이 죽었다고 하는데 미국에 기생했던 론 놀 정권과 하수인들이 모든 부를 빼돌렸기 때문에 인민들은 먹을거리는 물론 약품도 없었다. 그런 상태에서 먹고 살려면 모든 인민이 농사를 지어야 했기에, 도시민들도 농사를 지었던 것이다.

인민을 처형하려는 계획을 가진 이는 아무도 없었다. 다만, 혁명 과정에서 부족한 식량, 바닥난 의약품에다 혁명을 이용해 개인적인 원한을 푼 하부단위의 나쁜 놈들이 뒤섞여서 실수가 있었던 것이다.

프놈펜의 뚜올슬렝에서 고문당하고, 처형된 사람들에 대해서는 안됐다고 생각한다. 그러나 나의 삼촌과 사촌을 포함한 나의 핏줄 40여 명도 누군가에게 살해당했다.

유엔이 나를 재판한다고? 하라지. 나는 내 식대로 우리 인민에게 스스로 반성했다. 하지만 외국인들에게 사과할 만큼 잘못한 것은 없다. 내가 창조하려던 세상은 부정부패가 없고, 평화롭고, 인민이 배불리 먹을 수 있는 세상이었다.

이런 얘기를 들으면 '좋은 이상'이 오히려 무섭다는 생각이 든다. 그들은 예나 지금이나 책상 앞에 앉아서 '그 이상'을 '평화롭게' 얘기하고 있다. 그러나 뙤약볕 내리쬐는 들판의 현실은 처참했다.

그들의 국제 재판을 위해서는 약 5천6백만 달러의 예산이 필요하다고 한다. 『한겨레 21』에서 보도하기를, 그 돈이 언제 모일지도 모르고, 캄보디아 정부는 그 돈 중에 자기들 몫이 통장에 들어오지 않는 한, 국제 재판을 열도록 허용하지 않을 것이라고 한다. 결국 미국과 유엔은 그 돈을 다른 나라로부터 기부받아야 하는데, 요원하다고 했다.

그런데 2005년 세계일보의 4월 29일자 보도에 의하면 재원 5천3백만 달러가 확보되어 조만간 국제 재판이 열릴 것이라고 한다. 대상은 누온 치아 민주 전 캄푸치아 공산당 부서기장, 키우 삼판 전 대통령, 이엥 사리 전 외무장관, 따 목 전 군총사령관 등 책임 있는 자리에 앉아 있던 약 10명 정도일 것이라 한다. 이중 투항한 누온 치아와 키우 삼판은 크메르루주의 아성 빠일린에서 편안히 여생을 보내고 있고 이엥 사리는 프놈펜의 대저택에서 지내고 있다. 그리고 체포된 따 목만 감옥에 있다가 지난 2006년 7월 24일 사망했다.

과연 크메르루주 지도자들의 투항을 받고 은거지까지 마련해준 훈 센 총리가 이들을 국제 재판에 내보낼까? 그런데 국제 재판에 회부하자고 제의했던 이가 바로 훈 센이었으니 이 무슨 꿍꿍잇속인가? 한때 크메르루주군에 있던 자기가 그들과 아무 연관이 없다는 것을 내보이기 위해서일까? 그리고 유엔은 과연 국제 재판을 할 권리가 있을까?

만약 유엔이 정의의 사도라면 미국이 캄보디아, 베트남에서 자행한 수많은 전쟁 범죄, 그리고 그동안 저질러왔고 현재까지도 세계 곳곳에서 저지르고 있는 수많은 전쟁 범죄에 대한 재판도 해야 하지 않는가? 그리고 미국은 교활하게도 크메르루주를 나중에 지원하지 않았던가.

근본을 따지고 들어가다 보면 프랑스의 식민정책과 미국의 더러운 전쟁정책이 드러나기 시작하고, 더 깊이 파고들면 인간 내면의 깊숙한 곳에 도사린 추악한 욕망과 범죄가 드러난다. 그러나 그렇다고 모든 책임을 거기에 돌리고 크메르루주에게 면죄부를 준다면 '당한 캄보디아 인민들' 입장에서는 너무 기가 막힐 것 같다. 만약 크메르루주가 캄보디아를 공산화하지 못하고, 지금까지 계속 '안티'로서 존재했다면 어땠을까? 역사를 돌아보면 종교적, 정치적 이상은 '소수의 안티'로 존재할 때 세상의 빛과 소금이 되었지, 세상의 중심에 서서 권력을 잡고 나면 급속하게 부패했다. 고결한 이상일수록 더욱 독선적이 되었고, 그외의 다른 길은 '악'으로 치부되었다.

중세 기독교의 암흑시대, 영국의 청교도 혁명, 프랑스의 대혁명, 스탈린의 독재, 나치 히틀러, 마오쩌둥의 문화대혁명 등에서 볼 수 있듯이 당사자들 눈에 보이는 악을 없애겠다는 열정은 차차 증오와 분노로 변해 광기에 휩싸이게 된다. 그때 불타버리는 것은 힘없는 백성들이었다.

이제 캄보디아는 다시 흥청거리고 있다. 프놈펜에 가면 아직도 관리들의 부패가 만연하고 매춘과 마약이 성행한다. 크메르루주 정권이 그토록 증오했던 사회

악이 존재하지만 사람들은 그래도 그때보다 나아졌다고 한다. 크메르루주의 광기가 기가 막히고, 그후의 사태 전개 또한 기가 막히다.

이상과 현실, 부와 빈곤, 사랑과 자비, 생존과 퇴폐…… 캄보디아 땅 프놈펜에 오면 이처럼 많은 것을 생각하지 않을 수가 없다.

평 화

난, 종종 캄보디아는 바닥을 쳤다는 생각을 해본다. 물론 캄보디아의 정치세력과 관리들의 부패는 여전히 남아 있고 베트남에 크게 의존하고 있다는 불안함이 도사리고 있다. 그러나 한국이 바닥까지 가서 일본의 식민지가 되었다가, 내전을 겪고 난 후 성장하는 과정을 보면, 캄보디아라고 그렇게 성장하지 못할 이유가 없는 것 같다.

영국에서 일어난 산업혁명의 파도가 미국을 거치고 태평양을 건너, 일본을 지난 다음 한국에 왔다. 그때 우리는 산업화의 파도를 받아들일 만한 역량이 없었고, 또 서양의 흉내를 내는 일본 제국주의의 욕망에 의해 식민지가 되었지만, 이제 다시 일어났고 그 물결은 한류가 되어 중국을 거쳐 동남아로, 인도로 나아가고 있다.

물론 나는 구체적인 숫자를 들어가며 캄보디아가 우리처럼 곧 일어날 것이라는 증거를 댈 수는 없다. 다만, 상상 속에서 캄보디아의 미래를 그려볼 뿐이다.

이제 베트남이 산업화의 물결을 타고 올라섰다. 그리고 그 옆의 캄보디아에는 친베트남계 정권이 있으며 그 정권은 베트남을 흉내 내며 개방에 한 걸음씩 다가가고 있다. 지금 캄보디아는 그 물결이 전역으로 서서히 확대되는 단계에 있는 것은 아닐까?

그렇다면, 10년, 20년, 아니 50년 후의 캄보디아는 더 발전하지 않겠는가. 앞으로도 종종 캄보디아, 베트남에 갈 것이다. 참혹했던 나라가 이렇게 자라나는 것을 보는 것은 나에게도 희망이다. 그러나 그럴수록 인심은 각박해진다. 우리는 이미 겪은 과정이고 베트남이 그 길을 걷고 있다.

사람들은 자본주의 속에서 돈맛을 알아간다. 이제 캄보디아인들이 그 맛을 볼 것이다. 이미 시엄리업 등의 관광지에서 그런 현상이 보이고 있다. 그들만 탓할 일은 아니지만, 그들의 순박한 과거를 지켜봐온 나로서는 못내 아쉽고 씁쓸하다. 마치 우리의 과거를 보는 것 같아서일까.

과연 우리가 모델로 삼아야 할 국가는 어떤 모습일까? 무조건 경제가 발전하고, 서구식 민주주의 모델을 닮아가면 목표를 달성한 것일까? 그것이 그다지 좋아 보이지도 않을뿐더러 그 모델을 지향하는 우리 역시 힘들게 살아가는 것을 보면서 나는 선뜻 찬성할 수가 없다. 그렇다고 망해버린 공산주의가 좋다는 것은 더더욱 아니다. 그건 이미 역사 속에서 검증되지 않았는가?

이제, 캄보디아는 어디로 가야 하나? 물론 명쾌한 답은 보이지 않는다. 그래도 그 참혹했던 과거보다는 낫겠지, 하는 생각이 든다.

앞으로 캄보디아가 어떻게 변해갈지 매우 궁금하다. 아무쪼록 캄보디아가 평화로웠으면 좋겠다. 캄보디아의 하늘과 호수와 들판처럼. 그리고 순박한 대부분의 사람들처럼. 혹시 캄보디아에 간다면 못산다고 함부로 깔보지 말기를. 참으로 온순하고 착한 사람들이다.

에필로그

만감이 교차하는 해방감

"우와, 해방이다."

원고를 마치는 순간 나는 그렇게 외쳤다.

그동안 여행기를 쓰면서 되도록 피해왔던 것 중 하나는 학술적인 지식들을 필요 이상으로 나열하는 것이었다. 물론 어떤 여행에서든 부족한 학식을 보충하기 위해 많은 자료를 접하지만, 그것을 여행기에 너무 많이 '나열'하는 것은 별로 하고 싶지 않았다. 나는 길을 사랑하는 여행자일 뿐이고, 거기서 체험하는 얘기들을 다만 여행자의 시선으로 녹이고 싶었다.

그런데 이번 여행기는 그걸 지키기가 힘들었다. 앙코르 유적지의 사원들 속에 담긴 사연들, 특히 앙코르와트에 담긴 의미, 수치, 상징 등은 조사하면 할수록 구미가 당겼고 많은 사람들에게 알리고 싶었기 때문이다.

그러나 내가 직접 현장에서 보고 듣고 관찰한 것과 그런 지식을 결합시키는 과정은 그리 쉽지만은 않았다. 결국 생전에 인연이 없었던 천문학에 관련된 자료까지 들춰보느라 애를 먹었다. 그냥 쉽고 재미있는 여행기나 쓸걸 왜 발을 담가서 이 고생을 하나, 후회하기도 했지만 이미 엎질러진 물이었다.

1998년에 앙코르 유적지에 대한 설명, 힌두교의 우주관과 유가 개념에 대한 얘기, 한국의 사찰과 앙코르와트의 유사점에 대한 얘기들을 어느 사이트에 올린 적이 있다. 지금도 그 글은 인터넷의 바다 어딘가에 떠돌고 있는데, 꽤 길고 자세한 내용이었지만 돌이켜보면 매우 부족한 글이다. 그후 여러 차례 앙코르 유적지를 더 방문하면서 틈틈이 쌓은 지식과 관찰을 엮어서 2005년 8월에야 최종 원고를 완성했다. 첫 앙코르 유적지 방문 후 약 8년의 세월이 걸렸다.

이 여행기에서 모든 앙코르 유적지를 다루지는 않았다. 다른 기본적인 지식과 정보는 시중에 나온 좋은 가이드북들을 보고, 또 더 깊은 지식은 참고문헌에 밝힌 책들을 참고하기 바란다.

독자들에게 앙코르 유적지 속에 담긴 상징과 의미 못지않게 캄보디아인들에 대한 나의 연민이 전달되었으면 좋겠다. 또 그들의 삶을 통해 과연 진정한 행복이 무엇인가에 대해 같이 생각하는 계기가 된다면 더 바랄 것이 없겠다. 나 역시 기억을 반추하며 이 글을 써나가는 동안 많은 것을 새롭게 느꼈고, 그것들은 다시 앞으로도 계속될 화두일 것 같다.

참고문헌

Bhagavad Gītā, 길희성 역, 『바가바드기타』, 현음사, 1992.

Valmiki, *Rāmāyaṇa*, 주해신 옮김, 『라마야나』, 민족사, 1993.

Vyasa, *Mahābhārata*, 주해신 옮김, 『마하바라타』, 민족사, 1993.

길희성, 『인도철학사』(대우학술총서), 민음사, 1989.

김병모, 『김수로왕비 허황옥』, 조선일보사, 1994.

김태영 · 손주영 · 김대성, 『음식으로 본 동양문화』, 대한교과서, 1999.

김현준, 『사찰, 그속에 깃든 의미』, 교보문고, 1992.

서규석, 『신화가 만든 문명, 앙코르 와트』, 리북, 2003.

양기식, 『캄보디아를 아십니까』, 삶과꿈, 1997.

양승윤 · 김홍구 · 김성주 · 정재완 · 송위지 · 김영애 · 차상호 · 정우탁, 『라오스, 캄보디아』(동남아학총서 8), 한국외국어대학교 출판부, 1999.

정각, 『가람』, 운주사, 1998.

시즈타니 마사오, 스구로 신죠, 문을식 옮김, 『대승불교』, 여래, 1995.

이와모도 유다까 외, 홍사성 옮김, 『동남아불교사』, 반야샘, 1987.

요시무라 사쿠지, 김이경 옮김, 『이집트 역사기행』, 서해문집, 2002.

나라 야스아키, 정호영 옮김, 『인도불교』, 민족사, 1992.

스가누마 아키라, 문을식, 『힌두교 입문』, 여래, 1993.

Campbell, Joseph, The Masks of God, Vol. 2: Oriental Mythology, 이진구 옮김, 『신의 가면 2, 동양 신화』, 까치, 2002.

Casey, Robert J., *For Faces of Siva: The Detective Story of a Vanished Race*, 이혜경 엮음, 최민주 그림, 『앙코르 사람들은 어떻게 살았을까?』, 청솔, 2002.

Cirou, Alain & Haddad Leïla, *Clés de voûte: Savoir l'asstronomie, voir le ciel*, 전세철 옮김, 황호성 감수, 『지구와 우주』, 베텔스만, 2005.

Conze, Edward, *Buddhism: Its Essence and Development*, 한형조 옮김, 『한글세대를 위한 불교』, 세계사, 1992.

Dagens, Bruno, Angkor: *La Forêt de pierre*, 이종인 옮김, 『앙코르: 장엄한 성벽도시』, 시공사, 1997.

Hancock, Graham, *Fingerprints of the God*, 이경덕 옮김, 『신의 지문』, 까치, 1996.

Hancock, Graham, *Heaven's Mirror*, 김정환 옮김, 『신의 거울』, 김영사, 2000.

Keilhauer, Peter & Anneliese, *Die Bildsprache des Hinduismus: Die indische Götterwelt und ihre Symbolik*, 김재성 옮김, 『힌두교의 그림 언어』, 동문선, 1994.

Le Bonheur, Albert, Jaroslav Poncar(사진), *Of Gods, Kings, and Men: Bas-Reliefs of Angkor Wat and Bayon*(Serinda Publications, 1996)

Mannikka, Eleanor, *Angkor Wat, Time, Space, and Kingship*(Honolulu: University of Hawaii Press, 1996)

Ray, Nick, *Cambodia*(Lonely Planet, 2002)

Rooney, Dawn, *Angkor: An Introduction to the Temples*(Asia Books, 1999)

Rossi, Renzo, *The Egyptians: History, Society, Religion*, 서정민 옮김, 『이집트 사람들』, 사계절, 2003.

Sitchin, Zecharia, *The Earth Chronicles*, 이근영 옮김, 『수메르, 혹은 신들의 고향』, 이른아침, 2004.

Zimmer, Heinrich, Joseph Campbell(편집), *Myths and Symbols in Indian Art and Civilization*, 이숙종 옮김, 『인도의 신화와 예술』, 대원사, 1995.